शिक्षा के सामाजिक सरोकार

शिक्षा के सामाजिक सरोकार

केदार नाथ पाण्डेय

राजकमल प्रकाशन

ISBN : 978-81-267-1504-6

मूल्य : ₹595

पहला संस्करण : 2008
दूसरा संस्करण : 2012
This book is printed on **Print on Demand** Technology : 2025

प्रकाशक : राजकमल प्रकाशन प्रा. लि.
1-बी, नेताजी सुभाष मार्ग, दरियागंज
नई दिल्ली-110 002

शाखाएँ : अशोक राजपथ, साइंस कॉलेज के सामने, पटना-800 006
पहली मंजिल, दरबारी बिल्डिंग, महात्मा गांधी मार्ग, प्रयागराज-211 001
1, अनमोल सोराबजी संतुक लेन, धोबी तलाव, मरीन लाइंस, मुम्बई-400 002
वेबसाइट : www.rajkamalprakashan.com
ई-मेल : info@rajkamalprakashan.com

SHIKSHA KE SAMAJIK SAROKAR
by Kedar Nath Pandey

दो शब्द

शिक्षा, शिक्षक, छात्र और विद्यालय को केन्द्र में रखकर लिखे गए वैयक्तिक निबन्धों का यह संग्रह साहित्य की कई विधाओं का एक साथ स्वाद प्रदान करता है। यह संस्मरण भी है, यात्रावृत्तान्त भी और शिक्षा के सामाजिक सरोकार का आख्यान भी लेकिन सबसे बढ़कर यह एक शिक्षक की शिक्षा के क्षेत्र में किए गए अभिनव प्रयासों का वृत्तान्त है जो व्यक्तिगत नहीं रहकर सबका हो गया है।

श्री केदार नाथ पाण्डेय अपनी इस कृति में भारत के बच्चों को पढ़ा-लिखा देखना चाहते हैं। वे बच्चियों को रोशनी प्रदान करना चाहते हैं। वे आम इनसान के लिए न्याय चाहते हैं। वे किसानों के लिए जीवन, गरीबों के लिए घर और सबके लिए उम्मीदें चाहते हैं। वे खूबसूरत भविष्य का सपना देखते हैं लेकिन वे उन सपनों को अपने इतिहास, अपनी परम्पराओं, अपनी विरासत के साथ मजबूती से जोड़ रखना चाहते हैं और यही सब इस पुस्तक में ध्वनित हुआ है। पाण्डेय जी स्मृतियों को सहेजकर रखने में माहिर हैं। स्मृतियों का परिणाम है यह पुस्तक। उन्होंने हर घटना को सहेजकर रखा है और उसका सही जगह पर इस्तेमाल किया है।

जैसा कि कहा गया है—हमारा प्रत्येक कार्य भविष्य के समाज की नींव की ईंट होता है। जीवन हमें चुनौतियाँ देता है और हमारे सामने विकल्प रखता है। जो विकल्प हम चुनते हैं वह इस बात का द्योतक है कि हम किस प्रकार का समाज चाहते हैं। पाण्डेय जी ने अपने जीवन संघर्ष में एक प्रतिमान खड़ा किया है, विकल्प प्रदान किया है। यह अब हमारे ऊपर है कि हम इस प्रतिमान और विकल्प से कितना कुछ लेते हैं।

श्री केदार नाथ पाण्डेय का व्यक्तित्व बहुआयामी है। एक कुशल शिक्षक से शिक्षकों के सफल संगठनकर्ता के रूप में ख्यात, शिक्षक आन्दोलन का प्रतिमान गढ़नेवाले नेता के रूप में बिहार और देश के शिक्षा जगत के वर्त्तमान इतिहास में गौरवशाली नाम हैं। शिक्षकों के

हक-हकूक की लड़ाई को अंजाम तक पहुँचाने के लिए उन्होंने अपना सर्वस्व न्योछावर किया है। परिणामतः वे बिहार विधान परिषद् में शिक्षकों के सही निर्वाचित प्रतिनिधि हैं।

पाण्डेय जी की वाणी में ओज है। वे सफल वक्ता हैं। सभाओं में श्रोताओं के साथ संवाद स्थापित करने में उन्हें महारत हासिल है।

ऊपर वर्णित गुणों से परे पाण्डेय जी के भीतर एक लेखक, एक साहित्यकार बसता है जो करुणा, दया, अहिंसा और परोपकार से ओतप्रोत है।

पाण्डेय जी नाटककार हैं, नाटक लिखते हैं, मंचन करते-कराते हैं। कभी मंचों पर नाटकों में उन्होंने अभिनय भी किया है। नाटककार और नाटकों के अभिनयकर्ता केदार नाथ पाण्डेय आज जीवन-संघर्ष के नाटक में लगे हैं। वे कितने सफल हैं, इसका आकलन तो हमें करना है।

—ब्रज कुमार पाण्डेय

प्रस्तावना

वैसे आवश्यक नहीं लगता कि इस पुस्तक की भूमिका लिखी जाए या प्रारम्भ में कोई वक्तव्य दिया जाए। पैंतीस वर्षों तक शिक्षण और संगठन में सीधी भागीदारी के दौरान जो कटु-मधु अनुभव हैं, वे ही इस पुस्तक के आलेखों के आधार हैं और वे स्वयं सबकुछ कहने की सामर्थ्य रखते हैं।

'प्राच्य प्रभा' के पाठकों ने इनमें से कुछ को देखा है और अपनी प्रतिक्रियाएँ दी हैं। उनकी प्रतिक्रियाओं ने ही इन्हें पुस्तकाकार उपस्थापित करने की प्रेरणा दी है।

वस्तुत: साठ के दशक से बीसवीं सदी के अन्त तक शिक्षा और समाज में अनेक उतार-चढ़ाव आए हैं। शिक्षा की दो-दो राष्ट्रीय नीतियाँ बनीं हैं, लागू हुई हैं लेकिन आम आदमी सिर्फ घोषणाओं में ही रहा है। उसका धरातल अछूता ही रहा है। इसलिए गाँवों ने, गाँव-शहर के लोगों ने शिक्षा पर सोचा है और अपने सामाजिक सरोकारों के चलते अपने गाँव-शहर के आम आदमी के लिए शिक्षालयों को स्थापित किया है। उसे व्यापक आयाम देने की लड़ाई राज्य और देश में शिक्षक संगठनों ने लड़ी है। कभी-कभी यह लड़ाई संयुक्त रूप में लड़ी गई है। लेकिन आज भी शिक्षा का वह सर्वोच्च स्वरूप नहीं उभर सका है जिसकी परिकल्पना संविधान में की गई है या जिसके बारे में विवेकानन्द, गांधी, टैगोर आदि ने कहा है।

यहाँ इसके कारणों की पड़ताल करना हमारा उद्देश्य नहीं है लेकिन यह सच है कि उत्तर प्रदेश, बिहार के गाँवों के शिक्षण संस्थानों में शिक्षा के सरोकारों ने गाँव-समाज की जमीनी बीमारियों की फसलों को भी उगाया है। शिक्षा जिन बीमारियों का इलाज करती है, वे मजबूती से यहाँ बैठ गई हैं। इसलिए शिक्षण और संगठन के प्रति निष्ठा और कर्त्तव्यबोध हाशिये पर चले गए हैं और 'गोविन्द' के मुकाबले 'गुरु' जो छात्र के लिए प्रथम प्रणम्य है, कहीं छूट गया है।

नब्बे की आर्थिक नीतियों ने शिक्षा के सामने नई चुनौतियाँ खड़ी

की हैं जो इक्कीसवीं सदी में और मजबूत होकर उभरी हैं। अब शिक्षा निजी पूँजी की गिरफ्त में है और शासन की ओर से संरक्षित, पोषित न होकर लावारिस जैसी है। कितनी कठिन है यह लड़ाई? लेकिन जरूरत इस लड़ाई की जटिलता को समझने की है।

राष्ट्रीय, अन्तर्राष्ट्रीय स्तर पर गुणवत्तापूर्ण शिक्षण के लिए बहस और पूरे देश दुनिया में शिक्षकों की गिरती माली हालत, छिनती आवश्यक सुविधाएँ, बच्चे को **अप्प दीपो भव** की प्रेरणा देने का अवसर नहीं जुटा पाती। लेकिन चुनौतियों से अकेले तो जूझा नहीं जा सकता और न संघ-संगठन के बिना संघर्ष का कोई स्वर ही फूट सकता है। इसीलिए आज ज्यादा प्रासंगिक है यह कहना–**संघे शक्ति कलियुगे।**

लेकिन संघर्ष का अर्थ सिर्फ हड़ताल, प्रदर्शन आदि ही नहीं है। वह एक नियोजित वैचारिक चिन्तन भी है जिसमें देश-समाज की भावी चिन्ताएँ हों, दिशा स्वरूप हो और एक नए समाज-देश की परिकल्पना हो।

बिहार माध्यमिक शिक्षक संघ सड़क से संसद तक संघर्ष के विविध रूपों के साथ जूझता रहा है। इसीलिए इसका चिन्तन शासन की नीतियों के रूप में प्रायः फूटता रहा है लेकिन कभी-कभी विपरीत प्रतिक्रियाएँ भी झेलनी पड़ती रही हैं। फिर भी यह मजबूती से खड़ा रहा है।

इक्कीसवीं सदी में शिक्षकों और संगठनों को चुनौतियों से जूझना है, अस्तित्व की रक्षा के लिए मशक्कत करनी है और अगर ये आलेख इस प्रयास में कुछ मददगार बन सकें तो हमारा श्रम सार्थक हो सकेगा।

–केदार नाथ पाण्डेय

अनुक्रम

दो शब्द 5
प्रस्तावना 7
गाँव का हाई स्कूल 13
विद्यालय का पहला परीक्षाफल 16
विद्यालय का हीरो मैं हूँ 18
आचार्य पं. सीताराम चतुर्वेदी : एक प्रेरक व्यक्तित्व 20
मौनी स्वामी की मूर्ति-प्रतिष्ठा 28
पाँच रुपए की वेतनवृद्धि और कैलगढ़ का इंटरव्यू 31
स्टाफ रूम 34
हीरो कौन? 37
विद्यालय का निरीक्षण 39
प्रधानाध्यापक गोष्ठी 42
इन्वीजिलेशन 45
सरस्वती पूजनोत्सव और नाटक का अन्त 47
राष्ट्रीय सुरक्षा कोष और 'आचार्य विष्णुगुप्त' का मंचन 49
छात्राओं की फेयरवेल पार्टी 51
रसीदचक मठिया विद्यालय की स्थापना और रामाधार की भूमिका 54
विद्यालय के गणतंत्र दिवस और जमीनी योजनाएँ 57
शिक्षा के सामाजिक सरोकार 60
जगदीशपुर का क्षेत्रीय सम्मेलन 64
शाहपुर का जिला सम्मेलन 67
सीवान जिले का पहला सम्मेलन 69
महाराजगंज की शिक्षा-गोष्ठी 72
जिला संघ की जमीन और अधूरे भवन का उद्‌घाटन 75
माधुरी का स्थानान्तरण 79
राज्य संघ की शय्या व्यवस्था का पहला दिन 82
संघ का परिचय पत्र और एक शिक्षक की मौत 84

पंचानवे का सामूहिक स्थानान्तरण और मुंगेर, बिहारशरीफ की सभाएँ 86
मेरा हमदम–मेरा दोस्त 91
रेणु के गाँव में 95
कोजीकोड की राष्ट्रीय शिक्षा-सभा 106
एक अन्तर्राष्ट्रीय शिक्षा-सम्मेलन 116

शिक्षा के सामाजिक सरोकार

गाँव का हाई स्कूल

सन् पचपन की गर्मियों में मौनी स्वामी जी के आश्रम पर गाँव में हाई स्कूल खोलने के सवाल पर एक बैठक आयोजित हुई। मैं उस समय मिडिल स्कूल की परीक्षा दे चुका था और जुलाई से कक्षा नवम में दाखिला लेनेवाला था। इसलिए स्कूल खुलने की चर्चा से काफी प्रसन्न हुआ। गाँव में भी एक नया उत्साह पैदा हुआ। चारों ओर इस सूचना से उत्साहपूर्ण जिज्ञासा फैल गई कि क्या हो रहा है?

उस समय गाँव के पूरब और पश्चिम लगभग दस किलोमीटर की दूरी पर सोहाँव में सेवा संघ इंटर कॉलेज और मछटी में नेशनल इंटर कॉलेज थे। गाँव के लड़के वहीं साइकिल से पढ़ने जाया करते थे। मेरे लिए तो साइकिल चलाना उस समय जितना कठिन था, उससे ज्यादा साइकिल खरीदना मुश्किल था।

भौगोलिक और सामाजिक स्थिति के हिसाब से गाँव में डिग्री कॉलेज तक के शिक्षा संस्थानों की स्थापना पहले ही हो जानी चाहिए थी। बलिया, गाजीपुर और भोजपुर के संगम पर बसा यह गाँव पुरानी रईसी और जमींदारी शानो-शौकत का नमूना है। बलिया-वाराणसी राजमार्ग पर गंगा किनारे बांगर मिट्टी में बसे इस गाँव के शुरू में अंग्रेजों के जमाने का बना आलीशान डाकबंगला है जो गंगा के सुरम्य तट पर स्थित है। जहाँ से बक्सर का सेन्ट्रल जेल साफ दिखता है। संयोग से भौगोलिक स्थिति ऐसी अच्छी कि सम्पूर्ण खेती का क्षेत्र काली मिट्टीवाला उपजाऊ क्षेत्र है जहाँ खाद-पानी की कोई जरूरत ही नहीं पड़ती, लेकिन अपने को लहुरा काशी कहने वाले इस गाँव में शिक्षा कभी प्राथमिकता में रही ही नहीं क्योंकि पढ़कर नौकरी की कोई आवश्यकता जमींदारों ने महसूस ही नहीं की। जबकि सोहाँव, खरडीहा और मछटी जैसे टुटपूँजिये गाँवों में स्कूल खुल गए। गाँव इस दिशा में सार्थक पेशकदमी नहीं ले पाया।

पता चला कि बैठक में गाँव के गणमान्य लोग आए थे और तय हुआ था कि जुलाई से हाई स्कूल शुरू किया जाए। श्रीनिवास राय श्रीपति जो गाँव के एक लब्ध प्रतिष्ठ साहित्यकार और शिक्षाविद् थे तथा लखनऊ में लड़कियों का एक कॉलेज चलाते थे, भी बैठक में आए थे और वादा किया था कि प्रत्येक शनिवार को गाँव आएँगे और विद्यालय का मार्ग दर्शन करेंगे।

जुलाई से स्कूल खुल गया और मिडिल स्कूल से उत्तीर्ण हम पन्द्रह छात्रों ने

कक्षा नवम में दाखिला भी ले लिया। जहाँ तक याद है, मेरे अलावे विजय नारायण राय, राजबहादुर राय, जहीर अहमद, अमरनाथ राय, जगदीश राय आदि मुख्य थे। गाँव के ही जयनारायण राय और उनके बनारस हिन्दू विश्वविद्यालय के मित्र मणिलाल जी अध्यापक नियुक्त हुए। वीरपुर के कालिका राय जी प्रधानाचार्य नियुक्त हुए क्योंकि वे ही एकमात्र बी.ए. बी. टी. थे। स्कूल चल पड़ा। राय जी और मणिलाल जी सुयोग्य और लोकप्रिय अध्यापक थे। उनकी पढ़ाने की शैली और व्यवहार अत्यन्त प्रेमपूर्ण था। कालिका राय जी काफी गम्भीर और इगोवाले व्यक्ति थे। वे अन्य अध्यापकों से दूरी बनाकर रखते और प्रधानाचार्य के रूप में पर्दे के भीतर रहना पसन्द करते थे।

कभी-कभी सोहाँव क्षेत्र के तिवारी जी आते और व्याख्यान देते। वे जयनारायण राय और मणिलाल जी के मित्र थे। बाद में पता चला कि वे कम्युनिस्ट पार्टी के नेता थे और रायजी तथा मणिलाल जी उनकी मदद किया करते थे। वे दोनों भी उसी विचारधारा के पोषक थे।

दो वर्षों तक हम उस स्कूल के छात्र रहे। चूँकि स्कूल मान्यताप्राप्त नहीं था इसलिए स्वतंत्र छात्र के रूप में मुहम्मदाबाद हाई स्कूल से हमारे फार्म भरे गए। पहली बार भैया के साथ पैदल ही मुहम्मदाबाद गया था, इसलिए कि उस समय कोटवाँ से महम्मदाबाद के बीच मात्र एक-दो बसें ही चलती थीं और उनका किराया जुटाना भी काफी मुश्किल था।

स्कूल लँगड़ाते हुए चलता रहा लेकिन गाँव की ओर से उसकी मान्यता एवं विकास के लिए कोई प्रयास नहीं हुआ। कमिटी के लोग उदासीन बने रहे। श्रीनिवास राय दो-तीन वर्षों बाद लखनऊ से लौटे तो गाँव के कुछ बुद्धिजीवियों ने उनसे शिकायत की कि वे शनिवार-रविवार आने का वादा करके गए थे। उन्होंने व्यंग्य करते हुए कहा कि, ''बन्दरों के गले में तमेला डाल दिया है, बजावें या निकालकर फेंक दें।'' शायद वे गाँव को अच्छी तरह समझते थे। वे यह भी जानते थे कि बड़े आदमियों के इस गाँव में शिक्षा की संस्था स्थापित करना मुश्किल काम है। उनकी बातें कभी-कभी याद आती हैं तो लगता है कि कितनी सटीक टिप्पणी थी उनकी।

हमलोग स्कूल से निकलकर उच्च शिक्षा के लिए बलिया चले गए। पता चला कि स्कूल मौनी बाबा की कुटी से स्थानान्तरित होकर कोटवाँ गोला में चलने लगा। मेरे बड़े भाई साहब भी उसमें अध्यापक बन गए। दो-तीन वर्षों बाद सुना कि स्कूल बन्द हो गया। वजह पता करने पर ज्ञात हुआ कि प्रधानाध्यापक कालिका राय जी स्कूल की खस्ता हालत देखकर मदद के लिए गाँव के कुछ बड़े लोगों के पास अपनी फरियाद लेकर गए थे और मदद का आग्रह किया था। किन्तु उन्हें टका सा जवाब मिला कि चमार-सियार को पढ़ाने के लिए हम लोगों को स्कूल नहीं चलाना है। सभी चमार पढ़ जाएँगे तो हल कौन जोतेगा?

वे निराश-हताश और कुंठित होकर लौट आए। प्रिंसिपली का लोभ छोड़कर

कहीं अन्यत्र अध्यापक बन गए। जयनारायण जी काशी हिन्दू विश्वविद्यालय के पुस्तकालय विभाग में पदस्थापित हो गए और मणिलाल जी भी बनारस में ही कहीं लग गए। स्कूल पाँच-सात वर्षों तक चलकर दम तोड़ गया। इस प्रकार अपने गाँव में हाई स्कूल की अवधारणा अंकुरित तो हुई लेकिन पल्लवित-पुष्पित नहीं हो सकी। सम्भवतः साठ के दशक का सामन्ती समाज स्कूल की अनिवार्यता महसूस नहीं करता था। स्कूल टूटा तो प्राथमिक विद्यालय के तत्कालीन प्रधानाध्यापक शिव परीक्षन सिंह की उक्ति याद हो आई। शिव परीक्षन सिंह हमारे गाँव के प्राथमिक विद्यालय के प्रधानाध्यापक होते थे, जब मैं प्राथमिक विद्यालय में छात्र हुआ करता था। वे बड़े स्पष्टवादी, शायद आज की शब्दावली में मुँहफट थे। जब भूमिहार जाति का कोई लड़का पढ़ाई में पिछड़ता, समय पर फीस नहीं देता तो वे तुरत कमेंट करते–''नारायणपुर में सारी मसूर की आमदनी रंडियाँ खा जाती हैं।''

उस समय उनकी बातें समझ में नहीं आती थीं। लेकिन इतना याद है कि गाँव में होली, दशहरा, कृष्ण जन्माष्टमी तथा शादी-विवाह के मौके पर बनारस की नामी वेश्याएँ सिद्धेश्वरी, ताराबाई आदि और बड़े-बड़े संगीतज्ञ, कंटे महाराज, गोदई महाराज आदि आया करते थे और उनमें हजारों-हजार रुपए खर्च होते थे। ये सारे खर्च गाँव के धनी-मानी लोग करते थे और उनकी बहादुरी की चर्चाएँ काफी दिनों तक होती थीं।

उस समय गाँव के बड़े लोगों की आमदनी का एकमात्र जरिया खेती थी। खेती में मसूर तब कैश क्रॉप थी। काली मिट्टी में मसूर मुफ्त में होती थी और जमींदारों के पास काफी पैसे हो जाते थे, लेकिन उनका सदुपयोग गीत, संगीत जैसे कार्यक्रमों में ही होता था। यही रईसी का द्योतक था। स्कूल और शिक्षा उनकी प्राथमिकता नहीं थी। बाद में स्कूल फिर खुला तो उसमें मौनी स्वामी जी का ही योगदान था, गाँववालों का नहीं।

विद्यालय का पहला परीक्षाफल

मौनी स्वामी जी ने गाँववासियों के अनुरोध पर चार-पाँच वर्ष पूर्व गाँव के टूट चुके हाई स्कूल को श्री सिद्धेश्वर नाथ उच्चतर माध्यमिक विद्यालय (अपने आश्रम के शंकर जी के नाम पर) के नाम से '62-'63 के सत्र से शुरू किया था। इसके लिए उन्होंने बाबू कामता प्रसाद राय, मुरली राय, विभूति नारायण राय आदि से वादा कराया था कि चकबन्दी में विद्यालय के नाम जमीन दिलाएँगे और संचालन में गाँव का कोई हस्तक्षेप नहीं होगा। ये लोग विद्यालय की प्रबन्ध समिति के सदस्य भी बनाए गए थे। समिति के शेष सदस्य मौनी स्वामी जी के दूर-दराज के शिष्य थे जिनसे उनको कोई बाधा नहीं थी।

कानपुर में अनुकूल नौकरी नहीं मिलने के कारण थक-हार कर '63 की जुलाई में मौनी स्वामी जी के स्कूल में ही मैं अध्यापक बन गया था। भुवनेश्वर राय भी इसी स्कूल में आ गए थे और हम दोनों अध्यापन के अतिरिक्त गाँव में मुक्तिनाथ ड्रामेटिक क्लब की स्थापना कर सांस्कृतिक जागरण के काम में लग गए थे। संयोग से कन्हैया भी कोलकाता से रंगकर्म का प्रचुर अनुभव लेकर गाँव लौट आया था और अपने व्यवसाय के अलावा रंगकर्म भी काफी रुचि ले रहा था। केशव प्रसाद नैना, मारकंडे रस्तोगी आदि कोटवा और नारायणपुर के नौजवानों का अच्छा-खासा सहयोग हमें मिल रहा था। फलतः गाँव के परिवेश में मन रमता जा रहा था।

स्वामी जी ने अपने संस्कृत पाठशाला के कुछ कमरों को हाई स्कूल के संचालन के लिए दे दिया था और आश्रम के पास के तालाब के भिण्डे पर दो छोटी-छोटी झोपड़ियाँ डालकर नवम और दशम की कक्षाएँ भी शुरू कर दी थीं। स्वामी जी का विश्वास था कि तालाब के भिण्डे पर शुरू होनेवाला काम अवश्य सफल होता है।

हमारे अलावा विद्यालय में पड़ोसी गाँव कनुवान के केदार नाथ राय, अमाँव के श्याम बिहारी राय, कनुवान के ही प्रभुनाथ राय, टुटुवारी के रवीन्द्र नाथ राय और उजियार के लाल बहादुर राय, गाँव के बैजनाथ राय, भुवनेश्वर राय आदि भी अध्यापक थे। केदार नाथ राय प्रधानाचार्य के पद पर थे। गाँव के अध्यापकों को नियुक्त करने में स्वामी जी हिचकते थे। शायद उनका पुराना अनुभव गाँव के प्रति अच्छा नहीं था।

हमारे आने से नवम और दशम की कक्षाओं में कुछ लड़के आ गए थे। दसवीं

कक्षा में आनेवाले लड़कों में पारसनाथ राम, राणा प्रताप राय, शिव शंकर पाण्डेय आदि छह-सात लड़के सेवा संघ इंटर कॉलेज, सोहाँव से कक्षा दशम में अनुत्तीर्ण थे और यहाँ से उन्हें उत्तीर्ण कराने का प्रलोभन हम लोगों ने दिया था। उन दिनों परीक्षाओं में नकल की परम्परा शुरू नहीं हुई थी, इसलिए परिश्रम के बल पर ही सब कुछ करना था। नए विद्यालय में हम दिन-रात परिश्रम कर उन्हें पढ़ाते थे। यह बात पुराने विद्यालयों में नहीं थी। फिर इन्हें उत्तीर्ण कराने का सवाल हमारी और विद्यालय की प्रतिष्ठा से भी जुड़ गया था। मौनी स्वामी जी की प्रसन्नता और नाराजगी भी इससे जुड़ी थी।

किन्तु जब फार्म भरने का वक्त आया तो एक नई मुसीबत खड़ी हो गई। सोहाँव के प्रधानाचार्य भृगुनाथ राय अपने अनुत्तीर्ण छात्रों को, जो हमारे यहाँ पढ़ रहे थे, स्थानान्तरण प्रमाण पत्र नहीं देना चाहते थे। छात्र बार-बार जाते थे और कोई बहाना बनाकर उन्हें लौटा दिया जाता था। सोहाँव वाले नहीं चाहते थे कि ये लड़के सोहाँव छोड़ें और नारायणपुर में स्कूल स्थापित हो क्योंकि साठ के दशक में मान्यता प्राप्त विद्यालयों में भी पढ़नेवाले छात्रों की संख्या कम ही होती थी। स्कूल का खर्च प्रायः फीस से ही चलता था, इसलिए सभी का जोर रहता था कि ड्राप आउट नहीं हो।

लड़कों ने बताया कि प्रिंसिपल हमें टी.सी. नहीं दे रहे हैं। हम कॉलेज से नया-नया आए थे और जोश-खरोश काफी था। तय हुआ कि कल हम प्रिंसिपल से मिलने स्वयं चलेंगे। दूसरे दिन पाँच-छह लड़कों के साथ हम सोहाँव पहुँचे।

जुलाई-अगस्त का महीना था। गर्मी काफी थी और वह सिर्फ बाहर ही नहीं बल्कि भीतर भी भरी हुई थी। एक तो तीन कोस का रास्ता, दूसरे रास्ते में न दुकानें और न वृक्षों की छाया, फलतः धूप काफी लगी थी लेकिन जोश जवानी का था। हम प्रिंसिपल से मिले और हल्की औपचारिकता के बाद तुरत टी.सी. प्रकरण शुरू हो गया। हमारे और प्रिंसिपल के बीच काफी गर्मागर्म बहस हुई। जोर की आवाज सुनकर बाहर से भी कई अध्यापक भीतर आ गए। फिर हम दोनों ठंडे हुए। उन्होंने चाय पिलाई और लड़कों की टी.सी. भी तुरत काटकर दे दी, जिसके लिए वे पन्द्रह-बीस दिनों से उन्हें दौड़ा रहे थे। लेकिन यह बात भी उजागर हुई कि लड़कों ने प्रिंसिपल की शिकायत हमसे काफी बढ़ा-चढ़ाकर की थी और वे उतना दोषी नहीं थे जितना लड़कों ने बताया था।

दूसरे दिन अपने प्रधानाचार्य और मौनी स्वामी जी को घटना की जानकारी दी तो वे काफी खुश हुए। आखिर विद्यालय की प्रतिष्ठा का प्रश्न था। लड़कों को मुहम्मदाबाद से व्यक्तिगत छात्र के तौर पर फार्म भरवाया गया। इस साल कक्षा दशम के सभी लड़के उत्तीर्ण हो गए। विद्यालय का परीक्षाफल पहले ही साल शत-प्रतिशत हो गया। मिहनत का परिणाम अच्छा आया। स्वामी जी का मन भी विद्यालय में लगने लगा।

विद्यालय का हीरो मैं हूँ

उन्नीस सौ चौंसठ का साल था। दुर्गापूजा का पर्व हाल ही में गुजरा था। रोज की तरह विद्यालय के रास्ते में गाँव के पोखर तक आया ही था कि एक लड़के ने स्कूल में मारपीट होने की सूचना दी। वहाँ से स्कूल पहुँचने में कम-से-कम दस मिनट लगते थे। तेजी से कदम बढ़ाया ताकि मारपीट को नियंत्रित कर सकूँ लेकिन पहुँचते-पहुँचते मारपीट खतम हो चुकी थी और दोनों दल भाग गए थे।

घड़ी नौ पैंतालिस बजा रही थी और दूसरे कोई अध्यापक अभी तक पहुँचे नहीं थे। अमूमन दस-सवा दस तक सभी पहुँचते थे। मैदान में बाँस के फट्टे और स्कूल के छत के रूप में डाले गए फूस के छप्पर के खर-पतवार बिखरे पड़े थे जो आपसी मारपीट की गवाही दे रहे थे। पता चला कि मारपीट गुमाका पाण्डेय और इन्द्रबली सिंह के बीच हुई है। बहुत दिनों से दोनों स्कूल का हीरो बनने की लड़ाई लड़ रहे थे। आज खुलकर शक्ति प्रदर्शन हुआ।

गत वर्ष गाँव के शरारती बच्चों ने स्कूल बन्द होने के बाद रामगढ़ के बच्चों को रास्ते में घेरकर पीटा था और रामगढ़वाले बच्चों ने विद्यालय आना ही बन्द कर दिया था। स्कूल नया था और आस-पास के गाँवों से बच्चों को बुलाकर लाना पड़ता था। इसलिए यह घटना काफी गम्भीर थी। शाम को मौनी स्वामी जी के यहाँ स्टाफ की बैठक हुई और स्वामी जी ने प्रधानाचार्य पर नाराजगी जताई। उन्होंने सबके सामने कहा कि अब से डिसिप्लिन (मुझे संकेत कर) यह देखेगा। इससे प्रधानाचार्य केदार नाथ राय को भीतर-भीतर क्षोभ हुआ कि मैं सुपर प्रधानाचार्य बन गया, लेकिन स्वामी जी के सामने बोलने की हिम्मत किसकी थी?

बाद में हमें रामगढ़ जाकर बच्चों और उनके अभिभावकों को समझाना पड़ा और गारंटी देनी पड़ी कि अब ऐसी घटनाएँ नहीं होंगी। इस घटना के बाद मेरी जिम्मेवारी काफी बढ़ गई थी। मैं विद्यालय के कार्यकाल के अलावे भी ऐसे मामलों पर नजर रखने लगा ताकि विद्यालय की प्रतिष्ठा को ठेस नहीं पहुँचे। भुवनेश्वर राय इस मामले में हमारे पक्के तौर पर सहयोगी थे और गाँव के बददिमाग लड़कों को हम दोनों नियंत्रित किया करते थे।

मारपीट के बाद उस दिन गुमाका और इन्द्रबली दोनों में से कोई भी स्कूल नहीं आया। दिन-भर खामोशी पसरी रही। लेकिन इस घटना की चर्चा स्टाफ में हुई। सबने

काफी चिन्ता व्यक्त की। शाम को छुट्टी हुई तो मैंने गुमाका को घर पर बुलवाया और घटना का कारण पूछा। संयोग से वह मेरे ही मुहल्ले का रहनेवाला था और उस हद तक बदमाश नहीं था जितना इन्द्रबली था। लेकिन इन्द्रबली की चुनौती ने इस लड़ाई को दो मुहल्लों की लड़ाई में तबदील कर दिया था।

गुमाका का वास्तविक नाम मधुसूदन था लेकिन स्कूल और घर में उसका गुमाका नाम ही प्रचलित था। उसने आते ही पाँव छूकर माफी माँगी और इन्द्रबली की शरारतों का पुलिन्दा खोल दिया। मुझे इतना तो मालूम था कि इन्द्रबली मनबढ़ू है लेकिन इतना शरारती है, यह नहीं मालूम था। घटना जानने के बाद मुफ्त में उस बदमाश को छोड़ देना विद्यालय के हित में नहीं था। मैंने गुमाका को कहा कि तुम्हें भी इसकी सजा मिलेगी। वह थोड़ा सहमा, बोला–'पंडीजी (मुझे पंडीजी कहता था) मुझे दंड कबूल है लेकिन इन्द्रबली को भी दंड मिलना चाहिए।'

"दंड की व्यवस्था तुम्हारी सलाह से नहीं होगी। वह अपराध के आधार पर होगी।" मैंने उसे समझाने की कोशिश की।

"आपकी मर्जी, लेकिन मुझे एकतरफा दंड मिलेगा तो न्याय नहीं होगा।" सिर झुकाए-झुकाए गुमाका बोला।

"न्याय-अन्याय का निर्णय मुझे करना है, तुम्हें नहीं। अब तुम जा सकते हो।" मैंने कहा।

जाते-जाते फिर पाँव छूकर विनम्रतापूर्वक बोला–"गुरुजी दंड दोनों को मिलना चाहिए। मैंने तो सिर्फ इतनी ही लड़ाई लड़ी है कि इन्द्रबली विद्यालय का हीरो नहीं रहेगा। वह लगातार मुझे धमकाता रहा है और कहता रहा है कि वही विद्यालय का हीरो है।" कुछ रुककर बोला–"आगे आपकी मर्जी।"

मैं सोच में पड़ गया कि विद्यालय में यह कौन-सी नई लड़ाई शुरू हो गई है? हीरो की लड़ाई पहले तो नहीं थी। दूसरे दिन गुमाका पढ़ने आया। पता चला कि इन्द्रबली भी आया है। हालाँकि प्रार्थना सभा में वह दिखाई नहीं पड़ा था।

मैंने दोनों को प्रधानाचार्य के कक्ष में बुलवाया। प्रधानाचार्य भी बैठे थे। बारी-बारी से घटना पर सवाल पूछने लगा। गुमाका तो संयत भाव से कुछ उत्तर दे रहा था लेकिन इन्द्रबली ढीठ की तरह ऊटपटाँग उत्तर देता रहा। भीतर-भीतर उसके व्यवहार से मेरा गुस्सा बढ़ता जा रहा था। प्रधानाचार्य भी गुस्साए जा रहे थे। फिर छड़ी उठाया और दोनों को बुरी तरह पीटा। तमाशबीन लड़कों की भीड़ लग गई। गाँव में चारों ओर हल्ला हो गया कि गुमाका और इन्द्रबली खूब पिटाए। शाम को मौनी स्वामी जी ने काफी तारीफ की। फिर अगले दो-तीन वर्षों तक जब तक मैं विद्यालय में रहा, इस प्रकार की कोई घटना नहीं हुई। न किसी ने हीरो बनने की कोशिश की।

आचार्य पं. सीताराम चतुर्वेदी : एक प्रेरक व्यक्तित्व

एक दिन वही पुराना चिरपरिचित सतरंगी छाता, सफेद धोती-कुर्ता के ऊपर सफेद ऊनी बंडी, लम्बा गमछा, गांधी टोपी और निराला की तरह कद्दावर शरीर दिखाई पड़ा। हम समझ गए कि आचार्य जी ने कॉलेज ज्वायन कर लिया। फिर तो कैम्पस की रौनक लौट आई। बी.एड. की कक्षाएँ और जमने लगीं। पूरा डिपार्टमेंट प्रो. जी. पी. सिंह, प्रो. मदन मोहन शर्मा, प्रो. प्रकाशचन्द्र, प्रो. एस. पी. सिंह काफी उल्लसित नजर आए।

पिछले कुछ दिनों से आचार्य जी के कॉलेज ज्वायन करने की बातें हवा में तैर रही थीं। उनके आगमन से हम चार-पाँच दोस्त जो 1959-61 तक स्नातक कक्षा के दौरान टाउन कॉलेज के छात्र थे, काफी खुश हुए, क्योंकि हमने उनके महान व्यक्तित्व को उस समय कुछ-कुछ देखा था। उनके आगमन की इस सूचना ने कॉलेज के वातावरण में एक महक घोल दी। फूलों की महक की तरह।

उन्नीस सौ पैंसठ का जून था वह, जब हमने बी.एड. में दाखिला लिया था। पिछले तीन वर्षों से मैं गाँव के नव स्थापित उच्चतर माध्यमिक विद्यालय में अध्यापक था। बी. ए. करने के बाद अध्यापक बनने की आकांक्षा नहीं थी। इसलिए 61 में स्नातक के बाद कानपुर चला गया था, नौकरी की तलाश में। लेकिन भाग्य ने फिर गाँव में ही ला पटका था और न चाहते हुए भी अध्यापक बन गया था। साथियों की राय हुई कि अध्यापक बनना है तो बी.एड. करना आवश्यक है।

लेकिन बलिया में बी.एड. करने का मन कतई नहीं था। इसलिए विजय के साथ यू.पी. कॉलेज वाराणसी में नामांकन कराने हेतु प्रो. विश्वनाथ राय के पास पहुँचा। उन्होंने असमर्थता जताई तो बाहर ही बाहर हम बलिया चले आए, क्योंकि हम घर से बी.एड. में दाखिले का संकल्प लेकर निकले थे।

बलिया पहुँचे तो पता चला कि प्रो. के. बी. श्रीवास्तव प्रभारी प्राचार्य हैं और उनसे बात करनी होगी। सुबह-सुबह ही उनके आवास पहुँचे। वे बहुत प्रसन्न हुए। पुरानी स्मृतियाँ ताजी हो आईं। 1959-61 तक स्नातक कक्षा के दौरान वे अंग्रेजी के विभागाध्यक्ष थे और हमें अंग्रेजी पढ़ाते थे। यद्यपि अंग्रेजी में हमारी विशेष रुचि नहीं थी लेकिन पढ़ना जरूरी था। उनकी ओर से पढ़ाने में कोई कमी नहीं थी।

अंग्रेजी के प्रसंग में ही एक बात याद आती है। आचार्य जी अंग्रेजी के विद्वान

होते हुए भी भारतीयों के मानस पर अंग्रेजी के शासन के विरोधी थे। बच्चों के ऊपर अंग्रेजी लादा जाना उन्हें कतई पसन्द नहीं था। एक बार गोष्ठी में उन्होंने कहा था कि के. बी. सहाय जितनी मिहनत से अंग्रेजी पढ़ावें लेकिन तुम लोग फेल हो-हो कर अंग्रेजी की गुलामी मानने से इनकार करते रहते हो।

बहुत आसानी के साथ बी.एड. में दाखिला हो गया। न कोई जाँच परीक्षा और न कोई परेशानी। घर लौटा तो काफी प्रसन्न था। लेकिन अफसोस था कि आचार्य सीताराम चतुर्वेदी प्राचार्य नहीं थे।

सितम्बर आते-आते मेरा आर्थिक संकट गहराने लगा। मेरी विवशता हो गई कि विद्यालय ज्वायन कर लूँ। लेकिन इसके लिए आचार्य जी की अनुमति आवश्यक थी। हिम्मत करके उनके पास गया और अपनी कठिनाई से उन्हें अवगत कराया। उन्होंने सहज भाव से पूछा, 'दोनों कर लोगे?'

'जी' मेरा संक्षिप्त उत्तर था।

अनुमति मिल गई। विद्यालय के प्रबन्धक मौनी स्वामी जी भी चाहते थे कि मैं विद्यालय भी सँभालूँ। वे तीन बजे मुझे छोड़ देने के लिए सहमत हो गए। इस प्रकार शुरू हुई प्रतिदिन 36 किलोमीटर की यात्रा और साथ-साथ बी.एड. की पढ़ाई। वैधानिक अड़चन इसलिए नहीं थी कि बी.एड. की कक्षाएँ सन्ध्या 6.00 बजे से शुरू होती थीं और मैं डेढ़-दो घंटे में कोटवा नारायणपुर से बलिया पहुँच जाया करता था। कभी-कभार ही बस विलम्ब करती थी।

दुर्गा पूजा की छुट्टियों के बाद कॉलेज खुला तो श्रीकृष्ण तिवारी ने बताया कि आचार्य जी ने नया नाटक लिखा है। वह प्रतिदिन डिक्टेशन लेने जाता था।

पिछले दो-तीन वर्षों में नाटकों के मंचन और लेखन के प्रति रुचि गहरी हुई थी। गाँव में रहने के दौरान हमने मुक्तिनाथ ड्रामेटिक क्लब के बैनर तले दर्जनों नाटकों का मंचन किया था। तिवारी की बात से जिज्ञासा हुई तो पूछा, 'कौन-सा नाटक?'

''आचार्य विष्णुगुप्त।''

उसने यह भी बताया कि आगामी समावर्तन समारोह में यही नाटक मंचित होगा।

उनकी विद्वत्ता की चर्चा करते हुए तिवारी ने कहा था कि आचार्य जी धाराप्रवाह संवाद बोलते जाते हैं और उसे सिर्फ गणेश की तरह तेजी से लिखना होता है।

यह बात हम पहले भी सुन चुके थे कि कॉलेज में जब भी नाटक मंचित होता था, आचार्य जी का लिखा हुआ नाटक ही होता था। उनके कई नाटकों को पढ़ चुका था और उनके प्रथम प्रयोग के पात्रों को भी जान चुका था। सो उनकी विद्वता की धाक पहले से ही मेरे मानस पर जमी हुई थी।

हमें यह भी पता था कि भरत मुनि के बाद आचार्य जी ने ही नाटकों के क्षेत्र में 'अभिनव नाट्यशास्त्र' की रचना करके 'अभिनव भरत' की उपाधि प्राप्त की है। स्नातक कक्षा के दौरान प्रतिवर्ष उनके नाटकों का मंचन देखने का भी सुयोग मिला

था। इसलिए आचार्य विष्णुगुप्त की चर्चा सुनकर मन में यह भाव उगा था कि इसके मंचन में हिस्सा लेना चाहिए।

संयोग से एक दिन सूचना प्रसारित हुई कि समावर्तन समारोह के अवसर पर अभिनीत होनेवाले नाटक के लिए पात्रों का चयन करना है। एतदर्थ इच्छुक छात्र निदेशक मंडल के समक्ष अन्तर्वीक्षा में सम्मिलित हों। मैंने तय किया कि जरूर भाग लूँगा।

निर्धारित तिथि को पहुँचा तो देखा कि एक कक्ष में आचार्य जी के साथ पाँच प्राध्यापक बैठे साक्षात्कार ले रहे हैं। बाहर छात्रों की भीड़ है। मैं भी शामिल हो गया। अपनी बारी आने पर अन्दर गया तो आचार्य जी ने पूछा–

''पहले किसी नाटक में भाग लिये हो?''

''जी।'' मेरा संक्षिप्त उत्तर था।

''किस नाटक में?'' अगला प्रश्न था।

''जयशंकर प्रसाद लिखित 'चन्द्रगुप्त' में।''

''किसकी भूमिका का निर्वाह किया था?''

''चाणक्य की।''

''कोई संवाद बोलो।''

मैं शुरू हो गया–''खींच ले ब्राह्मण की शिखा, शूद्र के अन्न से पले हुए कुत्ते...''

दो–चार दिनों के बाद पता चला कि मेरा चयन नहीं हुआ। मैं चुप लगा गया। फिर दस–पन्द्रह दिनों बाद प्रो. निरंकार श्रीवास्तव और प्रो. एस. पी. सिंह ने बुलाकर कहा कि तुम्हें आचार्य विष्णुगुप्त की भूमिका निभानी है। मुझे काफी आश्चर्य हुआ।

वे मुझे प्राचार्य कक्ष में ले गए। आचार्य जी ने कहा कि तुम्हें श, ष, स, का उच्चारण नहीं आता। उसे ठीक करना होगा।

वहाँ प्रसन्नता व्यक्त करने की हिम्मत तो नहीं हुई लेकिन काफी प्रसन्नता हुई। मित्रों को बताया कि मुझे प्रधान नायक की भूमिका के लिए चुना गया है। लेकिन चुनौती देखकर चिन्ता हुई कि इसमें सफल कैसे होऊँगा?

लेकिन चुनौती तो स्वीकारनी ही थी। चुनौतियों को स्वीकारने की प्रवृत्ति शुरू से ही अपने अन्दर पाता रहा हूँ। इसलिए श ष स के सही उच्चारण का अभ्यास डेरे पर घंटों किया। इसका काफी लाभ मुझे आगे मिला।

रिहर्सल के दौरान प्रो. निरंकार श्रीवास्तव जी ने बताया था कि आचार्य जी की इच्छा थी कि विष्णुगुप्त की भूमिका कोई प्राध्यापक करे। लेकिन उनके व्यक्तित्व के भय से कोई इसके लिए तैयार नहीं हुआ। फिर कई दिनों के विमर्श के बाद यह भूमिका मुझे मिली।

छुट्टियों में भी रिहर्सल चलता रहा। मेरी सारी छुट्टियाँ बलिया में ही बीत गईं। घर नहीं जा पाया। काम के आगे घर मोह छोड़ने की आदत शुरू से ही रही है। संयोग भी संयोग ऐसा रहा कि घर की झंझटों से मुक्त ही रहा। इसलिए ज्यादा दिनों

तक भी घर नहीं जा पाने की विवशता कभी पीड़ा नहीं बनी।

रिहर्सल में प्रो. निरंकार श्रीवास्तव जो खुद चन्द्रगुप्त की भूमिका कर रहे थे, तो निर्देशन करते ही थे, आचार्य जी स्वयं निर्देशन करने आया करते थे। आवश्यकतानुसार पात्रों को समझाते भी थे। एक दिन रिहर्सल के दौरान उन्होंने मुझे संकेत से बुलाया। कहा, ''पृथ्वीराज कपूर की फिल्में देखी हैं?''

मैंने स्वीकृति में सिर हिलाया।

बोले–''संवाद वैसे ही बोलने का अभ्यास करो।''

पूर्वाभ्यास ने मुझे आचार्य जी और अन्य प्राध्यापकों के काफी निकट पहुँचाया। मुझमें आत्मविश्वास बढ़ा और आचार्य जी के विराट् व्यक्तित्व को निकट से समझने का मौका मिला।

समावर्तन समारोह में गोरखपुर विश्वविद्यालय के कुलपति भी आए थे। बड़ा अच्छा हुआ था समारोह। रात को उसी मंच पर 'आचार्य विष्णुगुप्त' का मंचन हुआ।

विशाल पंडाल खचाखच भरा हुआ था। बलिया के सभी क्षेत्रों के सम्भ्रान्त व्यक्ति, बुद्धिजीवी, पत्रकार, प्राध्यापक, छात्र इकट्ठे थे।

पहली बार पर्दामुक्त मंच पर अभिनय करना था। बिजली के साथ ही दृश्य बदलते थे।

एक दृश्य में चन्द्रगुप्त को आकर आचार्य विष्णुगुप्त का अभिवादन करना था।

ज्योंही चन्द्रगुप्त (प्रो. निरंकार श्रीवास्तव) ने आचार्य विष्णुगुप्त (मुझे) को प्रणाम आचार्य कहा, पंडाल में बैठे एक लड़के ने बात दुहरा दी।

आचार्य जी अगली क़तार में कुलपति महोदय के साथ बैठे थे। तुरन्त गुस्से में मंच पर आ गए।

''कौन माई का लाल है जो अनुशासन भंग करना चाहता है?'' उनकी गम्भीर आवाज गूँजी। लड़का तो भाग ही गया। पूरे पांडाल में गहरा सन्नाटा पसर गया। फिर नाटक शान्तिपूर्वक अभिनीत हुआ। आचार्य जी का वह लौह अनुशासन आगे के जीवन में काफी प्रेरणादायी रहा। मैंने उसका अनुसरण करने की काफी कोशिश की। मेरी मान्यता है कि शिक्षण संस्थान बगैर अनुशासन के शिक्षा के विकास की मंजिलें नहीं तय कर सकते।

उनके व्यक्तित्व और अनुशासन की धाक इतनी थी कि कोई प्राध्यापक भी पान खाकर उनके पास जाने की हिम्मत नहीं जुटा पाता। बी.एड. के छात्रों के लिए जारी निर्देश पत्र में तो अंकित था कि चाय पीना और पान खाना भ्रष्ट अभ्यास है।

1959-61 तक आचार्य जी के इस अनुशासन को देखने का पूरा अवसर नहीं मिला था। जब हम कॉलेज में स्नातक के छात्र थे। एक-दो बार ऐसा हुआ कि कक्षाएँ खाली रहीं तो हम शिकायत लेकर आचार्य जी के पास पहुँच गए।

उन्होंने हँसते हुए कहा कि महाविद्यालय में पढ़ रहे हो, यहाँ कक्षाएँ खाली भी रहती हैं। हम काफी शर्मिन्दा हुए।

कभी-कभी हिन्दी अथवा अंग्रेजी की कक्षाएँ खाली रहतीं तो वे स्वयं क्लास लेने आ जाते। उनकी कक्षाएँ बड़ी रोचक होतीं। जब हम बी. ए. द्वितीय वर्ष के छात्र थे, एक बार वे अंग्रेजी की कक्षा में आ गए। के. बी. साहब छुट्टी में थे। एक छोटी सी कविता शुरू की। अंग्रेजी के एक शब्द के कई अर्थ बताए। हमें सिर्फ इतना ही पता था कि 'बिल' का अर्थ चिड़िया की चोंच होता है।

उनकी सबसे रोचक हिन्दी की वह कक्षा थी जिसमें उन्होंने तुलसी के सवैये को पढ़ाया था।

सुनि सुन्दर वैन सुधा रस साने, सयानी है जानकी जान भली।
तिरछे करि नैन दे सैन तिन्हें, समुझाई कछू मुस्काइ चली।

'तिरछे करि नैन दे सैन', को समझाने के लिए कंधे पर रखे लम्बे गमछे का घूँघट बनाकर आँखों को तिरछा कर इशारे से सीता की भूमिका दिखा दी। अभिनय से कक्षा की लड़कियाँ जहाँ संकुचित हो गईं, लड़के जी-भरकर आनन्दित हुए। अभिनय और संवाद की मिश्रित शैली ने सवैया के रेशे-रेशे को छात्र-छात्राओं के समक्ष खोल दिया। आचार्य जी कहा करते थे कि शिक्षक स्वयं विधि है।

आगे सफल अध्यापक बनने में उनके इस शिक्षण ने काफी मार्गदर्शन किया। साहित्य की कक्षा में रसाभिव्यक्ति नहीं हो, अध्यापक और छात्र क्षण-भर के लिए प्रसंग-विशेष में अपने को भूल नहीं जाएँ तो पाठ का मकसद ही पूरा नहीं होता।

जहाँ तक स्मरण है सन् '60 में कॉलेज में 'कामायनी के महाकाव्यत्व' पर संगोष्ठी आयोजित थी। बलिया के काफी साहित्यकार, प्राध्यापक, बुद्धिजीवी, छात्र आदि उपस्थित थे। सभा भवन खचाखच भरा था। सतीशचन्द्र कॉलेज तथा अपने कॉलेज के कई प्राध्यापकों ने 'कामायनी' के महाकाव्यत्व के पक्ष में प्रमाण पेश किए और उसे एक महाकाव्य सिद्ध किया। आचार्य जी शुरू से 'कामायनी' को महाकाव्य नहीं मानते थे।

'हिमगिरि' के ह अक्षर से ही उन्होंने अपने पक्ष की शुरुआत की। महाकाव्य के लक्षणों की व्याख्या करते और 'कामायनी' को कसौटी पर कसते उन्होंने सिद्ध कर दिया कि 'कामायनी' महाकाव्य नहीं है।

हम उस समय स्नातक के छात्र थे। उनकी विद्वत्ता से काफी चमत्कृत हुए। हमें उनकी गम्भीर वाणी, उससे निःसृत शब्दावली और ओजपूर्ण ढंग से उनका धारा प्रवाह बोलना बेहद प्रभावित करता था। मैंने उससे काफी कुछ सीखा।

इस मामले में टाउन कॉलेज काफी आगे था। लगभग प्रतिमाह कोई न कोई गोष्ठी, परिचर्चा, सभा, एकांकी आदि का आयोजन होता रहता और सुनने तथा सीखने का काफी अवसर मिलता।

आचार्य जी यूनियन के विरोधी थे। उनकी मान्यता थी कि यूनियनें संस्थाओं को बर्बाद करती हैं। अनुशासन तोड़ती हैं और माहौल बिगाड़ती हैं। इसलिए 1962 तक महाविद्यालय में यूनियन का गठन नहीं हुआ। मंत्रिपरिषद् बनती थी। प्रधानमंत्री

और अन्य मंत्रियों का चुनाव हुआ करता था। मंत्रिपरिषद् की रचनात्मक भूमिका की इजाजत थी।

एक बार ऐसी ही मंत्रिपरिषद् के नेतृत्व में संसद की कार्यवाही सम्पादित हुई थी, जिसे देखने का अवसर मिला था। महामहिम राष्ट्रपति के रूप में उन्होंने उसका उद्घाटन किया था। एक विशेष समारोह के अवसर पर कॉलेज में माक पार्लियामेन्ट का भी आयोजन हुआ था, जिसमें छात्रों के साथ-साथ प्राध्यापकों ने भी भाग लिया था। पंडित जवाहरलाल नेहरू और कृष्ण मेनन की भूमिकाएँ निभानेवाले प्राध्यापकों ने हू-ब-हू उनके ड्रेस और बोलचाल का अनुकरण किया था। जिसे देखकर हमें काफी आश्चर्य हुआ था।

'62 के बाद जब कॉलेज में यूनियनवाद का चक्कर चला और बातें आगे बढ़ गईं तो आचार्य जी महाविद्यालय छोड़कर कोलकाता चले गए। हमें पता चला कि उन्होंने बाल विश्वविद्यालय ज्वायन कर लिया। उनके जाने के बाद हमने उनकी काफी चर्चा की। हम सोचते थे कि बड़ों के कॉलेज का प्राचार्य बच्चों का विश्वविद्यालय चलाने में कैसा अनुभव करता होगा? लेकिन ये सारी बातें व्यक्ति की सोच और उसके संकल्प पर निर्भर करती हैं। आचार्य जी शुरू से ही संकल्प के धनी थे। स्वाभिमानी इतने कि कभी-कभी हमें लगता कि प्रसाद जी के 'चन्द्रगुप्त' के दाण्ड्यायन हैं।

जब कॉलेज छोड़ने के बाद चेतना का विकास हुआ और गहराई से बातों को समझने की क्षमता पैदा हुई तब समझ में आया कि 'आचार्य विष्णुगुप्त' नाटक के माध्यम से जिस विष्णुगुप्त का चरित्रांकन उन्होंने किया था, वह दूसरा नहीं बल्कि वे स्वयं थे।

भारतीय वाङ्मय और संस्कृति में ऐसे ही उदात्त चरित्र के ब्राह्मणों की परिकल्पना की गई थी जो न केवल सच्चे आचार्य थे अपितु राज्य और शासन के नियन्ता और संस्थापक थे। वे राजसत्ता के उन्मुक्त उपभोक्ता नहीं प्रजा के पालक थे। सच्चे परामर्शदाता थे। आज इतिहास साक्षी है कि चाणक्य ने किस प्रकार घनानन्द से मगध का राज छीनकर चन्द्रगुप्त के हाथों सौंपा था और वह जबतक महामात्य रहा कितनी सामान्यता में जिन्दा रहा।

अपनी कुटिया में विदेशी दूत से बातचीत करते समय आचार्य चाणक्य ने राज्य के दीपक को बुझाकर अपना निजी दीपक जला लिया था क्योंकि वह राजकीय वार्ता नहीं थी। त्याग, तपस्या की यह अप्रतिम मिशाल उस समय ब्राह्मण ही पेश कर सकता था। दूसरे शब्दों में, यही ब्राह्मण चरित्र की खूबियाँ हुआ करती थीं और खूबियों से वह पूजित होता था। इन्हीं खूबियों को लक्ष्य कर 'मनुस्मृति' में कहा गया था–

एतदेशप्रसूतस्य सकाशादग्रजन्मनः
स्व-स्व चरित्रं शिक्षेरन् पृथिव्याँ सर्व मानवाः।
ब्राह्मण जन्मना जायते पूज्य नहीं होता था।

हमें स्मरण आता है कि आचार्य जी जब कभी बी.एड. की कक्षाओं में आते थे, विषयवस्तु का ही शिक्षण करते थे। जब वे धाराप्रवाह बगैर पुस्तक की मदद के किसी टापिक को पढ़ाते थे तो हम उनके अथाह ज्ञान को देखकर काफी अभिभूत होते थे। उनकी पढ़ाई हुई शिक्षा शास्त्री रूसो की समीक्षा मुझे पैंतीस वर्षों बाद आज भी अक्षरश: याद है।

उन्होंने कहा था कि रूसों के सिद्धान्त कि 'बच्चे को अनुभव से सीखने दो' घनघोर अव्यावहारिक है। उसने इस सत्य को ही नकार दिया है कि दुनिया में ज्ञानियों ने अपने अनुभव से ज्ञान का विशाल भंडार रख छोड़ा है और फिर उसी ज्ञान को बच्चा फिर अपने अनुभव से प्राप्त करे यह विरोधाभास तो है ही, उन ज्ञानियों के ज्ञान का अनादर भी है।

उन्होंने कहा कि यह कितना अव्यावहारिक है कि साँप काटने से व्यक्ति मर जाता है, यह बताने के लिए बच्चे को साँप से कटवाया जाए। पहाड़ से गिरने से व्यक्ति मर जाता है, यह अनुभव कराने के लिए बालक को पहाड़ से ढकेला जाए।

सचमुच रूसो पर उनकी ये समीक्षाएँ बड़ी काम की साबित हुईं। आज लगता है कि प्राध्यापक ठीक ही कहते थे कि आचार्य जी एक अच्छे शिक्षाशास्त्री थे। प्रत्येक विषय में उनकी पुस्तकें उस समय भी हम देखते थे। बच्चन ने 'क्या भुलूँ क्या याद करूँ ' में सही ही आचार्य सीताराम चतुर्वेदी के शिक्षाशास्त्री रूप को चित्रित किया है।

समारोहों में आचार्य जी का सम्बोधन कितना ओजपूर्ण और प्रभावपूर्ण होता था, उसका एक प्रसंग स्मरण आ रहा है। उस समय हम टाउन इंटर कॉलेज के छात्र हुआ करते थे। उसी कॉलेज की यह आनुषंगी इकाई थी। उस समय टाउन इंटर कॉलेज के प्रधानाचार्य आदरणीय श्याम बिहारी विरागी जी थे जो उत्तर प्रदेश विधान परिषद् के सदस्य होते थे। टाउन इंटर कॉलेज की हीरक जयन्ती मनाई जा रही थी। महामहिम राज्यपाल का कार्यक्रम था। हम उन्हें सलामी देने गए थे। सलामी के बाद बिलकुल पीछे खड़ा होने की जगह मिली थी। वहीं से कार्यक्रम देखने-सुनने का अवसर मिला। स्वागत गान वगैरह के बाद जब आचार्य जी महामहिम राज्यपाल का अभिनन्दन पत्र पढ़ने खड़े हुए और उन्होंने शुरू किया–'त्रिविक्रम विराड्रूप भगवान विष्णु के चरण नख से उद्‌भूत त्रिपथगा की पावन पीयूष वारिधारा से अभिसिंचित'...एक-एक अनुच्छेद का एक-एक वाक्य, लगा वाणभट्ट अपनी 'कादम्बरी' पढ़ रहे हों। ओजपूर्ण वाणी, माइक पर गूँजती धाराप्रवाह आवाज, लच्छेदार वाक्य विन्यास। उस अभिनन्दन पत्र को जीवन में सैकड़ों बार पढ़ा, सीखा। जब अभिनन्दन पत्र लिखने पड़े, उसका अनुकरण किया। मुझे लगता है कि बाद में मेरे भाषणों पर भी आचार्य जी का काफी गहरा प्रभाव पड़ा।

बिहार में अध्यापक बन जाने के बाद की एक घटना याद आती है। साठ के दशक में मैं डॉ. रामनरेश मिश्र 'हंस' के निर्देशन में शोध करना चाहता था। हम

दोनों ने सिनाप्सिस बनाया था। उस समय मैंने पहला नाटक 'पृथ्वीराज चौहान' लिख लिया था। किसी काम से हम दोनों वाराणसी गए थे। सोचा कि आचार्य जी से मुलाकात की जाए। हंस जी भी उनके शिष्यवत थे। उनके आवास पर पहुँचे। सेवानिवृत्ति के बाद भी वे उसी कर्मनिष्ठा से किसी ग्रंथ का लेखन कर रहे थे। मुलाकात हुई। कुशल क्षेम पूछा। तुरन्त काम की बात पर आ गए।

पूछा–"सिनाप्सिस बनाए हो?"

"जी।"

"देखें।"

उन्होंने सिनाप्सिस ले लिया। कहा शाम को आओ। शाम को हम दोनों फिर पहुँचे। पूरी सिनाप्सिस बदल गई थी। काम की बात करके विदा कर दिया।

काम के प्रति यह लगाव और समय की महत्ता का बोध आज कहाँ मिलता है? पद मिल गया, सुविधाएँ मिल गईं तो जीवन का चरम मान लिया जाता है। लेकिन जीवन के एक-एक क्षण का सदुपयोग आचार्य जी जैसे आचार्यों ने ही किया। सोचता हूँ, कितना महान था उनका व्यक्तित्व।

आचार्य जी से अन्तिम मुलाकात नब्बे के आस-पास हुई थी जब वे कुणाल जी के आमंत्रण पर पटना आए थे। सम्भवतः हनुमान मन्दिर की ओर से साहित्य प्रकाशन और पत्रिका प्रकाशन की शुरुआत हो रही थी। हमारी उनसे मुलाकात पटना पुस्तक मेला में हुई। वे चौखम्बा प्रकाशन के सामने खड़े थे। वही कुर्ता, धोती, अँगोछा, टोपी, छड़ी। लम्बा कद्दावर शरीर कुछ कृशकाय हो गया था। आँखें कुछ धँसी हुई थी।

मैं अपने तत्कालीन महामंत्री शत्रुघ्न बाबू के साथ मेला देखने गया था। उन्हें बताया कि यही आचार्य पं. सीताराम चतुर्वेदी हैं, हमारे गुरुदेव।

मैंने चरण स्पर्श किया। उन्होंने कुशल समाचार पूछा। बताया, बिहार में अध्यापक हूँ। वे प्रसन्न हुए।

लगता था अब कहेंगे–'अरे भले आदमी'। उनका यह तकियाकलाम उस वक्त काफी अच्छा लगता था। आज भी उसकी स्मृति से मन आह्लादित हो उठता है।

इधर लम्बे अर्से से उनके बारे में कोई सूचना नहीं थी। इतना ही सुन रखा था कि वाराणसी छोड़कर कहीं बाहर रहते हैं। लेखन, सम्पादन पूर्ववत् जारी है।

इधर चलते-फिरते सुना कि आचार्य जी अब नहीं रहे। विश्वास नहीं हुआ। 'नया ज्ञानोदय' में उनपर एक रचना देखने को मिली तो विश्वास करना पड़ा। मन पीड़ा से भर गया। शतक बनाने के बाद भी आचार्य जी के अमर जीवन की कामना थी। आज मेरे अन्दर सृजनशीलता पैदा करने, मेरे लेखक और वक्ता को जागृत करने और कर्म के प्रति ईमानदार बने रहने की बात प्रत्यक्ष या परोक्ष रूप से आचार्य पं. सीताराम चतुर्वेदी के प्रेरक व्यक्तित्व की ही देन है। उनकी पुण्य स्मृति को शतशः प्रणाम।

मौनी स्वामी की मूर्ति-प्रतिष्ठा

गाँव के विद्यालय को तो मैंने 1965 में ही छोड़ दिया था किन्तु बीच में जब मौनी स्वामी के शिष्य स्वामी ओंकारानन्द जी ने जो उस समय विद्यालय के प्रबन्धक थे, प्रधानाचार्य केदार नाथ राय को निलम्बित किया तो मेरी दिलचस्पी कुछ बढ़ गई। दरअसल केदार नाथ राय बाहर से जितना सरल-सीधा दिखने का नाटक करते थे, भीतर से उतने ही कुटिल थे और अध्यापकों के प्रति उनकी धारणा अच्छी नहीं थी। यह बात 1965 में ही मैं समझ गया था, जब मुझे विद्यालय छोड़ना पड़ा था।

बिहार में लगातार बढ़ती व्यस्तता और घर कम आ पाने के कारण, चाहते हुए भी गाँव के विद्यालय से लगाव कम होता गया। किन्तु विद्यालय की प्रबन्ध समिति के गठन के सवाल पर जब 2003 में कुछ लोग मिलने आए और उन्होंने दबाव बनाया तो कुछ दिलचस्पी जगी लेकिन बिहार का नुकसान करके दिलचस्पी लेना संभव नहीं था। बिहार अब हमारी सर-जमीन है और जीना-मरना अब इसी से जुड़ा है। लेकिन इस दौरान बेनी माधव जी से सम्पर्क बढ़ा। वे प्रधानाचार्य की कुर्सी पर बैठ चुके थे और विद्यालय विकास हेतु रचनात्मकता के धरातल पर सोचने लगे थे। चर्चा के क्रम में यह बात सामने आई कि विद्यालय अपनी स्थापना के चालीस वर्ष पूरे कर चुका है और वे कोई समारोह आयोजित करना चाहते हैं। रमाशंकर पाण्डेय, बेनी माधव राय और नोहर राय आदि मित्र कई बार आए और कार्यक्रम पर चर्चा की। विमर्श के दौरान तय हुआ कि रजत जयन्ती मनाई जाए। फिर कार्यक्रम बने, तैयारियाँ शुरू हुईं और मेरे लिए लगभग बाध्यकारी हो गया कि मैं इस कार्यक्रम में भाग लूँ। निर्धारित तिथि को मैं कार्यक्रम में भाग लेने आया लेकिन स्थानीय विधायक अम्बिका चौधरी तथा अन्य विशिष्ट अतिथि नहीं आ सके। फिर भी कार्यक्रम अच्छा हुआ। जनपद के दूर-दराज के विद्यालयों के प्रधानाचार्य, गाँव के गणमान्य लोग आए। प्रधानाचार्य ने अपने प्रतिवेदन में कई महत्त्वपूर्ण बातों का उल्लेख किया लेकिन उन्होंने एक कसक व्यक्त की कि वे विद्यालय में संस्थापक मौनी स्वामी जी की मूर्ति प्रतिष्ठित नहीं कर सके। मुझे लगा कि उनकी यह कसक भीतर से थी। मुझे यह बात छू गई। विद्यालय का पूर्व छात्र और पूर्व अध्यापक होने के कारण मेरा काफी सम्मान किया गया और जब मैं मुख्य अतिथि के रूप में सम्बोधन के लिए खड़ा हुआ तो प्रधानाचार्य की कसक मुझे याद आई। शिक्षा के सवालों की चर्चा के दौरान

मैंने देश में शिक्षा संस्थानों की स्थापना में योग देनेवाले संस्थापकों की महत्ता को रेखांकित किया। मेरा मानना है कि देश में शिक्षा विकास की धारा में संस्थापकों की सोच और उनके प्रयासों की भी चर्चा की जानी चाहिए और उन्हें याद किया जाना चाहिए। इसी क्रम में मौनी स्वामी जी की स्मृति को ताजा करने के लिए बेनी माधव राय की अधूरी इच्छा को पूरा करने हेतु मैंने विद्यालय संस्थापक मौनी स्वामी जी की मूर्ति प्रतिष्ठापन का जिम्मा लेते हुए पाँच हजार रुपए दान की घोषणा की। फिर उपस्थित गणमान्य लोगों से भी दान देने की अपील की। कुछ घोषणाएँ भी हुईं। तालियाँ बजीं और पंडाल प्रसन्नता से भर उठा। प्रधानाचार्य बेनी माधव राय भी काफी खुश दिखे। फिर मैंने पाँच व्यक्तियों की एक समिति के गठन की भी घोषणा की।

अब सवाल था तीन-चार महीने में मूर्ति प्रतिष्ठापन का क्योंकि बेनी माधव राय 30 जून को ही सेवानिवृत्त होनेवाले थे। उनकी इच्छा थी कि यह कार्य उनकी मौजूदगी में ही पूरा हो। फिर कई बार गाँव आना पड़ा। एक बार तीन-चार दिनों के लिए आया। मूर्ति प्रतिष्ठापन और समारोह का बजट बना। चन्दा इकठ्ठा करना शुरू किया। दो दिनों में लगभग एक लाख रुपए आए। फिर वाराणसी जाकर मूर्ति बनानेवाले को अग्रिम का भुगतान करके मूर्ति बनाने का आदेश दे दिया।

अतीत में मेरे साथ किए जानेवाले दुर्व्यवहार मेरी स्मृति का हिस्सा कम बनते हैं। मेरा विश्वास है कि दुखद प्रसंगों की बजाय अच्छे और रचनात्मक प्रसंगों को ही याद किया जाना चाहिए और उन्हें ही भावी योजनाओं का हिस्सा बनाया जाना चाहिए। इसीलिए मौनी स्वामी जी के पाँच रुपए के कारण मुझे गाँव छोड़ना पड़ा, इस पीड़ा ने मुझे कभी परेशान नहीं किया। बल्कि इस बात से मैं उत्साहित होता रहा कि सामन्तों, जमींदारों और दूसरों के शरीर और आत्मा पर भी अपना अधिकार माननेवाले गाँव में गरीबों, वंचितों और सामाजिक न्याय के तबकों और सर्वोपरि सबसे शोषित-पीड़ित महिलाओं के लिए संस्थान स्थापित कर मौनी स्वामी जी ने शिक्षा की मशाल जलाई। वरना उन्नीस सौ पचपन में स्थापित विद्यालय तो कब का टूट चुका था और नारायणपुर में आम जन के सहयोग से विद्यालय-स्थापना की कल्पना ही बेमानी थी।

आज भी याद है कि स्वामी जी एक बार डिग्री कॉलेज खोलने की योजना पर विचार कर रहे थे। गाँव के कई गणमान्य व्यक्तियों को बुलाकर उन्होंने चर्चा की। उनकी नजर इंटर कॉलेज के सामने सड़क के दक्षिण ओर डाकबंगला तक फैली जमीन पर थी लेकिन उन्हें जमीन नहीं मिली। महाविद्यालय खुलते-खुलते रह गया।

दूसरी बार बलिया के ही एक राजनेता अपने किसी सम्बन्धी के नाम पर डिग्री कॉलेज खोलना चाहते थे। इसके लिए राज्य सरकार उन्हें सहयोग करने को तैयार थी लेकिन गाँव के बबुआनों की न तो एकमत राय बनी और न उन्हें जमीन मिली। कॉलेज कहीं बाँसडीह की ओर चला गया। बड़े बुजुर्गों से सुना था कि लोकनायक

जयप्रकाश नारायण को गाँव की भौगोलिक स्थिति इतनी पसन्द आ गई थी कि वे यहाँ एक विश्वविद्यालय की स्थापना करना चाहते थे। लेकिन तब का जमाना तो और भी सामन्ती तेवर का था। विश्वविद्यालय और शिक्षा से गाँव को क्या लेना-देना था? जयप्रकाश नारायण का प्रस्ताव धरा का धरा रह गया।

खैर, बेनी माधव जी का संकल्प पूरा हुआ और उनकी सेवानिवृत्ति के पूर्व ही वह तिथि आ पहुँची जब कॉलेज में स्वामी जी की मूर्ति प्रतिष्ठापित हुई। सम्भवतः मई का महीना था वह। लेकिन सुबह से ही झिसफुस चल रहा था। धूप भी आती-जाती रहती थी। कुल मिलाकर दिन बुरा नहीं था। व्यवधान भी ज्यादा नहीं था। लगा प्रकृति हल्की-हल्की फुहारों से प्रसन्नता व्यक्त कर रही है। मूर्ति कहाँ लगेगी? यह प्रश्न भी पहले ही हल हो चुका था। संगमरमर के सुन्दर चबूतरे पर मूर्ति प्रतिष्ठापित थी और दान दाताओं के नाम तथा कई श्लोक उस पर अंकित कर दिए गए थे। समारोह छोटा किन्तु प्रभावी था। एक परिकल्पना साकार हो रही थी।

मैंने मूर्ति का अनावरण किया और प्रांगण खिलखिला उठा। स्वामी जी के शिष्य स्वामी ओंकारानन्द जी भी समारोह में उत्साहपूर्वक भाग ले रहे थे। बोले—मैं जो काम नहीं कर सका, वह आपने कर दिया। मुझे बेहद प्रसन्नता है।

समारोह घंटों चला। मुझे भी लगा कि एक बहुत बड़ा बोझ माथे से उतर गया है। बेनी माधव राय काफी प्रसन्न नजर आए। परिश्रम और इच्छा शक्ति से कुछ भी किया जा सकता है।

पाँच रुपए की वेतनवृद्धि और कैलगढ़ का इंटरव्यू

बी.एड. की ट्रेनिंग लेकर लौटा तो मौनी स्वामी जी से अनुरोध किया कि मेरा वेतन पाँच रुपए बढ़ा दीजिए क्योंकि मैं भी अब प्रशिक्षित हो गया हूँ। उस समय तक विद्यालय में प्रशिक्षित स्नातक को पैंसठ रुपए और अप्रशिक्षित को साठ रुपए वेतन मिलते थे। केदार नाथ राय, बालेश्वर राय, श्याम बिहारी राय को पैंसठ रुपए मिलते थे जबकि मुझे और भुवनेश्वर राय को साठ रुपए।

स्वामी जी चतुर्मास करने जानेवाले थे। उन्होंने कहा कि प्रिंसिपल को कह दिया है। सोचा—बात हो गई। साधु-महात्मा की बात है इसलिए चुप लगा गया।

अप्रैल में जब बी.एड. करके लौट रहा था तो बी.ए. के पुराने सहपाठी बैजनाथ राम को जो बी.एड. में फिर मेरे साथ आ गया था, कहता आया था कि तुम बिहार में मेरे लिए भी स्थान तलाशना। उस समय वह सीवान के ही उच्च विद्यालय राजपुर में भूगोल का अध्यापक था। बैजनाथ ने इस बात को ईमानदारी के साथ लिया और उसी साल गर्मी की छुट्टियों के पहले श्रीकृष्ण उच्च विद्यालय, कैलगढ़, सीवान की प्रकाशित विज्ञप्ति के आलोक में मेरे नाम से आवेदन कर दिया और मुझे भी सूचित कर दिया कि आपके नाम पर आवेदन दे दिया है।

मेरा आवेदन देखकर ही ब्रजमंगल राय जो उस समय कैलगढ़ में अध्यापक थे और सोहाँव के रहनेवाले थे, मुझसे मिलने नारायणपुर आए थे। उस दिन मैं स्कूल में ही था। उन्होंने मेरी इच्छा जानने की कोशिश की कि क्या मैं बिहार जाना चाहता हूँ? उन्होंने वहाँ मिलनेवाले वेतन, भत्ते, आवासीय सुविधाओं आदि के बारे में भी बताया और चलने का अनुरोध भी किया। चलते-चलते वहाँ की प्रबन्ध समिति की आन्तरिक राय भी बताई। मन कुछ चंचल हुआ और तर्क-वितर्क शुरू हुआ कि क्या करूँ? लेकिन श्याम बिहारी राय, भुवनेश्वर राय आदि का दबाव था कि विद्यालय छोड़ा नहीं जाए। यदि छोड़ा जाए तो एक साथ।

हम सभी लोग केदार नाथ राय, प्रधानाचार्य की बेईमानी से भीतर ही भीतर खफा थे और हमारे एवं प्रधानाचार्य के बीच एक शीतयुद्ध चल रहा था। वे वरीयता के क्रम को उलटकर बालेश्वर राय को वरीय बनाना चाहते थे और नए विद्यालय में हर प्रकार की बेईमानी भी शुरू कर दिए थे। स्वामी जी उनसे क्षुब्ध होते हुए भी अन्ततः उन्हीं का पक्ष ले लेते थे।

स्वामी जी साधक तो थे लेकिन विद्यालय के मामले में 'फूट डालो, राज करो' की नीति पर अमल करते थे और पैसे के मामले में अति कंजूस थे। उनकी गहरी और पैनी आँखें सामनेवाले की आँखों में गहराई तक पैठकर भीतर की बात जानने की कोशिश करती थीं।

मुझसे मेरा वेतन बढ़ाने का वादा कर स्वामी जी चतुर्मास करने चले गए। उन्होंने प्रधानाचार्य से वेतन बढ़ाने को कहा भी था या नहीं, यह मालूम नहीं हो सका लेकिन पूछने पर प्रधानाचार्य ने बताया कि स्वामी जी ने कुछ नहीं कहा है। सुनकर काफी दु:ख हुआ और इससे मेरे स्वाभिमान को काफी ठेस पहुँची। इसी बीच कैलगढ़ से इंटरव्यू लेटर भी आ गया–लेटर पैड पर सुन्दर तरीके से टाइप किया हुआ। पहला इंटरव्यू था, मन प्रभावित हुआ। सोचा इंटरव्यू देना चाहिए।

8 जुलाई 1965 को अन्तर्वीक्षा थी। ब्रजमंगल राय के बताए रास्ते से हथुवा पहुँचा। पूरी रात लग गई। सबेरे उतरा तो इक्के की सवारी मिली। उन दिनों मीरगंज से कैलगढ़ की सड़क कच्ची और पूरी तरह ऊबड़-खाबड़ थी। इक्का भी बनारसी इक्के की तरह किसी प्रकार लंगड़ाते चल रहा था। उलटने का खतरा भी बराबर बना हुआ था। पूछते-पूछते इक्के के पास आया तो नबीहाता (कैलगढ़) के ही बाबू ईश्वर दयाल सिंह का बेटा रणेन्द्र उसी इक्के पर पहले से बैठा हुआ था। उसने परिचय बताया और स्कूल तक पहुँचा देने की पेशकश किया।

इक्के से उतरा तो बागीचा होते हुए राज की चहारदीवारी के भीतर पहुँचा। स्कूल राज की चहारदीवारी के भीतर राज के ही पुराने भवन में अवस्थित है। देखने पर स्कूलनुमा नहीं लगता। बागीचा होकर जानेवाला रास्ता पीछे का रास्ता है। इस रास्ते बाजार निकट पड़ता है। यहीं गेट पर स्थित कमरे में पं. मंगल प्रसाद शर्मा कैलगढ़ राज के व्यवस्थापक रहते थे जो विद्यालय के सचिव भी थे। राज के मालिक डॉ. उमाशंकर प्रसाद सिंह तमकुही राज में हिस्सा पाने के कारण वहीं रहते हैं। प्राय: वसंत पंचमी के वक्त जब यहाँ पशुओं का मेला लगता है, मेले की नीलामी करने आते हैं। उनसे भेंट मुश्किल से होती थी। राज-भवन के सामने पुराने भवन में प्रधानाध्यापक तथा अध्यापकगण रहते थे। नीचे प्राथमिक स्वास्थ्य केन्द्र चलता था। कुल मिलाकर स्कूल का लुक नहीं था।

प्रधानाध्यापक के आवास पर पहुँचा तो सबेरे के 9.00 बज चुके थे। लगा कि प्रधानाध्यापक इन्तजार ही कर रहे थे। मिलकर काफी प्रसन्नता हुई। फिर चाय के साथ घंटे भर तक बातें हुईं और तब स्नान आदि से निवृत्त होकर खाना खाया और विद्यालय में इंटरव्यू में शामिल हो गया। पाँच-सात लोग आए थे लेकिन जिस विषय की रिक्ति थी उसके अनुसार एकमात्र मैं ही प्रशिक्षित स्नातक उम्मीदवार था। नर्मदेश्वर मिश्र, प्रधानाध्यापक के साथ प्रखंड शिक्षा प्रसार पदाधिकारी, रामसुन्दर तिवारी और एक-दो सदस्य और थे, लेकिन सवाल मिश्र जी ही पूछ रहे थे। मुझे लगा कि मुझसे सवाल हलके-फुलके ही पूछे गए। शायद मिश्र जी ऐसा मौका नहीं

देना चाहते थे कि कमिटी के सदस्य उत्तर नहीं देने के आधार पर मुझे अयोग्य करार दे दें क्योंकि वे मुझे नियुक्त करने का मन बना चुके थे। पंडित मंगल प्रसाद शर्मा जो उन दिनों विद्यालय सचिव थे, उनसे भी उनका विमर्श हो चुका था। बाद में जब बिहार की राजनीति का ज्ञान हुआ तो समझा कि मुझे स्थानीय अध्यापकों की बजाय प्राथमिकता क्यों मिली?

यह भी उल्लेख करना अप्रासंगिक नहीं है कि बहुत दिनों तक मुझे अपने को भूमिहार जाति का क्यों बताना पड़ा। शायद ब्राह्मण जाति की नियुक्ति से इसी आधार पर सचिव और प्रधानाध्यापक बच सकते थे। यह अलग बात थी कि इंटरव्यू के बाद कक्षा दशम में हिन्दी का वर्ग लिया तो पहले ही दिन के अध्यापन से लड़के काफी सन्तुष्ट हुए और पंडित जी (सचिव) के पोते सच्चिदानन्द ने तो न केवल उनसे मेरे शिक्षण की भरपूर तारीफ की बल्कि नियुक्ति करने हेतु दबाव भी दिया। दूसरे दिन ही नियुक्ति पत्र निर्गत हो गया और दबाव भी कि आज ही योगदान कर लूँ। ऊहापोह के बावजूद योगदान कर लिया। दो दिनों तक कक्षाएँ लेकर घर लौटा तो फिर कुछ प्रश्नों ने घेरना शुरू कर दिया।

मेरे योगदान के समाचार से श्याम बिहारी राय भीतर से खुश नहीं थे। विद्यालय में वे अकेले पड़ते जा रहे थे। मगर प्रधानाचार्य भीतर से काफी खुश थे क्योंकि थोड़े दिनों में ही मेरे अध्यापन और अनुशासन से जो माहौल बना था, उसमें उन्हें अपना कद छोटा दिखने लगा था और हीन ग्रंथि बनने लगी थी। इसलिए ऊपर-ऊपर उन्होंने कहा कि मैं विद्यालय नहीं छोड़ूँ। स्वामी जी आएँगे तो वेतन की बातें होंगी। लेकिन मैं तय कर चुका था कि अब यहाँ नहीं रहना है क्योंकि मेरा स्वाभिमान आहत हो चुका था। मैंने तुरन्त त्यागपत्र लिखा और प्रधानाचार्य को सौंप दिया। घर आकर हलकी-फुलकी तैयारी की और दूसरे ही दिन लोगों के जानते न जानते कैलगढ़ लौट आया। बाद में कई चिठ्ठियाँ भी आईं, कुछ लोग लौटाने भी आए। स्वामी जी चतुर्मास से लौटे तो प्रिंसिपल पर कुछ रंज भी हुए लेकिन बातें खत्म हो चुकी थीं।

कैलगढ़ की व्यवस्था, माहौल, पढ़ने-पढ़ाने की अपार सम्भावनाएँ और वहाँ का जीवन मुझे रास आने लगा था। सचिव और प्रधानाध्यापक का साया भी साथ था। इसलिए आवागमन की असुविधा, घर से सैकड़ों किलोमीटर की दूरी और ठेठ देहात का वातावरण कहीं से भी अखर नहीं रहा था। शायद नियति पाँच रुपए की क्षतिपूर्ति करने का मन बना चुकी थी।

स्टाफ रूम

आधे घंटे की टिफिन में स्टाफ रूम काफी गर्म हो जाता है। टिफिन में टिफिन तो खैर नहीं ही होती है, विभिन्न विषयों पर चर्चाएँ खूब होती हैं। ज्यादातर चर्चाओं का विषय शिक्षा और छात्रों की समस्याओं से हटकर ही होता है। उस दिन चर्चा का विषय सरोज का तंग ड्रेस हो गया।

बैठते ही राम बड़ाई ने विषय प्रवर्तन किया 'सरोज आज इतना तंग ड्रेस में आई है कि उससे क्लास में बैठा नहीं जाता, पंडीजी।' उसने पंडीजी पर एक निगाह डाली। सीधे सरल पंडीजी राम बड़ाई के झाँसे में आ गए, बोले–'और लड़कियाँ तो ऐसा नहीं करतीं। कोई उसे कहता क्यों नहीं?'

'आप ही क्यों नहीं कहते? वह तो आपके ही गाँव के बगल से आती है?' प्रमोद सिंह बोले।

'पंडीजी ! अगर आपकी पाठशाला में कोई ऐसी ही लड़की आ जाती तो आप क्या करते?' राम बड़ाई ने फिर प्रश्न उछाला।

'मैं जब कानपुर में था तो एक बार एक ऐसी ही लड़की अपनी माँ के साथ एडमीशन लेने आई थी?' पंडितजी ने कानपुरी हिन्दी में कहा।

'उसने ऐसा ही तंग ड्रेस पहना था?' राम बड़ाई ने पूछा।

'नहीं, इतना तंग तो नहीं था लेकिन औरों से भिन्न था।' वे बोले।

'फिर?'

'मैंने एडमीशन से मना कर दिया?' पंडी जी ने सहजता से कहा।

'क्यों? उसके एडमीशन से बच्चों की एडमीशन भी तो बढ़ जाती, पंडीजी।' गणेश बोले।

'आज तो हद हो गई। सरोज और विमल प्रणय-वीथी में एक घंटे बतियाते रहे।' वर्मा ने प्रवेश करते ही कहा। मैं तो उन्हें बतियाते देखकर ही आ रहा हूँ।

'आपने कुछ लाभ नहीं उठाया?' गणेश ने चुटकी ली।

'अरे मेरी किस्मत में कहाँ यह सब? मजा तो साइंसवालों का है।' वर्मा बोले।

सरोज और विमल के प्रेम के चर्चे पिछले एक साल से हवा में तैर रहे हैं। सरोज जब वर्ग नवम की छात्रा थी, तभी से विमल की दीवानी बन गई थी। पिछले एक साल से उसमें इतना परिवर्तन आया था कि काफी तंग ड्रेस पहनने लगी थी।

इतना कि शरीर का एक-एक उभार साफ आकार लेता दिखाई पड़ता।

साँवले रंग की पतली-दुबली सरोज एक सामान्य-सी लड़की थी। चेहरा भी कोई विशेष आकर्षक नहीं था। लेकिन मेकअप गहरा करती थी। माता-पिता की एक ही सन्तान होने से घर की दुलारी थी और पिता के बाहर रहने से मनबढ़ू भी हो गई थी। इसलिए प्रधानाध्यापक के कहने पर जब रिस्क लेते हुए मैंने एक बार उसे बुलाकर डाँटा कि वह इतना तंग ड्रेस क्यों पहनती है? तो तुनकते हुए बोली कि मेरी मर्जी। मैंने कहा कि स्कूल उसकी मर्जी से नहीं चलता। स्कूल का अपना अनुशासन होता है और बच्चे-बच्चियों को उसे मानना होता है। अगर नहीं मानेगी तो उसे स्कूल से निकाल दिया जाएगा।

उसने कहा कि स्कूल की मर्जी जो चाहे करे लेकिन मेरी माँ यही ड्रेस सिलाती है और मैं यही पहनूँगी। उस दिन मैंने उसे बुरी तरह डाँटकर भगा दिया था। फिर मैंने इस झंझट में पड़ना उचित नहीं समझा।

एक वर्ष के दौरान मैं इतना तो समझ ही गया था कि चौदह-पन्द्रह आदमियों का यह स्टाफ भी अगड़े-पिछड़े में बँटा हुआ है। समस्या चाहे अनुशासन की हो, विद्यालय भवन निर्माण की, होम एक्जामिनेशन की या अध्यापकों के वेतन, भत्ते और प्रोन्नति की, बैकवर्ड-फारवर्ड की बातें आ ही जाती हैं। पिछड़े वर्ग के अध्यापकों को लगता है कि पिछड़े इलाके के इस विद्यालय में अगर अगड़े लोगों की तादाद आधी से अधिक नहीं होती तो हेडमास्टर को प्राब्लम क्रियेट करके वे भगा देते और खुद हेडमास्टर बन जाते। तब पिछड़ों का विकास ज्यादा होता। और मैं तो बाहर का होने के नाते उनके टारगेट में रहता ही था। गनीमत यही थी कि पढ़ाने-लिखाने के सिवा मुझे और किसी बात से कोई वास्ता नहीं था। लड़के इतने सन्तुष्ट रहते कि स्टाफ के द्वारा उड़ाई जानेवाली बातें कैम्पस के बाहर जाते-जाते खुद ही उड़ जातीं।

लेकिन विमल और सरोज के प्रेम की चर्चा कैम्पस के बाहर उन गाँवों तक पहुँच गई जहाँ से लड़के पढ़ने आते थे। हाट-बाजार में भी चर्चाएँ चलने लगीं। मैं और हेडमास्टर तो रिजर्व रहते इसलिए कोई चर्चा नहीं करता लेकिन वर्मा बताता कि बाजार में कौन-कौन लोग पूछ रहे थे। हशमत भी कहता कि स्कूल की डिसिप्लिन पर बुरा प्रभाव पड़ रहा है। स्कूल खुलने और बन्द होने के समय कुछ मनचले लड़के सरोज के आने-जाने का इन्तजार करते। उसका पीछा करते-करते अनचाहे उसे घर पहुँचा देते।

विमल फिर भी इन सवालों और चर्चाओं से अनभिज्ञ बना रहता। सामान्य कद-काठी के इस अध्यापक में आकर्षण तो कहीं से भी नहीं था लेकिन कपड़े रोज झाड़ता और पाउडर से चेहरे को गोरा और आर्कषक बनाने की काफी कोशिश करता। तब उसकी साइंस लेबोरेटरी जो काफी एकान्त में थी, खूब चलती।

बातें जब प्रबन्ध समिति तक पहुँच गईं और प्रबन्ध समिति ने विमल को कारण बताओ नोटिस जारी किया तो बैकवर्ड अध्यापक विमल के पक्ष में गोलबन्द होने

लगे। जब उन्हें लगा कि प्रबन्ध समिति विमल को हटा सकती है तो सारे जवार में यह चर्चा फैलाई गई कि सरोज का बहाना बनाकर विमल जैसे तेज-तर्रार एवं योग्य शिक्षक को फारवर्ड हेडमास्टर इसलिए हटवा रहा है कि विमल एक बैकवर्ड है। हेडमास्टर विमल के स्थान पर अपने सम्बन्धी को रखना चाहता है और वह एक तीर से दो शिकार करना चाहता है। उन्होंने इस सवाल को गौण कर दिया कि विमल खुलेआम सरोज से प्रेम करता है। उसे चिट्ठियाँ लिखता है और इस बात का स्कूल के अनुशासन पर बुरा प्रभाव पड़ता है।

प्रबन्ध समिति ने विमल को अपनी गलती कबूल करने और भविष्य में ऐसा नहीं करने का आश्वासन देने को कहा लेकिन अपने मित्रों की सलाह पर वह अड़ियल रुख पर अड़ा रहा। लाचारीवश प्रबन्ध समिति को उसे हटाना पड़ा। सरोज तब तक वर्ग दशम की परीक्षा के लिए सेंटअप हो चुकी थी।

हीरो कौन?

पिछड़े इलाके के इस विद्यालय में लड़कों में यह सवाल बार-बार उठता कि विद्यालय का हीरो कौन होगा? इसके लिए विद्यालय से बाहर दस बजे के पहले या चार बजे के बाद अमूमन दो दलों में मारपीट हो जाती। गनीमत यही थी कि मारपीट का केन्द्र विद्यालय कैम्पस नहीं होता। जो उस समय चारों ओर से खुला हुआ था। कभी-कभी मारपीट के दौरान गाँव-जवार के पुराने लड़के भी आते जो वर्षों पहले विद्यालय छोड़ चुके होते और कॉलेज में नाम लिखाए होते। कभी-कभार ऐसे लड़के भी आते जिनका विद्यालय से कभी कोई वास्ता नहीं होता। लेकिन ऐसी मारपीट का कोई एजेंडा नहीं होता। कभी-कभी मारपीट किसी खूबसूरत लड़के के लिए होती जो अपने गाँव-जवार के किसी मजबूत किस्म के लड़के के साथ घर आया-जाया करता। लेकिन उस दिन जो घटना घटी वह सबसे भिन्न थी।

उस दिन चार बजे जब विद्यालय बन्द हुआ और सारे लड़के घर चले गए तो हेडमास्टर भी कैम्पस स्थित अपने आवास चले गए। कुछ देर बाद उनके पीछे शिक्षक भी अपने आवास चले गए। यह आवास भी प्रधानाध्यापक आवास से सटा हुआ था। लेकिन थोड़ी ही देर में अन्य शिक्षक बाहर निकल गए। अमूनन चार बजे के बाद हेडमास्टर और शिक्षक कैम्पस में ही बैडमिंटन खेलते या फिर कैम्पस स्थित सचिव के आवास पर देर शाम तक गप्पें लड़ाते क्योंकि प्रधानाध्यापक कभी-कभार ही बाजार जाते और जाते तो मुखिया जी की दुकान पर बैठकर एक कप चाय पीते, पान खाते और कुछ जर-जवार, स्कूल की बातें कर लौट जाते।

हेडमास्टर ने सीढ़ियाँ चढ़ते ही देख लिया था कि इसराफिल आया है और उसके हाथ में एक कोड़ा है। मैट्रिक पास करने के बाद इसराफिल बाहर चला गया था और फिर उसकी चर्चा बन्द हो गई थी लेकिन कुछ दिनों पूर्व जबसे वह आया है, जर-जवार में उसकी गुंडई के चर्चे हैं। अब वह नए सिरे से हीरो बनने की कोशिश में है। पिछले सप्ताह ही दिनेश राय ने खाना खाते समय बताया था कि इसराफिल बाजार में मिला था और हेडमास्टर को मारने की धमकी दे रहा था। उसे उन दिनों की बातें याद हैं जब अंग्रेजी की कक्षा में हेडमास्टर ने पाठ याद नहीं रहने के कारण उसे पीटा था।

इसराफिल को देखकर हेडमास्टर को अपने साथ घटी वह घटना याद हो आई। जब वे घर से सन्ध्या छह बजे के करीब विद्यालय आ रहे थे तो इसराफिल ने रास्ते

में उनका पीछा किया था। किन्तु साइकिल नई थी और तेज भागती थी इसलिए तेजी से पैडिल मारते हाँफते-काँपते वे उस दिन आवास पहुँच गए थे। रास्ते में हनुमान चालीसा का पूरा पाठ कर डाला था। उन्हें पिट जाने का उतना अफसोस नहीं था जितना अपने ही छात्र के हाथों पिटकर बेइज्जत होने का। यह बात उनके कलेजे में तीर की तरह चुभ रही थी। इसका प्रतिकूल असर स्कूल के डिसिप्लिन और वातावरण पर भी पड़ने की आशंका थी।

सीढ़ियाँ चढ़कर जब हेडमास्टर ऊपर आए तो सीढ़ी का दरवाजा बन्द करते आए। पता नहीं अकेला जानकर वह ऊपर चढ़ जाए और कोई हरकत कर बैठे। वे दिनेश राय के आने का इन्तजार करते रहे और इसराफिल पर भी ऊपर से ही नजर टिकाए रहे। आवास में रहनेवाले दूसरे अध्यापक थोड़ी देर पहले ही मुख्यालय से बाहर चले गए थे। इसलिए उनके आने की उम्मीदें बिलकुल नहीं थी।

दिनेश राय के आते ही दोनों ने गुफ्तगू की और तुरन्त नीचे उतरकर लेबोरेटरी में बैठे इसराफिल को धर दबोचा। वह साइंस टीचर से बातें करने में मशगूल था और इस आशंका से बेफिक्र था। सतर्क होकर वह वार करता तब तक पकड़ा जा चुका था। फिर भी उसने कोड़ा चलाया लेकिन थोड़ी ही देर में बेबस हो गया और बुरी तरह पिट गया। उसे बाँधकर लेबोरेटरी में ही डाल दिया गया क्योंकि थाना दूर था और पुलिस को हैंडओवर करना कानूनन जरूरी था। दूसरे दिन सबेरे पुलिस आई और वह जेल चला गया।

दूसरे दिन यह घटना जंगल में आग की तरह फैल गई और कई अध्यापकों ने जो हेडमास्टर के विरोधी थे, इसे नमक-मिर्च लगाकर प्रचारित किया। हिन्दू-मुस्लिम और अगड़े-पिछड़े की बात भी फैलाने की पूरी कोशिश की गई। चूँकि इलाका मुस्लिम बहुल था और हेडमास्टर ब्राह्मण जाति के थे इसलिए उन पर यह आरोप भी आसानी से चस्पाँ हो जाता कि वे आर.एस.एस. के आदमी हैं और क्षेत्र में दंगा फैलाना चाहते हैं। क्षेत्र के विधायक जो मुस्लिम थे और प्रबन्ध समिति के सदस्य थे, हेडमास्टर से काफी रंज रहा करते थे।

मुझे आए दो-चार साल ही हुए। और बातों-बातों में विद्यालय और क्षेत्र की राजनीति से मैं वाकिफ हो चला था लेकिन यह बात मेरी समझ में किसी प्रकार नहीं आ रही थी हेडमास्टर और मास्टर अपने पास रामपुरी चाकू क्यों रखेंगे? मैंने कई बार प्रतिवाद भी किया लेकिन सुरक्षा के नाम पर उनके तर्कों के सामने चुप हो जाना पड़ता था।

कुछ दिनों तक क्षेत्र में इस घटना की चर्चा जोरों पर रही। इसराफिल के अब्बा तथा गाँव के कई बुजुर्ग लोग भी आए और हेडमास्टर से माफी माँगी लेकिन अब तो प्राथमिकी दर्ज हो चुकी थी। इसलिए इस घटना में तो कुछ नहीं ही हो सकता था। अलबत्ते कई वर्षों तक विद्यालय में मारपीट और गुंडई की घटनाएँ बन्द हो गईं।

विद्यालय का निरीक्षण

मैं पन्द्रह वर्षों तक सीवान जिले के श्रीकृष्ण उच्च विद्यालय, कैलगढ़ में शिक्षक रहा। इन पन्द्रह वर्षों में तीन-चार बार अवर प्रमंडल शिक्षा पदाधिकारियों द्वारा विद्यालय का निरीक्षण किया गया। सन् तो ठीक-ठीक याद नहीं है लेकिन मेरे कार्यकाल में पहला निरीक्षण सीवान अनुमंडल के तत्कालीन अवर प्रमंडल शिक्षा पदाधिकारी सरयू ठाकुर जी ने किया। वे सीवान में उस समय काफी लोकप्रिय शिक्षा अधिकारी थे और सच यह है कि वे अधिकारी कम अध्यापक ज्यादा थे।

विद्यालय का दूसरा निरीक्षण बच्चू प्रसाद सिन्हा और तीसरा रामचन्द्र उपाध्याय ने किया था। बच्चू प्रसाद सिन्हा जहाँ वालीबॉल के अच्छे खिलाड़ी थे और निरीक्षण के दौरान विद्यालयों में वालीबॉल अवश्य खेलते थे, वहीं उपाध्याय जी सरल और सीधे पदाधिकारी थे तथा खाने-पीने पर उनका विशेष जोर रहता था।

निरीक्षण का कार्यक्रम आया तो प्रधानाध्यापक ने शिक्षकों-छात्रों को सूचित किया कि अवर प्रमंडल शिक्षा पदाधिकारी अमुक तिथि को विद्यालय का निरीक्षण करेंगे। उन्होंने सम्बन्धित प्रभारी शिक्षकों को अपना अभिलेख तैयार करने का निर्देश भी दिया। शिक्षकों से पाठ टीका अद्यतन करने को भी कहा गया। मुझे याद है कि जब मैं प्राथमिक विद्यालय का छात्र था और डिप्टी साहब आनेवाले होते थे, तो इसी प्रकार की सूचना दी जाती थी। बच्चों को उस दिन साफ धुले हुए कपड़े में आने की हिदायत होती थी। कहीं-कहीं बच्चे गांधी टोपी भी लगाते थे। कपड़ों को साफ करने के लिए एक दिन पहले टिफिन के बाद छुट्टी हो जाती थी। उस दिन पूर्वाह्न में बच्चे स्कूल की खूब सफाई करते थे और प्रांगण में जो फूल-पौधे होते थे, उनमें पानी भी डालते थे।

सरयू ठाकुर घोषित तिथि के एक दिन पूर्व ही सन्ध्या में कैलगढ़ पहुँचे। प्रधानाध्यापक को उनके आने की पूर्व सूचना थी। इसलिए शिक्षक आवास में ठाकुर जी के ठहरने, खाने-पीने की पूरी व्यवस्था की गई थी। वे मीरगंज से इक्का से आए। उन दिनों मीरगंज से कैलगढ़ आने के लिए एकमात्र सवारी रिक्शा या इक्का था। बस या जीप नहीं चलती थी। गाँव-देहात की यह सड़क उस लायक थी भी नहीं। शिक्षा अधिकारियों में एकमात्र जिला शिक्षा पदाधिकारी के पास ही जीप गाड़ी होती थी, अनुमंडल शिक्षा पदाधिकारी के पास नहीं।

सच्चाई यह भी थी कि ठाकुर जी का गाड़ी से आने-जाने में न तो इगो था और न अधिकारी का ठस्सा। वे सरल-सीधे एवं काम के प्रति ईमानदार पदाधिकारी थे और शिक्षण के प्रति उनकी गहरी रुचि थी। घर में भी बच्चों को बिठाकर पढ़ाया करते थे। मुंगेर के होते हुए भी सीवान में बस गए थे और अपने बलबूते पत्नी को एम.बी.बी.एस. कराकर सीवान में ही डॉक्टर बना दिए थे। महिला डॉक्टरों में उनकी प्रैक्टिस खूब चलती थी। आमदनी काफी थी। पत्नी के पास गाड़ी भी थी लेकिन वे उस गाड़ी का इस्तेमाल नहीं करते थे।

ठाकुर जी के साथ उनके दो किरानी—एक उनका स्टेनो और दूसरा लेखा का जानकार बड़ा बाबू आया था। निरीक्षण उन दिनों सांगोपांग होता था। अधिकारी शिक्षकों के वर्ग का निरीक्षण करते तो साथ आए किरानी स्कूल के अन्य अभिलेख देखते। इसमें कैशबुक भी शामिल थी। अभिलेख अधूरे होते तो कुछ दान-दक्षिणा भी लेते।

प्रधानाध्यापक सामिष नहीं थे लेकिन ठाकुर जी और उनके स्टाफ के लिए मुर्गा आया था और उनलोगों ने खूब छककर भोजन किया था। निरीक्षण का एक प्रधान पक्ष सुस्वादु भोजन भी होता था।

दूसरे दिन प्रार्थना सभा से ही शुरू हुआ निरीक्षण। शिक्षकों की कतार में अनुमंडल शिक्षा पदाधिकारी स्वयं खड़े हुए। फिर प्रार्थना के बाद वे रोटीन लिए और शिक्षकों के वर्गों का निरीक्षण शुरू कर दिया। प्रधानाध्यापक भी उनके साथ-साथ वर्गों में जाते और किसी-किसी वर्ग में साथ बैठते। किसी-किसी में उन्हें भीतर बिठाकर बाहर आ जाते।

उस दिन वर्ग नवम में हमारी पहली घंटी थी। हिन्दी की कक्षा थी। प्रधानाध्यापक आश्वस्त थे कि शिक्षण ठीक होगा इसलिए अनुमंडल शिक्षा पदाधिकारी को पहले मेरे ही वर्ग में ले गए और कुछ देर तक साथ बैठे। मुझे ठीक-ठीक याद तो नहीं कि मैंने कौन-सा पाठ पढ़ाया था लेकिन इतना याद है कि कोई कविता ही पढ़ा रहा था। पाठ टीका भी थी। श्यामपट्ट कार्य भी था और कक्षा रोचक और रिसपान्सिव भी थी। इसलिए ठाकुर जी पूरे पैंतालिस मिनट की घंटी में अन्त तक बैठे रहे। उन्होंने उस दौरान मुझे अथवा किसी छात्र को टोका भी नहीं जबकि उनकी आदत थी कि वे शिक्षण से असन्तुष्ट होते थे तो श्यामपट्ट पर खुद चले जाते थे। पूरी सन्तुष्टि के साथ वे बाहर आए और मध्यावकाश तक तथा उसके बाद लगभग सभी शिक्षकों के वर्गों का निरीक्षण बारी-बारी से करते रहे।

शाम को चार बजे वे शिक्षक मंडल के साथ बैठे और शिक्षण की खूबियों की चर्चा की। हमारे शिक्षण पर उन्होंने काफी सन्तोष व्यक्त किया। चर्चा के क्रम में प्रेमचन्द उच्च विद्यालय, सरारी के शिक्षक शिवजी सिंह के शिक्षण की काफी तारीफ की। बाद में पता चला कि दूसरे विद्यालय के निरीक्षण के दौरान उन्होंने हमारे शिक्षण की भी जमकर तारीफ की थी।

इधर बड़ा बाबू और स्टेनो प्रधान लिपिक के साथ कैशबुक और अन्य अभिलेखों की जाँच करते रहे और मुख्य बातों को नोट करते रहे।

चार बजे के बाद खेल के मैदान में वालीबॉल का नेट टँगा और ठाकुर जी ने खेल का भी आनन्द लिया। आज सुनता हूँ कि अमुक डी.ई.ओ. और आर.डी.डी.ई. विद्यालय गए और औचक निरीक्षण के दौरान कैशबुक उठा लाये। शिक्षकों की हाजिरी काट दिया और छुट्टी के आवेदन पत्र के बावजूद उन्हें गैरहाजिर करार दे दिया तो आश्चर्य और दुख दोनों होता है। लगता है निरीक्षण की नई पद्धति शिक्षाधिकारियों ने ईजाद कर लिया है। यह तो स्वीकृत सत्य हो गया है कि अधिकारियों के स्टेनो, स्कूलों से गाड़ी का भाड़ा और पेट्रोल पहले वसूल लेते हैं।

प्रधानाध्यापक गोष्ठी

गोष्ठी संवाद कायम करने का सबसे बेहतर तरीका है। लोकतंत्र में संवाद ही बातों को आगे बढ़ाते हैं। सूचनाओं के आदान-प्रदान और बातों के सिलसिले आगे बढ़ने से ही गति आती है और समस्याओं का निदान होता है।

शिक्षा में संवाद की बड़ी अहमियत है। शायद इसीलिए शिक्षा संहिता में प्रधानाध्यापक गोष्ठी, अभिभावक-शिक्षक संघ आदि की परिकल्पनाएँ की गई हैं। अपना भी अनुभव है कि शिक्षकों-अभिभावकों के साथ विमर्श से बड़ी-बड़ी समस्याएँ सुलझ गई हैं।

कानून की बजाय इस परम्परा ने शिक्षा में अपना महत्त्वपूर्ण स्थान बना रखा है। खासकर विद्यालयों के सरकारीकरण के बाद तो ऐसी गोष्ठियों की अहमियत और बढ़ गई है। इसका मुख्य मकसद सरकार को लगातार आँकड़े उपलब्ध कराना तथा सरकारी सूचनाओं को विद्यालयों तक पहुँचाना है। इसलिए निदेशक, माध्यमिक शिक्षा के स्तर से जिलों में प्रधानाध्यापक गोष्ठी की तिथि तय कर दी गई है। जिला शिक्षा पदाधिकारी भीड़ से बचने हेतु इसे प्रायः अनुमंडल स्तर पर आयोजित करते हैं। इन गोष्ठियों से जिला माध्यमिक शिक्षक संघ को भी लाभ होता है। वह अपनी सूचनाएँ विद्यालयों तक पहुँचा देता है और कम से कम महीने में एक बार संवाद भी कायम कर लेता है।

बात आपातकाल की है। तब सीवान जिला तो बन गया था लेकिन जिला शिक्षा पदाधिकारी की नियुक्ति नहीं हुई थी। इसलिए सारण (छपरा) के जिला शिक्षा पदाधिकारी रामविलास प्रसाद ही सीवान के भी प्रभारी जिला शिक्षा पदाधिकारी थे। चूँकि माध्यमिक विद्यालयों का उन्नीस सौ चौहत्तर में ही बोर्डीकरण हो गया था और वेतन का भुगतान जिला शिक्षा पदाधिकारी के कार्यालय से ही होता था। इसलिए ऐसी गोष्ठी की प्रतीक्षा बेसब्री से की जाती थी। तब गोष्ठियाँ मासिक नहीं अनियतकालिक हुआ करती थीं।

सीवान के डी.ए.वी. उच्च विद्यालय के गैलरी कक्ष में जब गोष्ठी जुड़ी तो अवर प्रमंडल शिक्षा पदाधिकारी सीवान के साथ रामविलास प्रसाद आए और मंच पर रखी कुर्सी में एक तरह से धँस गए। उनके बगल में एक ओर अवर प्रमंडल शिक्षा पदाधिकारी और दूसरी ओर डी.ए.वी. उच्च विद्यालय के प्रधानाध्यापक बाबू राम

पाठक बैठे थे। सीढ़ीनुमा गैलरी में प्रधानाध्यापक और कुछ विद्यालयों के प्रभारी तथा लिपिक आदि बैठे थे।

रामविलास प्रसाद एक ठस्सावाले पदाधिकारी थे। साहबी रोब–दाब के साथ हाथ में एक रोल लिए रहते थे और बहुत तौल–तौल कर बोलते थे। गोष्ठी में उनके सम्मिलित होने पर गोष्ठी काफी गम्भीरता से चलती थी और कोई प्रधानाध्यापक 'भटर-भटर' बोलता नहीं था। सामान्यतया एक खामोशी पसरी रहती थी और जो भी बोलता था सिर्फ काम की बात ही बोलता था।

बड़ा बाबू उच्चाधिकारियों से प्राप्त परिपत्रों को पढ़कर सुना रहे थे। हॉल में पूरा सन्नाटा पसरा था। उन्होंने सरकार का एक परिपत्र पढ़ा कि सभी प्रधानाध्यापक, शिक्षक, कर्मचारी एक संकल्प पत्र पर हस्ताक्षर करेंगे कि वे अपने बेटे–बेटी की शादी में न दहेज लेंगे, न देंगे। बैठे–बैठे ही रामविलास प्रसाद ने प्रधानाध्यापकों से कहा कि वे हस्ताक्षर करके दे दें। इतना कहते ही चारों ओर खामोशी छा गई। कोई प्रधानाध्यापक न तो हस्ताक्षर करके दे रहा था और न कुछ बोल रहा था। गोष्ठी को शुरू हुए तीन घंटे गुजर गए थे। इसलिए सभी बेचैनी महसूस कर रहे थे लेकिन चेहरे पर इमरजेंसी का भय व्याप्त था। रामविलास प्रसाद ने बारी–बारी से सभी से पूछना शुरू किया और सबने कहा कि हस्ताक्षर करके दे देंगे। लेकिन बारी जब पं. चन्द्रदीप पाण्डेय की आई तो सबकी निगाहें उन पर केन्द्रित हो गईं। उस समय वे पब्लिक उच्च विद्यालय, सहुली के प्रधानाध्यापक थे लेकिन अक्खड़ और सही बोलनेवाले व्यक्ति थे। कभी किसी की चमचई नहीं करते और न मन की बात को प्रेशर में आकर दबाते। हिन्दी, अंग्रेजी और संस्कृत के अगाध विद्वान और तीनों भाषाओं में धाराप्रवाह बोलने की क्षमता से युक्त। आवाज काफी गम्भीर।

नाम पुकारे जाने पर पंडित जी आसन से उठे। जिला शिक्षा पदाधिकारी को सम्बोधित करते हुए उन्होंने गम्भीर वाणी में कहा कि वे किसी संकल्प पर हस्ताक्षर नहीं करेंगे, फिर गहरा सन्नाटा छा गया। रामविलास जी ने पूछा–क्यों? पंडित जी ने कहा कि वे इस बात से तो सहमत हैं कि बेटे की शादी में दहेज नहीं लेंगे लेकिन यह दस्तखत नहीं कर सकते कि बेटी की शादी में दहेज नहीं देंगे। उन्होंने आगे कहा कि अगर जिला शिक्षा पदाधिकारी जी गारंटी लें कि हमारी बेटी की शादी बिना दहेज के करा देंगे तो मैं संकल्प पत्र पर दस्तखत करने को तैयार हूँ। सदन में हँसी का फव्वारा फूट पड़ा और निरर्थक रूप से गम्भीर बनता हुआ वातावरण हलका हो गया। रामविलास प्रसाद भी मुस्कुरा पड़े। प्रधानाध्यापकों को लगा उन्हें बहुत बड़ा वरदान मिल गया और उनके माथे से एक बहुत बड़ा बोझ उतर गया।

गोष्ठी का प्रसंग ही बदल गया। सम्भवतः दुर्गा पूजा की छुट्टियाँ होनेवाली थीं और लोगों को वेतन के चेक की जानकारी चाहिए थी। इसलिए डी.ई.ओ. ने बताया कि वे चेक शीघ्र ही भिजवा देंगे। बावजूद इसके गोष्ठी जारी रही।

जिला सचिव की हैसियत से नहीं बल्कि अपने विद्यालय की ओर से मैं भी

गोष्ठी में भाग ले रहा था। उन दिनों जिला संघों को प्रधानाध्यापक गोष्ठी में इतनी अहमियत नहीं मिलती थी। किसी न किसी बहाने जाना पड़ता था और बातें नाप-तौल के करनी पड़ती थी।

जब गोष्ठी 'द्रौपदी के चीर' की तरह बढ़ने लगी और प्रधानाध्यापकों का धैर्य चुकने लगा तो मेरा उठना लाजिमी हो गया। कुछ मित्रों ने इशारा भी किया। मैंने कहा कि सारे परिपत्र पढ़े जा चुके और संकल्प पत्र पर हस्ताक्षर भी नहीं हुए तो गोष्ठी कब तक चलेगी? प्रधानाध्यापक दस बजे से ही भाग ले रहे हैं और उन्होंने अभी तक भोजन भी नहीं किया है। रामविलास प्रसाद चुपचाप उठे और पाठक जी के साथ बाहर निकल गए। सम्भवत: उनके भी भोजन का वक्त हो गया था।

इन्वीजिलेशन

नया-नया अध्यापक बना तो मैट्रिक की परीक्षा में इन्वीजिलेशन का शौक जगा। जुलाई में योगदान किया था और मार्च में ही मैट्रिक की परीक्षा आ पहुँची। उस समय सीवान और गोपालगंज जिला नहीं बने थे। सारण ही एकमात्र जिला था। इसलिए पड़ोसी विद्यालय मीरगंज और हथुवा से वीक्षकों की माँग होती थी। '66 में भी इन दोनों विद्यालयों से वीक्षकों की माँग आई और प्रधानाध्यापक ने मुझे और बच्चा पाण्डेय को हथुवा और ब्रजमंगल राय को मीरगंज में प्रतिनियोजित कर दिया।

मीरगंज उस समय हायर सेकेन्ड्री स्कूल था। भवन काफी अच्छा एवं आकर्षक था, चहारदीवारी भी थी और विजय बहादुर राय जैसा धाकड़ प्राचार्य भी था। प्रतिष्ठा भी काफी अच्छी। लेकिन मीरगंज की माँग का अर्थ ब्रजमंगल राय से ही होता था। इसलिए प्रतिवर्ष उन्हीं का प्रतिनियोजन होता था।

हथुवा में उस समय गोपीनाथ सहाय उर्फ गोपी बाबू प्रधानाध्यापक थे। हथुवा राज द्वारा स्थापित यह विद्यालय अंग्रेज के नाम पर इडेन हाई स्कूल नाम से जाना जाता था। विद्यालय देहाती मकान के समान बना था, चारों ओर कमरे और बीच में बड़ा-सा आँगन। सिर्फ एक ओर से ही प्रवेश द्वार था। गोपी बाबू का कक्ष प्रवेश द्वार के तुरन्त बाद ही दाएँ पड़ता था। बच्चा पाण्डेय और हम पहुँचे, प्रतिनियोजन पत्र दिया और तुरन्त ड्यूटी मिल गई। काफी अच्छा लगा। कैलगढ़ से चौदह-पन्द्रह किलोमीटर साइकिल चलाकर आए थे लेकिन कहीं भी थकावट या अवसाद के कोई चिन्ह नहीं थे। प्रथम पाली के बाद निकले तो दूसरे विद्यालयों के शिक्षकों से परिचय हुआ, लगा कि क्षितिज फैल रहा है।

फिर शुरू हुई दूसरी पाली। बीच में पेशाब के लिए निकले तो एक आदमी ने टोका। साँवला रंग, धोती, कुर्ता, बेतरतीब बाल, चेहरे पर कोई आकर्षण नहीं किन्तु मिनट-मिनट पर बीड़ी का कश और हवा में धुआँ उछालने की लत, बड़ा बुरा लगा। मैंने बताया कि कैलगढ़ से आया हूँ। उसने एक सरसरी निगाह डाली और बोला–'अच्छा ठीक है।' पता चला कि विद्यालय के प्रधानाध्यापक गोपी बाबू हैं।

शाम को प्रधानाध्यापक से चर्चा की तो वे उनके कई किस्से सुना डाले। उनके इतिहास पढ़ाने की एक दास्तान भी सुनाए। लगा लतीफा है, लेकिन काफी रुचिकर लगा। पाँच-सात दिनों तक का यह सफर एक नई जिन्दगी का सफर लगा। नई

मुलाकातों का सफर लगा और नए अनुभवों का भी। मन में इन्वीजिलेशन की ललक बनी रह गई। लगा कि इन्वीजिलेशन भी बड़प्पन की निशानी है और जो अध्यापक इन्वीजिलेशन नहीं करते उनके बड़प्पन और अध्यापकत्व में कोई कमी रह जाती है।

दूसरे साल भी इन्वीजिलेशन का बुलावा आया। प्रधानाध्यापक से कहा कि मुझे मीरगंज भेज दीजिए। सोचा कुछ निकट भी है और विजय बहादुर राय अपने हैं। अपने जिले के यहाँ कई अध्यापक भी थे और एक-दो वर्ष के दौरान कुछ संवाद और परिचय भी स्थापित हुआ था। मीरगंज पहुँचा तो विजय बाबू ने काफी प्रसन्नता जताई और अभिभावकत्व प्रदर्शित किया। यह मैट्रिक की पूरक परीक्षा थी और मुखीराम उच्च विद्यालय, थावे के छात्र यहाँ परीक्षा दे रहे थे।

उस समय शहर या देहात जहाँ विद्यालय भवन प्रायः अच्छा होता था। चहारदीवारी होती थी। आस-पास ही विद्यालयों के केन्द्र बनते थे। नकल या किसी गलत तरीके से लाभ उठाने की परम्परा नहीं थी और गिरावट भी इस कदर नहीं थी।

कक्ष में पहुँचे तो कॉपियाँ बाँटकर एक-दो चक्कर लगा गए। एक अध्यापक और भी थे लेकिन हम ड्यूटी पर सजग थे, गपशप में उलझते नहीं थे। थोड़ी देर में एक लड़के पर नजर पड़ी। देखा टेबुल पर छूरा रखे हुए है। देखकर आश्चर्य हुआ और कुछ भय भी। इस प्रकार की यह पहली घटना थी। सुना था कि लड़के टेबुल पर छूरा गाड़कर लिखते हैं। खैर, पास गया, देखा कि लड़का साफ-सुथरा और आकर्षक व्यक्तित्ववाला है। गुंडा जैसा नहीं लग रहा है। नाम से पता चला कि मुसलमान है। मैंने कहा—छूरा अन्दर रख लो, प्रदर्शन ठीक नहीं है। इससे कोई फायदा भी नहीं है। कुछ बोला नहीं, लेकिन छूरा उसी प्रकार रखे रहा। लगा कि मनबढ़ू है। छूरा उठाकर मैंने अपने पास रख लिया। लड़के ने नजर उठाई लेकिन चुप रहा।

घंटी बजी, कॉपी जमा किया और चला गया। छूरा माँगने भी नहीं आया। आशंका थी कि कहीं बाहर निकलने पर बदतमीजी करे लेकिन ऐसा कुछ नहीं हुआ। कॉपियाँ जमाकर हम लोग निकल गए। सत्तर के पहले के वे वर्ष परीक्षाओं में पवित्रता के वर्ष थे। खुराफातें अत्यन्त कम थीं, फिर भी दो बार के वीक्षण से ही मन को काफी ठेस लगी। अपना जमाना याद आया जब दाएँ-बाएँ ताकने तक की मनाही थी। कुछ सोचना भी था तो छत की ओर देखकर सोचना था।

प्रधानाध्यापक ने अगले साल फिर वीक्षण हेतु पूछा, लेकिन मैंने मना कर दिया। दो बार के वीक्षण में ही शौक पूरा हो गया था।

सरस्वती पूजनोत्सव और नाटक का अन्त

मेरे कैलगढ़ में योगदान का सर्वाधिक असर वहाँ के साहित्यिक–सांस्कृतिक जीवन पर पड़ा। राष्ट्रीय सुरक्षा कोष के लिए 'आचार्य विष्णुगुप्त' नाटक के मंचन से इस धारा को काफी बल मिला। फिर तो बच्चों के इतने दबाव आए कि सरस्वती पूजनोत्सव पर नाटकों का मंचन अनिवार्य-सा हो गया। जहाँ तक मुझे याद है लगभग पाँच-सात वर्षों में दर्जनों से अधिक स्तरीय नाटक मंचित हुए और पूरे क्षेत्र में नाटकों की धूम मच गई। विद्यालय अपने भूगोल में समुदाय की नेतृत्वकारी शक्ति के रूप में उभर आया। मैं जिस साहित्यिक, सांस्कृतिक पृष्ठभूमि से आया था, उसकी शुरुआत विद्यालय में साहित्य परिषद् के गठन से हुई। प्रधानाध्यापक ने इस मामले में मुझे सहयोग किया और तुलसी जयन्ती के नाम पर साप्ताहिक व्याख्यानमाला की शुरुआत हुई। सीवान, गोपालगंज के कई विद्वान उन व्याख्यानमालाओं में आए। बच्चों ने प्रसन्नतापूर्वक स्वीकार किया कि उन व्याख्यानों से उन्हें काफी लाभ हुआ है। 'नेत्रदान' जैसी पाठ्यपुस्तक पर कई व्याख्यान आयोजित हुए।

यद्यपि विद्यालय में न तो ठीक से बैठने के कमरे थे और न ही कोई सभाभवन था लेकिन कैम्पस में लीची की बड़ी बागान थी और उसी के छायादार पेड़ों के नीचे बच्चों की सभा जुड़ती थी। थोड़ी देर के लिए हम अपने को 'विश्वभारती' के कैम्पस में महसूस करते थे। लेकिन एक दिक्कत थी कि साथी अध्यापकों को बालसभा में कोई रुचि नहीं थी। वे इसे छुट्टी की घंटी मानते थे और बालसभा की शुरुआत के साथ ही छुट्टी की अर्जी बढ़ाने लगते थे। नानुकुर करते हुए भी प्रधानाध्यापक को उन्हें छोड़ना ही पड़ता था। अगर वे सभा में बैठते भी तो मन मसोस कर।

सरस्वती पूजनोत्सव दिन में धूमधाम के साथ होता और पं. हीरा तिवारी और पं. बैजनाथ मिश्र की जोड़ी संगीत का समा बाँध देती। उन्हें इसलिए भी बुलाया जाता कि उनके आने पर विद्यालय का खर्च ज्यादा नहीं होता।

लेकिन जब नाटकों की परम्परा चल पड़ी तो बच्चों ने चन्दा इकट्ठा करना शुरू किया। कुछ दिनों तक चन्दा अध्यापकों के पास जमा होता फिर बच्चों ने इसका मालिकाना सँभाल लिया। जनवरी-फरवरी का महीना एक तरह से मंचन का महीना हो जाता और मैं नाटकों को लिखता, निर्देशित करता और नाटक कैसे मंचित होगा,

कौन-कौन लोग बुलाए जाएँगे, इसका होमवर्क करता। पृथ्वीराज चौहान, वीर शिवाजी, गुरु दक्षिणा, कैकेयी, चित्रलेखा आदि नाटक उसी दौर में लिखे गए और मंचन के बाद पटना से उनका प्रकाशन भी हुआ।

उन्नीस सौ सत्तर आते-आते मैं सीवान के सांस्कृतिक-साहित्यिक जीवन से जुड़ गया और कई स्तरीय संस्थाओं का सदस्य बन गया। विद्यालय में नाटक होता तो विमल कुमार सिंह 'विमलेश' की पार्टी साजो-सामान के साथ पहुँचती और मेरी समस्या का निदान कर देती। मंच कैम्पस में पहले से बना हुआ था इसलिए सिर्फ रंगमंच बनाने का काम करना पड़ता।

जिस वर्ष की बात है उस वर्ष मैं व्यस्तता के कारण नाटक का मंचन नहीं करना चाहता था लेकिन बच्चों के दबाव में उनकी बातें माननी पड़ी। विद्यालय बहुत दिनों तक किसी कारण से बन्द था इसलिए मंचन के सम्बन्ध में प्रधानाध्यापक से साफ-साफ बातें नहीं हो पाई। वैसे वे 'अर्थ' के मामले में साफ-साफ बातें करने के पक्षधर भी नहीं थे। उनके स्वीकार-अस्वीकार के बीच 'अर्थ' निकालना पड़ता था। इस बार उनकी राय थी कि सरस्वती पूजा ही नहीं हो, क्योंकि मैट्रिक के बच्चों के फार्म भरते समय सरस्वती पूजा के नाम पर जो चन्दे लिए जाते थे वे उन्हीं के पास जमा थे और बन्दी में उन्हें निकालना भारी लगता था। सार्वजनिक धन की यही बीमारी है कि वह जब किसी व्यक्ति की जेब में चला जाता है तो वैयक्तिक पूँजी में तब्दील हो जाता है। उसे खर्च करना जेब की डकैती जैसा लगता है।

बच्चों कि जिद ने नाटक तो शुरू कर दिया। प्रधानाध्यापक नाटक के दिन विद्यालय आए। नाटक की तैयारियाँ और उसे सफल बनाने हेतु सीवान से जनसम्पर्क पदाधिकारी साथी जी, विमल कुमार सिंह 'विमलेश', रामानन्द पाण्डेय, गोपालजी श्रीवास्तव, ब्रजेश दीक्षित आदि रंगकर्मी आए थे।

नाटक शुरू हुआ और प्रधानाध्यापक बिना आमंत्रण के प्रारम्भिक उद्‌बोधन में ही अपमानजनक टिप्पणी कर बैठे। बाहर के लोग काफी व्यथित हुए क्योंकि टिप्पणी उन्हीं पर थी और लक्ष्य मैं था। बच्चे तथा अभिभावक काफी रुष्ट हुए। अप्रिय घटना न घटे इसलिए नेपथ्य में समझा-बुझाकर मामला शान्त करना पड़ा। लेकिन कैलगढ़ में सांस्कृतिक कार्यक्रमों के दरवाजे यहीं बन्द हो गए। वर्षों से चली आ रही नाटकों की शानदार परम्परा का अन्त हो गया।

दरअसल व्यक्ति जब समूह से अपने को ऊपर समझने लगता है तो संस्था का हित गौण हो जाता है और व्यक्ति का हित जब ऊपर हो जाता है तो संस्था के विकास के दरवाजे वहीं बन्द हो जाते हैं।

राष्ट्रीय सुरक्षा कोष और 'आचार्य विष्णुगुप्त' का मंचन

जुलाई '65 में कैलगढ़ में योगदान किया तो कैम्पस देखकर काफी प्रसन्नता हुई। कैलगढ़ राज का यह भवन राज प्रासाद के ठीक सामने था। दो मंजिले भवन में नीचे एक ओर प्राथमिक स्वास्थ्य केन्द्र चलता था और दूसरी ओर विद्यालय की प्रयोगशाला, जो शाम होते ही बन्द हो जाती थी।

ऊपर का विशाल हॉल, बरामदा सब खाली थे क्योंकि मात्र ब्रजमंगल राय और हम एक कमरे में रहते थे। उस समय सत्यदेव तिवारी अथवा बच्चा पाण्डेय जी वहाँ नहीं आए थे। पं. नर्मदेश्वर मिश्र, प्रधानाध्यापक उसी भवन के दूसरे हिस्से में रहते थे। जाड़े के दिनों को छोड़कर हम तीनों छत पर एक ही साथ सोते और देर तक विभिन्न विषयों पर गप्पें मारते। एक दिन उसी बातचीत के दौरान बात तय हुई कि सुरक्षा कोष में राशि भेजने के लिए टिकट पर एक नाटक का मंचन करना चाहिए। एक-दो दिन के विमर्श के बाद तय हुआ कि आचार्य पं. सीताराम चतुर्वेदी जी के नाटक 'आचार्य विष्णुगुप्त' का मंचन किया जाए। पिछले वर्ष बी.एड. के दीक्षान्त समारोह में बलिया में इस नाटक का मंचन हमने किया था। हमारे लिए यह ताजा घटना थी।

दूसरे दिन मध्य विद्यालय और उच्च विद्यालय के शिक्षकों की समवेत बैठक हुई और प्रस्ताव स्वीकृत हो गया। विद्यालय के सचिव पं. मंगल प्रसाद शर्मा को जब सूचना दी गई तो वे भी काफी प्रसन्न हुए। बच्चों में और क्षेत्र की जनता में भी अपूर्व उत्साह देखने को मिला क्योंकि कैलगढ़ में मंचन की यह पहली घटना थी। विद्यालय अथवा आस-पास के गाँवों में नाटकों की कोई परम्परा नहीं थी।

विद्यालय के इस कार्यक्रम में समुदाय की पूरी भागीदारी उभरकर सामने आई। जिन गाँवों से बच्चे आते थे वहाँ के अभिभावक या जागरूक लोग मिलते तो नाटक की बात अवश्य पूछते। चूँकि नाटक राष्ट्रीय सुरक्षा कोष के लिए था और देश में सैनिकों के सम्मान और सहयोग की नई लहर चल रही थी इसलिए टिकट पर नाटक करने की योजना का कोई विरोध नहीं था। एक प्रकार से इस योजना की प्रशंसा ही थी।

नाटक का पूर्वाभ्यास आवास के बड़े हॉल में होता और प्राय: दो बजे से मध्य

विद्यालय के लोग स्वयं आ जाते या कभी-कभी सूचना भिजवानी पड़ती। रामशृंगार ओझा जी और बैद्यनाथ चौबे जी स्वयं काफी दिलचस्पी लेते। मध्य विद्यालय के प्रधानाध्यापक राज नारायण सिंह इस निर्णय के साथ भी थे और आदतन कभी-कभी इसके विरोधी भी। चूँकि उनको अधिक बोलने की आदत थी और उनका मानना था कि वकील और मास्टर को बोलने के ही पैसे मिलते हैं, इसलिए बोलने में कोताही नहीं करनी चाहिए। हालाँकि, उनका बोलना बोलने तक ही सीमित था। नाटक और समारोह में कोई व्यवधान डालने की उनकी स्थिति नहीं थी।

नाटक के एक दिन पहले गाँव से मास्टर सामनाथ को पर्दे और सामान के साथ बुला लिया था। उसके नेतृत्व में मंच निर्माण की सारी कारवाई आसानी से पूरी हो गई और हमें कोई परेशानी नहीं हुई। नाटक के दिन सन्ध्या से ही टिकट की बिक्री शुरू हो गई। कुछ टिकट तो पहले भी गाँवों में घूमकर अध्यापकों और बच्चों ने काटा था। कुछ स्थानीय कलाकार जैसे पं. हीरा तिवारी, तबला वादक, पं. बैजनाथ मिश्र, गायक, प्रफुल्ल कुमार द्विवेदी आदि को भी आमंत्रित किया गया था ताकि दृश्यों के संयोजन के मध्य में खाली मंच का सदुपयोग हो सके और दर्शकों, श्रोताओं को मंच की रिक्तता अखरे नहीं।

मेरी भूमिका तो पहले से ही स्पष्ट थी क्योंकि मैंने कॉलेज में 'आचार्य विष्णुगुप्त' की भूमिका निभाया था। नाटक का हीरो भी वही था। प्रधानाध्यापक 'घनानन्द' की भूमिका को अपने लिए चुने और सबने मिलकर अपने विद्यालय के हास्य-व्यंग्य के शिक्षक गणेश प्रसाद को 'त्रिदंडी' की भूमिका के लिए चुना। ब्रजमंगल राय चन्द्रगुप्त चुने गए तो ओझा जी और चौबे जी को भी अच्छी भूमिकाएँ सौंपी गईं।

नाटक खूब जमा। दर्शक अभिभूत रहे। एक तो इस क्षेत्र में ऐसा स्तरीय नाटक कभी हुआ नहीं था, दूसरे किसी सरकारी-गैरसरकारी संस्था ने राष्ट्रीय उद्देश्य से किसी ऐसे स्तरीय कार्यक्रम का आयोजन कभी नहीं किया था। एक महत्त्वपूर्ण बात यह भी थी कि सभी पात्र अध्यापक थे और अपनी भूमिकाओं के प्रति सचेत एवं ईमानदार थे। इसलिए भी प्रस्तुति अच्छी रही।

मीडिया में और स्थानीय जनता में इसकी काफी तारीफ हुई। बहुत दिनों तक गाँवों में नाटक की चर्चाएँ चलती रहीं और कई गाँवों के नौजवान और बच्चे अपने-अपने गाँवों में नाटकों के आयोजन के प्रति काफी जागरूक हुए। सुन्दरी में नाटकों के सिलसिले शुरू हो गए। विद्यालय में भी प्रतिवर्ष सरस्वती पूजन के अवसर पर नाटक का मंचन अनिवार्य-सा बन गया। फिर तो लगातार कई नाटक खेले गए। नाटक में व्यय के बाद लगभग तीन हजार रुपए सुरक्षा कोष में भेजे गए।

समुदाय विद्यालय से स्वत: कैसे जुड़ जाता है और विद्यालय अपनी गतिविधियों से समुदाय को कैसे प्रभावित करता है, यह आचार्य विष्णुगुप्त के मंचन ने स्पष्ट कर दिया।

छात्राओं की फेयरवेल पार्टी

शिक्षक संगठन के कार्यों में और ज्यादा समय देने के लिए मित्रों ने सुझाव दिया कि कैलगढ़ छोड़ देना चाहिए। गौतम पाण्डेय यहाँ तक पीछे पड़े कि एक नया विद्यालय खोलकर प्रधानाध्यापक बनना चाहिए क्योंकि प्रधानाध्यापक बनने के बाद ही काम करने की स्वतंत्रता मिल सकेगी। उन्होंने मैरवा प्रखंड में विजयीपुर तथा एक-दो स्थानों पर बातें भी की लेकिन बातें बढ़ी नहीं। इधर मैंने भी प्रयास शुरू कर दिया और रसीदचक में बात बनती नजर आने लगी।

सन् '74 में ही बिहार माध्यमिक शिक्षा बोर्ड का गठन हो चुका था और संघ के अध्यक्ष और महासचिव बोर्ड के माननीय सदस्य बन चुके थे। अब विद्यालयों में शिक्षकों के स्थानान्तरण के इक्के-दुक्के मामले होने लगे थे। मैंने भी तत्कालीन महासचिव, शत्रुघ्न जी से परामर्श कर डी.ए.वी. उच्च विद्यालय, सीवान में रिक्त स्थान पर स्थानान्तरण के लिए आवेदन दे दिया।

रसीदचक का विद्यालय तो '79 में ही शुरू हो गया था लेकिन सत्र का आरम्भ अस्सी में हुआ। स्थापना की अनुमति तुरन्त मिल गई और विशेष बोर्ड का गठन भी हो गया लेकिन उसकी रपट जाते-जाते विद्यालयों की मंजूरी पर रोक लगानेवाला काला अध्यादेश लागू हो गया। विद्यालय की पूर्ण प्रस्वीकृति लटक गई। इसलिए स्थानान्तरण कराकर सीवान मुख्यालय में आना लाजिमी हो गया। पहले रसीदचक में सीधे आना चाहता था लेकिन अब तो सीधा रास्ता बन्द हो गया था। संघ का काम लगातार बढ़ता जा रहा था क्योंकि सीवान एक नवस्थापित विकासशील जिला था और शिक्षकों के कार्यों के साथ-साथ इसकी आधारभूत संरचना के विकास हेतु प्रयास भी लगातार चल रहे थे।

दो अक्टूबर अस्सी को विद्यालयों के अधिग्रहण का अध्यादेश और डी.ए.वी. उच्च विद्यालय, सीवान में स्थानान्तरण लगभग आस-पास ही हुए। किन्तु स्थानान्तरण आदेश से तब विशेष प्रसन्नता नहीं हुई जितनी 1965 में हुई थी। 1965 में जब सीवान आया था तो डी.ए.वी. उच्च विद्यालय का आकर्षण ज्यादा बाँध रहा था। मन में बार-बार ज्वार उठता कि काश मैं भी इसी विद्यालय में होता। एक सुप्त आकांक्षा भीतर-भीतर अंकुरित होती लेकिन आज वैसी कोई गर्मी नहीं थी। एक मजबूरी थी और उसके तहत डी.ए.वी. में योगदान करना जरूरी था। तत्कालीन प्रधानाध्यापक

देवचन्द्र शुक्ल जी ने मेरे आने पर प्रसन्नता व्यक्त की। उन्हें सन्तोष हुआ कि जिला शिक्षा पदाधिकारी कार्यालय अब परेशान नहीं करेगा।

यहाँ से रसीदचक विद्यालय को देखना और सँभालना भी आसान था क्योंकि पन्द्रह किलोमीटर रोज आना और जाना भारी पड़ रहा था और घंटों का समय अलग बर्बाद हो रहा था। अध्यापकों को भी लगा कि मिलना और बातें करना आसान हो गया है। जिला शिक्षा पदाधिकारी और अवर प्रमंडल शिक्षा पदाधिकारी कार्यालय के काम भी आसान हो गए थे क्योंकि बीच में कभी भी बातें हो जाती थीं। लेकिन इस स्थानान्तरण से सबसे ज्यादा कष्ट कैलगढ़ के बच्चों और स्थानीय अभिभावकों को था। इसलिए बहुत चुपचाप मैंने वहाँ से विरमन पत्र लिया और डी.ए.वी. में योगदान कर लिया। सबकुछ सामान्य हो गया लेकिन एक दिन जब कैलगढ़ गया तो पता चला कि विद्यालय फेयरवेल की तैयारी कर रहा है। सोचा, यह एक सामान्य परिपाटी है। अभी तक तो सेवानिवृत्त होनेवाले अध्यापकों को ही विदाई देने की परम्परा थी क्योंकि गैरसरकारी विद्यालयों में स्थानान्तरण की कल्पना तो कभी थी ही नहीं।

तीन-चार घंटे रुका और इस दौरान अध्यापकों-छात्रों से मिला-जुला। चुपचाप जाने की शिकायतें मिली। बाजार में अभिभावकों ने भी शिकायतें की। कुछ ने अफसोस जाहिर किया तो कुछ ने इस स्थानान्तरण के पीछे प्रधानाध्यापक की साजिश समझा। विदाई की तिथि को आया तो मंजू के नेतृत्व में छात्राओं का हुजूम मिलने आया। उस समय तक विद्यालय में छात्राओं की संख्या साठ-सत्तर हो गई थी। उन्हें मेरे स्थानान्तरण की पीड़ा बेहद साल रही थी। बड़ी देर तक शिकवा-शिकायत के बाद मंजू ने कहा कि छात्राएँ अलग से आपको फेयरवेल पार्टी देना चाहती हैं। हमारे लिए समय तय कर दीजिए।

कोई पार्टी देना चाहता है तो उसे ना कहना मेरे जैसे संवेदनशील व्यक्ति के लिए बहुत मुश्किल है। मैं तो खुद दूसरों से मिलकर उसका दुख-दर्द बाँटना चाहता हूँ। उनसे विमर्श कर तिथि तय कर दिया लेकिन उन्होंने कहा कि पूरा दिन हमें देना होगा। विदाई की तारीख को आया तो पता चला कि लड़कियाँ आवासवाले भवन में स्वयं भोजन बना रही हैं और वहीं सभा का आयोजन भी है। मित्रों ने बताया कि उनका आयोजन विशुद्ध उन्हीं का है उसमें किसी की राय-मशविरा भी नहीं है।

भोजन के पहले शुरू हुई सभा। प्रधानाध्यापक, दूसरे शिक्षक मित्र और सिर्फ छात्राएँ। छात्राओं ने अपने उद्‌गार व्यक्त करने शुरू किए। किन्तु जब वे बोलतीं तो बोलते-बोलते सुबकने लगतीं। घंटों उन्होंने बेटी की विदाई का दृश्य उपस्थित कर दिया। मैं भौंचक था कि मैं क्या बोलूँगा और ऐसी घड़ी में कुछ भी कहना और समझाना आसान है क्या? खासतौर से मंजू तो देर तक सुबकती रही।

मुझे लगा कि साठ-सत्तर लड़कियाँ एक अध्यापक के सामान्य से स्थानान्तरण पर जब इतने भावावेश में हैं जिनसे सिर्फ अध्यापक-छात्र का सम्बन्ध रहा है तो

गोपियों की क्या स्थिति होगी? उद्धव को यूँ ही गोपियों ने निरुत्तर नहीं किया होगा?

प्रधानाध्यापक और दूसरे मित्रों ने उन्हें काफी समझाने की कोशिश की लेकिन उनका सुबकना जारी रहा। किसी प्रकार मैंने उनकी तकलीफ को सहलाया और उन्हें सान्त्वना दी कि जब भी उन्हें हिन्दी की पढ़ाई में कोई कठिनाई होगी, मैं छुट्टी लेकर आ जाऊँगा। मुझे इस पीड़ा का अहसास होता तो शायद मैं बीच सत्र में उन्हें छोड़कर स्थानान्तरण नहीं कराता। मैंने आश्वस्त किया कि हिन्दी का एक अध्यापक तुरन्त पदस्थापित करा दूँगा।

आज सोचता हूँ तो लगता है कि मनुष्य का स्वार्थ कितना निर्मम है। कभी-कभी तो बड़े उद्देश्यों की पूर्ति के लिए भी निर्ममता का खोल ओढ़ना पड़ता है। इस स्थानान्तरण में मेरा अपना स्वार्थ तो था ही, समाज का भी बहुत बड़ा स्वार्थ था। सीवान जैसे विकासशील जिले में संघीय विकास की यात्रा इसके बाद ही मुस्तैदी से शुरू हुई थी।

यह भी समझ में आता है कि विद्यालय कैसे समुदाय से जुड़ता है? अच्छे और कर्त्तव्यनिष्ठ अध्यापक किस प्रकार बच्चों के माध्यम से वृहत्तर समाज का हिस्सा बन जाते हैं और उसकी नेतृत्वकारी भूमिका उनके हाथों में आ जाती है।

आज भी हमारे छात्र मिलते हैं तो उसी आत्मीयता से।

रसीदचक मठिया विद्यालय की स्थापना और रामाधार की भूमिका

परशुराम के साथ रसीदचक मठिया पर पहुँचा तो महंथ जी से मुलाकात हो गई। अपराह्न तीन-चार बजे का वक्त था। महंथ जी अकेले बैठे थे। इधर-उधर एक-दो साधू-संत छोटे-मोटे काम में व्यस्त थे।

महंथ जी ने खुद कुर्सी निकाली और हम बाहर बैठे। रसीदचक मठ कोई बहुत समृद्ध मठ आज भी नहीं है। किसी प्रकार बने हुए कुछ ईंटों के कमरे हैं। भीतर आँगन है और सामने एक लॉन जैसी जगह है, जहाँ लोग धूप का आनन्द लेते हैं। बैठकर गपशप करते हैं। दरवाजे के बाहर लॉन के किनारे पर कुआँ है जो पानी का एकमात्र साधन है। महंथ जी भी सीधे-सादे आम आदमी जैसे। कहीं कोई विशिष्टता या असाधारण होने का बोध नहीं और न 'एलीट' होने का कोई दम्भ। सबकुछ देश के एक सामान्य मध्यवित्त किसान जैसा।

मठ को देखकर लगा कि हाई स्कूल खोलना महंथ जी के बूते की बात नहीं है, लेकिन आए थे तो बातें तो करनी ही थी और फिर जरूरत मुझे सिर्फ जमीन की थी। पैसों की थी नहीं। सारा काम तो मैं स्वयं अपने बूते करना चाहता था।

परशुराम ने परिचय कराया। उसके पहले रामाधार जी महंथ जी को मेरा परिचय दे चुके थे। महंथ जी ने बताया कि क्षेत्र के लोग उनसे हाई स्कूल खोलने का आग्रह कर रहे हैं। कई बार अभिभावकों की बैठक हुई है। विपेन्द्र वर्मा जी ने भी कई बार बैठक की हैं लेकिन आज तक कुछ हुआ नहीं है। उन्होंने बैठक की कार्यवाही पंजी भी दिखाई। लगा कि महंथ जी इन उबाऊ बैठकों से कुछ खिन्न भी हैं और विद्यालय की स्थापना के प्रति शंकालु भी। मुझे भी उन्होंने उसी दृष्टि से देखा।

"मैं तो इसलिए आया हूँ कि रामाधार जी ने बताया है कि आप स्कूल खोलने के इच्छुक हैं। अगर आप सिर्फ जमीन उपलब्ध कराएँ तो मैं स्कूल खोल दूँगा और उसे सरकारी भी करवा दूँगा।"—मैंने कहा।

महंथ जी ने जिज्ञासा की, "कितनी जमीन चाहिए?"

"पाँच एकड़। स्कूल खोलने की यह जरूरी शर्त है। अगर यह शहरी क्षेत्र माना जाएगा तो एक एकड़ से भी काम चल जाएगा।"

महंथ जी ने कहा–"एक कट्ठा जमीन दे सकता हूँ।"

मैंने कहा–"एक कट्ठा में तो प्राइमरी स्कूल खुलता है, हाई स्कूल नहीं खुल सकता।"

बोले–"विचार करेंगे। जमीन देख लीजिए।"

हम तीनों मठ के बगल में ही जमीन देखने चल पड़े। मुख्य राजमार्ग से मठ पर आनेवाली कच्ची सड़क पर एक प्लॉट था जिसपर मठ के साधू-संत कभी दफनाए जाते थे। एक बीघे का यह प्लॉट बिलकुल 'बैरन' प्लाट था। फसल नहीं उगाई जाती थी।

महंथ जी बोले–"इससे काम चलेगा?"

"तत्काल तो चलेगा लेकिन सरकार कहेगी तो और जमीन देनी होगी।"

"दूसरी जगह भी?"–महंथ जी ने जिज्ञासा की।

"दूसरी जगह होने पर भी चलेगा।"

"तब कोई हर्ज नहीं है। दूसरी जगह मठ की जमीन है।"–वे बोले।

लगभग एक सकारात्मक बातचीत के बाद हमलोग लौट आए। रामाधार जी को सारी बातें बताया और कहा कि महंथ जी की इच्छाशक्ति कुछ कमजोर है। कुछ मजबूत बनाइए और जमीन की रजिस्ट्री करा दीजिए।

उस वक्त तक मैं पार्टी में स्थापित हो चुका था और पार्टी की भी समझ थी कि सीवान में मेरे रहने से पार्टी को भी लाभ होगा। साहित्यिक-सांस्कृतिक क्षेत्रों में पार्टी की पहचान बनने लगी थी और बुद्धिजीवियों में पकड़ बढ़ने लगी थी। इप्टा की स्थापना हो चुकी थी।

दो-तीन बार परशुराम महंथ जी के पास गए और उनके भ्रम और संशय को दूर किया। वे जमीन की रजिस्ट्री के लिए तैयार हो गए। फिर एक दिन हम तीनों ने बैठकर विद्यालय की प्रबन्ध समिति का गठन किया। महंथ जी की राय से विद्या प्रसाद पाण्डेय, बुटाई चौधरी, गंगा दास तथा कुछ और लोग प्रबन्ध समिति के सदस्य बनाए गए। इस बात का खयाल रखा गया कि कोई ऐसा स्थानीय आदमी न आ जाए जो हमें नुकसान पहुँचा सके।

रजिस्ट्री के कागजात पर जिला शिक्षा पदाधिकारी की अनुमति ले लिया और रजिस्ट्री खर्च भी हमने ही चुकाया। रजिस्ट्री हो गई।

भुवनेश्वर सिंह, गौतम पाण्डेय, डॉ. यतीन्द्रनाथ सिंह जैसे मित्रों से चर्चाएँ होती रहती थी। बच्चन प्रभाकर तो इस पूरी योजना के सलाहकार ही थे, इसलिए अध्यापकों की व्यवस्था में कोई विलम्ब नहीं हुआ। दस हजार ईंटें भी गिर गईं और एक सामान्य नक्शा बनाकर दिसम्बर में ही महंथ जी से शिलान्यास करवा दिया। शुभ मुहूर्त देखने के लिए वक्त ज़ाया नहीं किया क्योंकि तब चौदह जनवरी तक इन्तजार करना पड़ता। मेरी योजना थी कि तीन महीने में विद्यालय की प्रस्वीकृति प्राप्त कर ली जाए। ईंटें गिरी तो महंथ जी को भवन निर्माण की जवाबदेही सौंप दिया। दो-चार

दिनों पर उन्हें मजदूरी भिजवा देता। कभी-कभी देखने भी चला जाता। मेरी ओर से परशुराम देखभाल करते।

महंथ जी का विश्वास दृढ़ हो गया। समझ गए कि स्कूल हो जाएगा। मुस्तैदी से काम में लग गए।

जनवरी 80 से दाखिला भी शुरू हुआ। पहला दाखिला महंथ जी के करीबी पैगम्बरपुर के रघुनाथ सिंह की बेटी पूनम का हुआ, मात्र एक रुपए पर। कक्षाएँ मठ पर शुरू हो गईं। द्वारिकानाथ पाठक प्रभारी बना दिए गए। मैं डी.ए.वी. से जब भी छुट्टी पाता, पहुँच जाता। कुल आधे घंटे आने में लगते।

मार्च आते-आते विद्यालय को स्थापना की अनुमति मिल गई और योजना के अनुसार अप्रैल तक प्रस्वीकृति प्राप्त कर लेनी थी, लेकिन विद्यालयों की प्रस्वीकृति पर रोक लगानेवाले अध्यादेश ने हमारे मंसूबों पर पानी फेर दिया। अध्यापक काफी निराश हुए लेकिन इतना वे जानते थे कि विद्यालय प्रस्वीकृत हो ही जाएगा। महंथ जी से बताया कि चार एकड़ जमीन और रजिस्ट्री करनी होगी क्योंकि सरकार इसे देहाती क्षेत्र का विद्यालय मानती है। वे तुरन्त राजी हो गए और जमीन की रजिस्ट्री हो गई। यह शर्त भी पूरी हो गई।

अप्रैल आते-आते सात कमरे बनकर तैयार हो गए। शर्त के अनुसार चार पक्के और तीन खपरैलवाले। अध्यादेश लागू होने के बाद भी लूप लाइन से प्रस्वीकृति लेने की योजना थी। इसलिए विशेष पर्षद का गठन हो गया और तीन-चार दिनों में उसकी रपट भी चली गई। जिला शिक्षा पदाधिकारी, डॉ. ए.एम.एम. कमाल सबा विद्यालय और मेरे प्रति अत्यन्त कृपालु थे। फलतः कोई प्रशासनिक कठिनाई नहीं थी लेकिन विशेष पर्षद की रपट के बाद भी मामला नहीं निकल सका। अध्यापकों को सन्तोष था कि अधिग्रहण के अध्यादेश में ऐसे विद्यालयों के अधिग्रहण की व्यवस्था थी और राज्य संघ तथा राजनैतिक स्तर पर ऐसे फँसे हुए विद्यालयों को प्रस्वीकृति देने के प्रशन पर कार्रवाई चल रही थी। इसलिए साल गुजरते-गुजरते प्रस्वीकृति का रास्ता खुला। जब श्री विजय शंकर दूबे, विशेष सचिव सह निदेशक (मा.शि.) के पद पर पदस्थापित हुए। दूबे जी न केवल कड़े अधिकारी थे अपितु सकारात्मक दृष्टिकोण वाले कर्मठ एवं कर्त्तव्यनिष्ठ पदाधिकारी भी थे। 'लगे रहो मुन्ना भाई' की तर्ज पर मैं सक्रिय रहा।

कतिपय कठिनाइयों के बावजूद 16 मार्च 81 को विद्यालय की प्रस्वीकृति और अधिग्रहण साथ-साथ हो गए। महंथ जी, गाँव-जवार के लोग, अध्यापक, बच्चे सभी काफी खुश हुए। मेरे जीवन की यह एक बड़ी सफलता थी। महंथ जी और पार्टी के साथ किया गया वादा पूरा हो गया। बच्चन जी और रामाधार जी बेहद प्रसन्न हुए। हमारे लिए यह वरदान मुख्यतः रामाधार जी का ही दिया हुआ था। वरना पिछले दो वर्षों से हम जमीन की तलाश में कहाँ-कहाँ भटक रहे थे। पूरे मामले में शत्रुघ्न प्रसाद सिंह और डॉ. कमाल सबा, जिला शिक्षा पदाधिकारी की भूमिका उल्लेखनीय रही।

विद्यालय के गणतंत्र दिवस और जमीनी योजनाएँ

उन्नीस सौ बयासी का गणतंत्र दिवस विद्यालय के लिए ऐसा पहला आयोजन था। बच्चे काफी उल्लास में थे। अध्यापक सरकारी बन गए थे। कोषागार से उन्हें वेतन मिलने लगे थे। प्रतिदिन पाठ-टीका लिखते और मिहनत से पढ़ाते। एक वर्ष में ही विद्यालय की ख्याति फैलने लगी थी। नियमित समय पर प्रार्थना होती, समय पर कक्षाएँ लगतीं और साप्ताहिक बालसभा आयोजित होती। बच्चे-बच्चियाँ निर्धारित विषयों पर व्याख्यान देते। कविताएँ सुनाते। कभी-कभी गीत भी गाते लेकिन जो चीज मुझे और अध्यापकों को खलती, वह विद्यालय की जमीन से सटी सतरह कट्ठे की वह जमीन थी जिसके कारण हमारा प्रांगण टेढ़ा दिखाई पड़ता था।

प्रस्वीकृति से निश्चिन्त हुआ और पढ़ाई-लिखाई मनोवांछित तरीके से चलने लगी तो विकास की ओर ध्यान गया। महंथ जी, बुटाई चौधरी और विद्या पाण्डेय से विमर्श किया तो पता चला कि अत्यन्त गरीब लोगों की जमीन है और उनकी वही पूँजी है। लेकिन गणतंत्र दिवस के झंडे के नीचे मैं संकल्प ले चुका था कि विद्यालय को विकास के रास्ते पर ले जाऊँगा और आधारभूत संरचनाओं को ठीक करूँगा।

तय हुआ कि बुटाई जी जमीनवालों से बातकर उन्हें राजी करें और जमीन का जो वाजिब मूल्य है उसे देकर जमीन की रजिस्ट्री विद्यालय के नाम कराई जाए। बुटाई जी ने बातें कीं और बात बन गई। वे किसान जमीन देने पर राजी हो गए। दाम तय हुआ, सतरह हजार रुपए। विकास कोष, छात्र कोष कुल मिलाकर भी सतरह हजार रुपए का प्रबन्ध नहीं हो रहा था। बड़े-बूढ़ों का कहना है कि जमीन तय करके रजिस्ट्री रोकी नहीं जाती। यह सोचकर अध्यापकों को बिठाया और रुपयों की व्यवस्था हो गई। एक सप्ताह में रजिस्ट्री सम्पन्न हो गई। विद्यालय का प्रांगण जो टेढ़ा दिखाई पड़ता था, अब सीधा हो गया। मन में एक नया उत्साह पैदा हुआ।

तीसरा गणतंत्र आते-आते अध्यापकों को छोटे से प्रधानाध्यापक कक्ष में बैठना अखरने लगा। प्रतिदिन सीवान तथा बाहर से कई लोग मिलने आते और उन्हें बिठाने में शर्म महसूस होती। नाश्ता-चाय तो हम नहीं ही करा पाते थे। कभी-कभी बाहर के लोग आ जाते तो भोजन का भी संकट हो जाता, लेकिन विद्या पाण्डेय और महंथ जी के कारण वह संकट हल हो जाता। विद्या पाण्डेय जी का बेटा हमारा छात्र था। उसे

दौड़ाते और भोजन बनकर आ जाता। पाण्डेय जी हमारे अच्छे अभिभावक साबित हुए।

इसी बीच विद्यालयों को बाढ़ के नाम पर भवन निर्माण के लिए रुपए मिले। मैंने भी चौरासी हजार रुपयों का जुगाड़ किया लेकिन समाहरणालय की शंकर जटा में रुपए उलझ गए। सारे प्रयास जब निष्फल होने लगे तो उमाशंकर सिंह, विधायक महाराजगंज से सम्पर्क साधा। विद्यालय में उनके गाँव के लड़के पढ़ने आते थे और मुझसे सम्बन्ध भी अच्छे थे। इसलिए उन्हीं के द्वारा शिलान्यास का कार्यक्रम रखा। डूबे हुए रुपए निकल गए और दो कमरों का निर्माण शुरू हो गया। अध्यापकों ने काफी मिहनत की और बराबर ठीकेदार के माथे पर सवार होकर निर्माण कराया। छत ढलाई के दिन सारा काम छोड़कर आठ बजे रात तक मैं स्वयं खड़ा रहा। चौथे गणतंत्र तक नया कार्यालय बनकर तैयार। लगा थोड़ी प्रतिष्ठा बढ़ गई है। महंथ जी, गाँव के लोग, बच्चे सभी काफी प्रफुल्लित हुए। लेकिन एक बात बराबर खलती रही कि विद्यालय के पास चहारदीवारी नहीं है।

मेरा मानना है कि विद्यालयों की चहारदीवारी उतनी ही जरूरी है जितनी मनुष्य के लिए कपड़े। जिस प्रकार नंगे रहकर मनुष्य शोभा नहीं पाता उसी प्रकार चहारदीवारी के बगैर विद्यालय सही शिक्षण संस्थान नहीं बन पाता। फूल-पत्तियाँ नहीं लग पातीं और कोई सजावट नहीं हो पाती। लेकिन यह काफी कठिन काम था। क्योंकि सरकार से पैसे मिलते नहीं थे और विद्यालय गरीबी अवस्था में ही था।

अध्यापक मंडल की राय हुई कि अभिभावकों की बैठक कर कुछ चन्दा एकत्र किया जाए। क्षेत्र काफी गरीब था इसलिए इस विचार पर भी मन दृढ़ नहीं हो रहा था। लेकिन तय हुआ कि नामांकन, पंजीयन और मैट्रिक के फार्म भरने के समय पचीस-तीस रुपए अधिक लिए जाएँ और अध्यापकों की समिति उसका हिसाब-किताब रखे। आय-व्यय अध्यापक मंडल की बैठक में उपस्थापित किया जाए। कुछ रुपए आए लेकिन चहारदीवारी इतनी लम्बी थी कि एक बार में पार पाना मुश्किल था। तय हुआ कि टुकड़े-टुकड़े में प्रतिवर्ष कुछ काम करके दो-तीन वर्षों में इसे पूरा किया जाए। सड़क की ओर से विद्यालय ज्यादा अशान्त होता था इसलिए पहली बार में उसी ओर चहारदीवारी बनी। दूसरे वर्ष दूसरी ओर और लगभग तीसरे वर्ष में तीसरी ओर। इस प्रकार तीन वर्षों में गेट सहित विद्यालय चहारदीवारी से घिर गया, स्वरूप निखर गया। टूटा-फूटा भवन एक नए कलेवर में दिखाई पड़ने लगा। खासकर सड़क से लुक और भी अच्छा लगने लगा।

विद्यालय की जमीन तो साधू-संतों की कब्रगाह थी और बहुत दिनों से कोई फसल भी नहीं उपजाई जा रही थी। लेकिन चहारदीवारी के बाद फूल-पत्ती, पेड़-पौधे लगाने की योजना बनी। टेढ़ी घाट के वन विभाग से सम्पर्क साधा तो छायादार फूल वाले वृक्ष मिल गए। गैवियन बनवाकर चालीस पेड़ लगाए गए लेकिन चहारदीवारी के बावजूद पास के गाँवों के बच्चे जो फुटबाल खेलने आते, शरारतवश पेड़-पौधों को नुकसान पहुँचा देते। कई बार पेड़ लगाए और कुछ पेड़ नष्ट होने से

बच गए। खासकर लाल और पीले रंग के गुलमोहर पेड़ों पर जब धूप में लाल और पीले फूल आते तो लगता कि विद्यालय में वसन्त आ गया। पेड़ों की छाया में गर्मी में कक्षाएँ लगतीं, बालसभा जुड़ती और बच्चे विश्वभारती में होने का अहसास पालते।

विद्यालय का गणतंत्र दिवस समारोह विकास का संकल्प लेने, नई योजनाओं की घोषणा करने और पिछली योजना को पूरा करने की बातें बताने के साथ गुजरता और बच्चे प्रतिवर्ष कुछ नया देखते और सीखते। भौतिक विकास के साथ शैक्षिक-साहित्यिक विकास की गतिविधियाँ भी चलतीं।

विद्यालय पत्रिका का प्रकाशन, वार्षिक समारोहों का आयोजन, सांस्कृतिक कार्यक्रम आदि उस बियावान में होते जहाँ दिन में ही पहले लोगों को डर लगता था और वह भी तब जब पड़ोस के गाँव के कुछ तत्त्व लगातार विद्यालय का नुकसान पहुँचाते। कभी हैंडपाइप खोलते, कभी फर्नीचर चुराते, कभी बाथरूम का दरवाजा तोड़कर गन्दा कर देते। लेकिन हम लोगों की विकास की गाड़ी कभी रुकी नहीं। चिन्ता हुई, तकलीफ हुई, मन विचलित हुआ लेकिन दृढ़ इच्छाशक्ति से बात आगे बढ़ जाती।

पन्द्रह वर्षों में वह सब कुछ किया जो एक नए विद्यालय के लिए आवश्यक था। सीवान-आन्दर मुख्यमार्ग से विद्यालय तक सड़क को ईंटकरण में तब्दील करने की योजना तत्कालीन विधायक ने तुरन्त पूरी करवा दी। वित्त विभाग के अंकेक्षक आए तो बोले फंड का डायवर्सन बहुत है। यह तो नियम विरुद्ध है। मैंने कहा कि काम दिखाई पड़ता है कि नहीं? बोले—वह तो दिखाई पड़ता है। हिसाब-किताब में कुछ नहीं मिला तो बोले—ऐसा डायवर्सन तो जिला प्रशासन भी करता ही रहता है। नौ वर्षों का अंकेक्षण पूरा कराकर 95 में विद्यालय छोड़ने लगा तो महंथ जी की आँखें भर आईं।

शिक्षा के सामाजिक सरोकार

विद्यालय पहुँचते ही पता चला कि नन्दकिशोर भारती ने कल वर्ग में अध्यापक के साथ बदतमीजी की है। उस समय वह नवम वर्ग का छात्र था और आम लड़कों की तुलना में शारीरिक रूप से काफी हृष्ट-पुष्ट था।

इस विद्यालय को मान्यता मिले चार-पाँच साल हो चुके थे और प्रधानाध्यापक के रूप में इसे सपनों का विद्यालय बनाने में मैं जुटा हुआ था। प्रति वर्ष 26 जनवरी, गणतंत्र दिवस के अवसर पर सभी अध्यापक-छात्र मिलकर कुछ संकल्प लेते और कोशिश करते कि अगली 26 जनवरी तक वह पूरा हो जाए।

बच्चे-बच्चियों की संख्या तो तीन सौ के ही करीब थी लेकिन अनुशासन बनाए रखने की मुकम्मिल कोशिश थी। प्रार्थना की घंटी बजते ही प्रार्थना शुरू हो जाती और समाचार वगैरह के बाद कक्षाएँ लग जातीं। अध्यापकों के समय पर पहुँचने की सख्त पाबन्दी थी और पाठ-टीका का लिखना भी अनिवार्य था। अध्यापकों और छात्रों में मिल्लत का भाव था। अगड़े-पिछड़े, धनी-गरीब का कोई बँटवारा बच्चों के बीच नहीं था। इसलिए सभी जाति-बिरादरी, धर्म-सम्प्रदाय के अभिभावकों का भरपूर सहयोग विद्यालय प्रशासन को मिल रहा था। अभिभावक विद्यालय में अपने को सम्मानित महसूस करते थे। यद्यपि बगल के एक-दो गाँवों के बच्चे कुछ उत्पात करते थे लेकिन उनके अभिभावकों का सहयोग उनके उत्पातों पर भारी था, इसलिए डर-भय का कोई सवाल नहीं था।

विद्यालय जन-कोलाहल से दूर महंथ गया दास के सौजन्य से रसीदचक मठ के पास ही अवस्थित था। जरूरत पड़ने पर मठिया के महंथ जी ही मात्र उपलब्ध हो सकते थे। मेरे प्रयास से पक्की सड़क से विद्यालय तक बनी ईंटकरणवाली सड़क से इक्के-दुक्के ग्रामवासी शहर आते-जाते दिखाई पड़ते। कभी-कभार मजदूर किस्म का व्यक्ति विद्यालय के चापाकल पर पानी पीने रुक जाता। धूप प्रखर होती तो पानी पीकर बरगद की छाँव में सुस्ताता भी। तब तक विद्यालय की चहारदीवारी भी नहीं बन पाई थी और वह नंग-धड़ंग व्यक्ति की तरह खुला दिखाई पड़ता था। मेरा मानना है कि चहारदीवारियाँ विद्यालय की सुरक्षा ही नहीं करतीं उसे सौन्दर्य भी प्रदान करती हैं। सुन्दर से सुन्दर व्यक्ति भी जैसे कपड़ों के बगैर आकर्षक नहीं लगता, अच्छे भवनवाले विद्यालय भी चहारदीवारी के बिना आकर्षक नहीं लगते।

मैंने प्रभारी और कुछ अन्य शिक्षकों से नन्दकिशोर की हरकतों का पूरा ब्योरा लिया। प्रार्थना शुरू हुई और अन्य दिनों की भाँति सामान्य तरीके से चली। ऐसा कुछ नहीं लगा कि थोड़ी देर में कुछ घटनेवाला है। फिर नन्दकिशोर को प्रधानाध्यापक कक्ष में बुलाया और कल की हरकतों के बारे में पूछा। वह इनकार कर गया। मैं सवाल-दर-सवाल पूछता रहा और वह इनकार करता रहा। वह ज्यों-ज्यों झूठ बोलता मेरा गुस्सा चढ़ता रहा। गलतियों के लिए माफी माँगने की बजाय वह लगातार इनकार करता रहा और अपने को निर्दोष साबित करने की कोशिश करता रहा। उसके लगातार झूठ बोलने से बात बर्दाश्त से बाहर हो गई और फिर मैंने ऑफिस में ही केनिंग शुरू कर दी। पीटते-पीटते बाहर लाया और सामने मैदान में पीटना आवश्यक समझा ताकि आम बच्चे भी देख लें। इसी बीच हाथ ढीला हुआ तो वह भाग निकला। दूर से अपशब्दों का भी प्रयोग किया। अब उसकी बदतमीजी पूरी तौर पर उजागर हो चुकी थी। इसलिए तुरन्त अध्यापक मंडल की बैठक की और उसके निष्कासन का फैसला लेकर जिला शिक्षा पदाधिकारी, सीवान को पत्र भेज दिया।

गाँवों में बात फैलने में देर नहीं लगी। बच्चों ने अपने-अपने गाँव-घरों में नमक-मिर्च लगाकर बातों को पहुँचाया और भयभीत और आशंकित अध्यापकों ने राहत की साँस ली। महंथ जी को भी सारी बातों से अवगत करा दिया। उनके मठिया पर भी ग्रामीणों की बैठक होती रहती थी।

संयोग से दूसरे दिन मैं मुख्यालय से बाहर चला गया। यह पहले से निर्धारित सामान्य कार्यक्रम था। किन्तु दो दिनों बाद लौटा तो पता चला कि टेढ़ी घाट यानी नन्दकिशोर के गाँव के लोग लाठी-भाला लेकर विद्यालय पर मारपीट करने आए थे। लेकिन उसी गाँव के अगल-बगल के कुछ अभिभावकों के हस्तक्षेप के कारण उन्हें लौटना पड़ा।

टेढ़ी घाट के अगल-बगल के गाँवों के यादव लोग प्राय: सबेरे टेढ़ी घाट होकर ही दूध बेचने शहर आया करते थे। उनमें छठ्ठू चौधरी सरपंच भी थे। उनके बच्चे हमारे विद्यालय में ही पढ़ते थे। पिछड़े वर्ग के ढेरों बच्चे यहाँ प्रेमपूर्वक पढ़ते थे और उनके अभिभावकों का पूरा सहयोग विद्यालय को मिलता था। उन्होंने टेढ़ी घाट पर चाय पीने के दौरान नन्दकिशोर के घरवालों की बातें सुनी तो पूछा कि रसीदचक विद्यालय पर आप लोग क्यों गुस्सा कर रहे हैं? जब उसके घरवालों ने बताया कि हेडमास्टर ने हमारे बेटे को बुरी तरह पीटा है और हम लोग हेडमास्टर और मास्टरों को पीटकर इसका बदला लेने जा रहे हैं तो उन अभिभावकों का गुस्सा फूट पड़ा। वे वहीं उलझ गए। बोले–''वही तो एक स्कूल है जहाँ पढ़ाई-लिखाई होती है और हेडमास्टर सभी बच्चों के साथ समान व्यवहार करता है। आप वहाँ मारपीट करेंगे? आपको पहले हमी से मारपीट करनी होगी।'' और नन्दकिशोर के अभिभावकों के पहले यादवों का एक हुजूम छठ्ठू चौधरी सरपंच के नेतृत्व में विद्यालय पर पहुँच गया और अध्यापकों से बोला कि डरने की कोई बात नहीं है। उन लोगो कों पहले

हमसे मार-पीट करनी होगी। थोड़ी देर बाद गिरि लोग आए और यादवों का उग्र रूप देखकर निराश लौट गए। वे यादवों की इस लामबन्दी से हतप्रभ थे।

दूसरे दिन विद्यालय लौटा तो घटना की जानकारी मिली। इस बार अध्यापक उतना भयभीत नहीं थे लेकिन हमको जरूर समझा रहे थे कि अकेले आना-जाना बन्द कर दीजिए। कहीं कोई घटना हो सकती है। छठ्ठू चौधरी को बुलाकर मैंने सारी घटना की जानकारी ली और फिर जिला शिक्षा पदाधिकारी से नन्दकिशोर को रस्टीकेट करने के अनुरोध के साथ ही शहर के सभी प्रधानाध्यापकों को पत्र लिखकर अनुरोध कर दिया कि वे नन्दकिशोर का नामांकन धोखे में भी नहीं करें। चारों ओर प्रयास करके जब वे लोग थक गए तो मेरे एक मित्र के साथ माफी माँगने आए।

उस समय मैं सीवान के निराला नगर स्थित सीवान जिला माध्यमिक शिक्षक संघ के भवन में ही रहता था। सुबह-सुबह नीचे से खबर आई कि कुछ लोग मिलना चाहते हैं। नीचे उतरा तो देखा कि नन्दकिशोर के परिजन हैं। हाल-चाल पूछा तो उन्होंने नन्दकिशोर की गलती के लिए क्षमा याचना की और उसे पुनः विद्यालय में बने रहने देने का अनुरोध किया। मैं अपने स्टैंड पर दृढ़ था कि ऐसे लड़के को विद्यालय में नहीं रहने दूँगा। मेरे विद्यालय का अनुशासन इससे प्रभावित होगा। मैंने दृढ़तापूर्वक यह भी कहा कि जिले के किसी भी विद्यालय में नन्दकिशोर का नामांकन नहीं हो सकेगा और इस प्रकरण में मैं कोई समझौता नहीं करूँगा। वे निराश लौट गए। नन्दकिशोर की पढ़ाई की चिन्ता उन्हें सताने लगी।

दो दिनों के बाद वे फिर मेरे कुछ मित्रों को लेकर आए और जोरदार सिफारिश की। मैंने पूछा कि बुजुर्ग होकर विद्यालय में मारपीट करने क्यों गए? अगर मैंने गलती की थी तो मुझसे पूछा जा सकता था? मुझे वस्तुस्थिति से अवगत कराया जा सकता था। लेकिन बच्चों के बहकावे में विद्यालय को अशान्त कर और शिक्षा के वातावरण को प्रदूषित कर क्षमा माँगने का औचित्य क्या है? आप लोगों ने तो नन्दकिशोर का उतना अहित कर दिया जितना उसने खुद अपना नहीं किया था। उनके पास कोई उत्तर नहीं था। वे फिर माफी माँगकर चले गए। अभिभावक अगर बच्चे का मन नहीं बिगाड़ें तो ज्यादातर बच्चे अपनी गलतियों से सबक सीख लेंगे। लेकिन विडम्बना है कि अभिभावक किशोर बच्चों की उलटी-सीधी बातों को तो सही मान लेते हैं लेकिन सुधारात्मक प्रक्रिया में सम्मिलित शिक्षक की बातों को गलत मानकर उसे दंड देना जरूरी समझ लेते हैं।

यह सही है कि विद्यालय में बच्चे को पीटने की कोई कानूनी व्यवस्था नहीं है, लेकिन कभी-कभी यह बात काफी आवश्यक हो जाती है।

नन्दकिशोर के परिजनों, पैरवीकारों को नकारकर मैं अपने दैनंदिन कार्य में लग गया। विद्यालय फिर पुराने ढर्रे पर आ गया। किसी दिन सन्ध्या महंथ जी और छठ्ठू चौधरी को लिए गिरि लोग फिर आए। पहले की अपेक्षा उनकी विनम्रता और बढ़ी

हुई थी। शिष्टाचार भी कुछ अधिक था। शायद बेटे के जीवन का प्रश्न उन्हें सालने लगा था और अपनी गलती का अहसास हो रहा था। उनकी जुबान बोलने में लड़खड़ा रही थी। महंथ जी ने ही शुरुआत की, कि अब इन लोगों को माफ कर दीजिए। इनलोगों को अपनी गलती का अहसास हो गया है। मैंने कहा कि सरपंच साहब साथ में हैं। मैं इनका अहसानमन्द हूँ कि विद्यालय को इन्होंने अशान्त होने से बचा लिया। ये चाहें तो माफ कर सकते हैं। मुझे कोई एतराज नहीं होगा।

छठ्ठू जी सकते में आ गए। आदमी वे काफी मुखर और स्पष्ट वक्ता थे। तुरन्त बोले–"इन लोगों ने जो गलती की है, उसकी सजा तो कम ही मिली है, लेकिन सवाल लड़के की जिन्दगी का है। इसलिए हमको भी आना पड़ा है। इन्हें अब माफ कर दीजिए।"

"अपने विद्यालय में किसी कीमत पर मैं नामांकन नहीं करूँगा लेकिन सम्पूर्ण जिले में नामांकन पर जो रोक लगी है उसे हटवा दूँगा।" मैंने कहा।

छठ्ठू जी ने कहा–"इतना ही कर दीजिए।" फिर वे उनकी ओर मुखातिब होकर पूछे–"क्या गिरि बाबा ठीक है न?"

गिरि लोग चुप थे। दबी जुबान से बोले–"जैसी सर की मर्जी, लेकिन इस्लामिया में एडमीशन करवा दीजिए।"

"सरपंच साहब और महंथ जी आए हैं तो करवा दूँगा।" फिर फोन उठाया और इस्लामिया के प्रधानाध्यापक को कहा कि नन्दकिशोर का नामांकन कर लीजिए, मुझे कोई आपत्ति नहीं है।

पता चला कि नन्दकिशोर का नामांकन हो गया। मेरा मकसद उसकी जिन्दगी बिगाड़ना भी नहीं था। लेकिन यह सच है कि शिक्षा के सामाजिक सरोकार हैं और शिक्षा के केन्द्र विद्यालय, अभिभावकों और अपने पड़ोस से कटकर सुव्यवस्थित एवं अनुशासित नहीं चल सकते। लगता है कि शिक्षकों और अभिभावकों के संघ की परिकल्पना इन्हीं उद्‌देश्यों के मद्‌देनजर की गई है।

जगदीशपुर का क्षेत्रीय सम्मेलन

किसी दिन बातों-बातों में प्रधानाध्यापक ने बताया कि परसों जगदीशपुर में शिक्षक संघ का सम्मेलन है। उन्होंने पचलखी के प्रधानाध्यापक महेन्द्र कुमार का हवाला देते हुए कहा कि उन्होंने खासतौर से आपको आने के लिए कहा है। मैंने पूछा कि आप जाएँगे? तो बोले मुझे घर पर कुछ जरूरी काम है। नहीं जा पाऊँगा।

मैंने एक-दो महीना पहले ही इस विद्यालय में शिक्षक के पद पर योगदान किया था और बचपन से ही सामाजिक संस्थाओं से जुड़ाव के कारण मुझे सभाओं-सम्मेलनों में भाग लेना अच्छा लगता था। ऐसे कार्यों में उत्साह भी काफी होता था। फिर शिक्षक संघ का नाम नया-नया सुनने को मिला था। इसलिए उत्सुकता भी हो रही थी। प्रधानाध्यापक से कहा कि मैं जाना चाहता हूँ। उन्होंने सहर्ष अनुमति दे दी।

अब प्रश्न था कि अकेले जाऊँगा कैसे? क्योंकि प्रधानाध्यापक ने बताया था कि जगदीशपुर तक कोई सवारी नहीं जाती। वह सीवान जिले के अन्तिम छोर पर जहाँ उत्तर प्रदेश की सीमा मिलती है, घनघोर देहाती क्षेत्र में अवस्थित है। फिर मैंने अपने सीनियर बच्चा पाण्डेय जी से सम्पर्क किया। वे न केवल एक संवेदनशील व्यक्तित्व के धनी थे बल्कि अति उत्साही भी थे। प्रधानाध्यापक के हमउम्र होने के कारण दोनों में हँसी-मजाक भी काफी होता था लेकिन शिक्षक आवास में रहनेवाले हम सभी मित्रों के आपसी सम्बन्ध बड़े आत्मीय थे। पाण्डेय जी तुरन्त तैयार हो गए और मेरी परेशानी का अन्त हो गया। अब न रास्ता भूलने का सवाल था और न अकेले होने का गम।

तय हुआ कि हम दोनों साइकिल से चलेंगे क्योंकि साइकिल छोड़कर जगदीशपुर की कोई सीधी सवारी उन दिनों नहीं थी। बस से भी जाते तो यात्रा कई टुकड़ों में करनी पड़ती और फिर आरम्भ और अन्त में साइकिल ढूँढ़कर उसका सहारा लेना ही पड़ता। प्रधानाध्यापक ने पाण्डेय जी को रास्ता भी समझा दिया।

दूसरे दिन दस बजे विद्यालय में हाजिरी बनाकर हम जगदीशपुर रवाना हुए तो लगभग चालीस-पचास किलोमीटर की देहाती दूरी तय करने में तीन-साढ़े तीन घंटे का समय लग गया। अच्छी बात इतनी ही थी कि आज की बिहार की सड़कें तब नहीं थीं। यूँ आज भी देहाती ईंटकरण पक्की सड़कों से कई गुना अच्छा है।

लगभग दो बजे जगदीशपुर पहुँचे तो मात्र एक-दो विद्यालय के इक्के-दुक्के लोग ही आए थे। विद्यालय के प्रधानाध्यापक बड़े प्रसाद मिश्र जी ने आत्मीयतापूर्वक हमें रिसीव किया। थोड़ी ही देर में पचलखी के प्रधानाध्यापक महेन्द्र कुमार, ठेपहाँ के नौजवान प्रधानाध्यापक वीरेन्द्र कुमार, शाहपुर के विभूति दीक्षित और राजमंगल मिश्र आदि आ पहुँचे। विद्यालय का बरामदा जो उन दिनों खुला हुआ था, में दरी बिछाई गई और हमलोग प्रेमपूर्वक बैठे। फिर चला मकई का होरहा खाने का दौर। विद्यालय संस्थापक महादेव चौधरी जी के खेत से उनके पुत्र हरिनन्दन यादव जो उसी विद्यालय में अध्यापक थे, मकई की बाल तुड़वाकर मँगवाए। घर से नमक-मिर्च, अचार आदि मँगवाए और घंटों मकई सम्मेलन चलता रहा। होरहा के दौरान ही परिचय-पाती भी हुई। फिर शिक्षक संघ पर हलकी-फुलकी बातें हुई। शिक्षा कार्यालयों में फैले भ्रष्टाचार, कार्यालय में लम्बित शिक्षकों की समस्याओं पर भी चर्चा हुई लेकिन चर्चाएँ न तो सिलसिलेवार थीं और न किसी निष्कर्ष पर पहुँचनेवाली। फिर भी एक नए समाज से संवाद और परिचय कायम हो रहा था इसलिए अच्छा लगा। महेन्द्र कुमार ने क्षेत्रीय सम्मेलन की पृष्ठभूमि बताई और अध्यक्ष, सचिव तथा कई पदाधिकारियों के चुनाव हेतु पैनल पेश किया जिस पर बिना विवाद के सर्वसम्मत स्वीकृति दे दी गई। किसी ने अपने नाम के लिए न तो जिद की और न जाति-पाँति के समीकरण दिखाई पड़े। ठेपहाँ के प्रधानाध्यापक वीरेन्द्र कुमार सचिव चुने गए। उस वक्त ठेपहाँ विद्यालय प्रस्वीकृत नहीं था। प्रस्वीकृति के लिए प्रयासरत था लेकिन प्रस्वीकृत अथवा अप्रस्वीकृत का कोई सवाल वहाँ नहीं था। उस समय तो क्षेत्रीय सम्मेलन में लोगों को इकट्ठा करना ही बड़ी बात थी।

पैंसठ में भी शिक्षक संघ का संविधान तो था लेकिन भौगोलिक इकाई प्रखंड नहीं थी। यह तो सत्तर के दशक में संविधान संशोधन के बाद की बात है। इसीलिए मैरवा प्रखंड के विद्यालयों पचलखी, ठेपहाँ, शाहपुर के साथ बड़हरिया प्रखंड के कैलगढ़ को भी क्षेत्रीय सम्मेलन में जोड़ने में कोई वैधानिक अड़चन नहीं थी। इस क्षेत्रीय सम्मेलन में कैलगढ़ को जोड़ने का निहितार्थ महेन्द्र कुमार, बड़े प्रसाद मिश्र और नर्मदेश्वर मिश्र की राजनीतिक विचारधारा का साम्य था। महेन्द्र कुमार और बड़े प्रसाद मिश्र तो स्पष्टतः आर.एस.एस. के कार्यकर्ता थे। लेकिन नर्मदेश्वर मिश्र जी उस विचारधारा के पैरोकार थे। इसीलिए तीनों में बनती काफी थी। हमलोग उस वक्त यह बात नहीं समझ पाए थे।

खैर, सम्मेलन ने एक नया उत्साह और नया क्षितिज प्रदान किया। मिल-बैठकर बातें करने का एक नया मंच। बाद में पता चला कि हरिराम मैरवा तथा और कई विद्यालयों के लोग नहीं आए। उनकी रुचि शिक्षक संघ में नहीं थी। हरिराम उच्च विद्यालय के प्रधानाध्यापक बनारसी बाबू तो इसे फालतू मानते थे।

सम्मेलन के बाद हरिनन्दन जी ने घुमाकर विद्यालय दिखाया। जगदीशपुर का विद्यालय अंग्रेजों के नील के नादों के ऊपर बना हुआ है। आजादी के पहले यहाँ

अंग्रेज नील की खेती करते थे और इसीलिए यहाँ उनकी एक कोठी भी है जिसे नीलही कोठी कहते हैं। जगदीशपुर आज भी जगदीशपुर कोठी के नाम से ही जाना जाता है। अंग्रेजों ने जाते समय यहाँ की ढेर सारी सम्पत्ति महादेव चौधरी जी को बेच दी थी। इस पिछड़े इलाके में गरीबों के बच्चों की शिक्षा के लिए चौधरी जी ने ही यह विद्यालय स्थापित किया था। वे रोज सबेरे-शाम टहलने आते और यहीं घंटों दंड-बैठक भी करते। उनका कद्दावर शरीर उस उम्र में भी आकर्षक था।

हरिनन्दन जी कोठी भी घुमाने ले गए। हमलोग कोठी पर चढ़कर काफी आनन्दित हुए। विद्यालय के पीछे बहती झरही नदी उत्तर प्रदेश और बिहार की सीमा का विभाजन करती है। यहाँ कई शिक्षक आज भी उत्तर प्रदेश से आते हैं और अगल-बगल के सीमावर्ती गाँवों के बच्चे भी पढ़ने आते हैं। सीमाएँ शिक्षा को कहाँ बाँध पाती हैं?

रात को चौधरी जी के यहाँ ही सबका भोजन था। विभूति दीक्षित और राजमंगल मिश्र तो नजदीक के होने के कारण चले गए लेकिन हम सभी लोगों ने चौधरी जी के यहाँ ही भोजन किया। रात को सोते समय बड़े-बड़े गिलास में गाय का दूध भी पीने को मिला। उतने बड़े गिलास में दूध मैंने पहले नहीं पीया था। लगा कि सच ही कहा है कि हिन्दुस्तान में दूध-दही की नदियाँ बहती थीं। सुबह उठे तो एक दूसरे सम्मेलन की याद हो आई।

शाहपुर का जिला सम्मेलन

सबेरे उठे तो चाय हाजिर थी। लेकिन हमारी चिन्ता थी कि शाहपुर कैसे पहुँचा जाएगा? शाहपुर गोपालगंज जिले के अन्तिम छोर पर स्थित देहाती क्षेत्र का एक विद्यालय है जो सिधवलिया सुगर मिल के कारण शाहपुर सिधवलिया के नाम से जाना जाता है। इसके पास ही मुजफ्फरपुर की सीमा शुरू हो जाती है। उन दिनों गोपालगंज सारण जिले का एक अनुमंडल हुआ करता था।

जगदीशपुर का सम्मेलन तो क्षेत्रीय सम्मेलन था लेकिन शाहपुर का सम्मेलन सारण जिले का सम्मेलन था। इसलिए इसे नजदीक से देखने और भाग लेने की इच्छा थी। सुविधा यही थी कि शाहपुर के बगल में ही बच्चा पाण्डेय जी का गाँव झँझवा था और इसीलिए वहाँ रहकर सम्मेलन देखने की योजना बनी थी। प्रधानाध्यापक ने इस सम्मेलन में भी भाग लेने की अनुमति सहर्ष प्रदान कर दी थी। उन्होंने उत्साहित भी किया था। यद्यपि शिक्षक संघ के जिला सम्मेलनों में भोजन और आवास की भी अच्छी व्यवस्था रहती है लेकिन सन् '65 में इस बात की कुछ भी जानकारी नहीं थी।

जगदीशपुर से लगभग साठ-सत्तर किलोमीटर की दूरी तय कर झँझवा पहुँचे तो दिन के बारह बज चुके थे। इतनी साइकिलिंग के बावजूद कोई थकावट नहीं थी। सचमुच जवानी वही जो थके नहीं।

जल्दी-जल्दी नहा-धोकर तैयार हुए और उच्च विद्यालय शाहपुर पहुँचे तो एक कमरे में बैठक चल रही थी। यह कमरा मुख्य द्वार के निकट ही है जहाँ बरगद का एक विशाल पेड़ भी था। शायद अब वह नहीं है। सामने मुख्य भवन के आगे शामियाना पड़ा था और मंच बना हुआ था लेकिन अभी मंच खाली था।

बैठकवाले कमरे में जाने में कोई रोक नहीं थी। कुल चालीस-पचास व्यक्ति शिरकत कर रहे थे और प्रस्तावों पर चर्चा चल रही थी। पता चला कि यह विषय समिति की बैठक है। तब समझ में नहीं आया कि विषय समिति क्या होती है? फिर भी हम दोनों बैठक में शामिल हो गए। छपरा के चुल्हन प्रसाद सिंह, जो उन दिनों जवानी की दहलीज पर थे, विषय समिति का संचालन कर रहे थे। एक-एक कर प्रस्ताव आते और स्वीकृत हो जाते। बीच-बीच में कोई भी व्यक्ति उठकर बोलने लगता। जहाँ तक याद है इसी अन्तराल में एक प्रस्ताव आया कि परीक्षा समिति उन

परीक्षकों के बकाए पारिश्रमिक का भुगतान करे जिनके विपत्र उसके कार्यालय में लम्बित हैं। उन दिनों केन्द्रीय मूल्यांकन की परम्परा नहीं थी। वार्षिक माध्यमिक परीक्षा की कॉपियों का मूल्यांकन घर पर ही किया जाता था और बाद में विपत्र परीक्षा समिति को भेजे जाते थे।

परीक्षा समिति वर्षों बाद ऐसे पारिश्रमिक विपत्रों का भुगतान करती थी क्योंकि शिक्षक संघ की दबावात्मक भूमिका उन दिनों विशेष नहीं बन पाई थी। सम्मेलनों में प्रस्ताव पास कर ही दबाव बनाया जाता था। दैनन्दिन कार्यालयों में दबाव बनाने और कार्यों को निष्पादित करने की बातें नहीं थी। प्रस्ताव पर बहस चल ही रही थी कि एक मित्र ने संशोधन प्रस्ताव पेश किया। उनका कहना था कि प्रस्ताव में यह बात भी जोड़ी जाए कि जिन शिक्षकों ने विपत्र नहीं जमा किया है परीक्षा समिति उनका भी भुगतान करे। बैठक में हँसी का फव्वारा फूट पड़ा। बगल के एक मित्र ने पूछा कि ये किस विद्यालय के हैं? मैंने कहा–'मैं नहीं जानता।' यद्यपि मैं पूरी तरह परिचित था। लेकिन उन दिनों सम्मेलनों को छोड़कर शिक्षकों के मिलने के कोई दूसरे अवसर नहीं थे। इसलिए परिचयात्मक सम्बन्ध कम ही बन पाते थे। बाद में तो शिक्षक संघ के आन्दोलनों, केन्द्रीकृत मूल्यांकन आदि ने परिचय का सिलसिला खूब बढ़ाया।

बैठक समाप्त हुई तो भोजन के बाद खुले अधिवेशन की कार्रवाई शुरू हुई। पटना से जगदीश शर्मा, वृन्दा प्रसाद राय 'वीरेन्द्र' आदि राज्य स्तरीय नेता आए थे। उस समय जगदीश शर्मा जी राज्य संघ के अध्यक्ष थे। सम्मेलन की अध्यक्षता गोपालगंज कॉलेज के प्राचार्य डॉ. राजेन्द्र प्रसाद सिंह कर रहे थे और शिक्षक नेत्री सुशीला सिंह भी मंच पर आसीन थीं। समा अच्छा था। पांडाल शिक्षकों से भरा हुआ था। पहली बार जगदीश शर्मा और वृन्दा प्रसाद राय का भाषण सुनने को मिला। शिक्षकों के सवालों पर उन्होंने अच्छी रोशनी डाली। शर्मा जी रुक-रुककर बोलते थे लेकिन वाणी में ताकत महसूस होती थी और बातें आम शिक्षकों को छूती थीं।

लगभग तीन घंटे तक सभा की कार्रवाई चली और मौन प्रेक्षक की तरह मैं इसे देखता रहा। न कोई जान, न पहचान। न मैंने किसी को पहचाना और न किसी ने मुझे। बातचीत के क्रम में कुछ नामों और व्यक्तियों का परिचय हासिल हुआ। बुद्ध ने बोधिवृक्ष के नीचे ज्ञान प्राप्त किया था। मैंने बरगद के नीचे शिक्षक संघ को अपने भीतर उतारा।

अधिवेशन के बाद जिला स्तरीय पदाधिकारियों के चुनाव भी हुए लेकिन न चुनाव में रुचि थी और न समझ। झँझवा लौटे तो शाम का धुँधलका घिर आया था। सिधवलिया जाता हूँ तो आज भी बरगद का पेड़ और कमरा खोजता हूँ! लेकिन सब कुछ बदला-बदला-सा है। शिक्षक संघ समृद्ध हुआ है लेकिन मन और विचार से शिक्षक दरिद्र लगता है। जातियों और सम्प्रदायों की वृद्धि ने उसके शिक्षक और सामाजिकता का अपहरण कर लिया है। क्या वैसे बोधिवृक्ष फिर ज्ञान देंगे?

सीवान जिले का पहला सम्मेलन

उन्नीस सौ तिहत्तर के सितम्बर में बिहार माध्यमिक शिक्षक संघ का अधिवेशन छपरा में आयोजित था। जिला कार्यकारिणी के सदस्य की हैसियत से मैं स्वागत समिति की बैठकों में भाग लेने जाया करता था और तैयारियों का जायज़ा लेने का मौका भी मिलता था। उस समय विश्वेश्वर सेमिनरी, छपरा के प्रधानाध्यापक विश्वेश्वर सारण जिले के सचिव थे। विश्वेश्वर सर्वोदयी व्यक्ति थे। संघ-संगठन के पदाधिकारी के लायक तो वह नहीं थे लेकिन स्थानीय राजनीतिक गुटबाजी के कारण समझौता के तहत जिला सचिव के पद पर पहुँच गए थे। बावजूद इसके संघीय कार्यों के प्रति उनकी अपेक्षित सक्रियता काफी कम थी।

चूँकि उन्नीस सौ बहत्तर में ही सीवान नया जिला बन चुका था। 3 दिसम्बर 1972 को देशरत्न डॉ. राजेन्द्र प्रसाद की जयन्ती पर काफी धूमधाम के साथ इसका उद्‍घाटन भी सम्पन्न हो चुका था, इसलिए राज्य सम्मेलन के पूर्व सीवान जिले का भी संगठन खड़ा करने का फैसला हुआ था। तय हुआ था कि सीवान अनुमंडल के सम्मेलन के दिन ही सीवान जिले का भी सम्मेलन सम्पन्न कर लिया जाएगा और जिला स्तरीय पदाधिकारियों के चुनाव करा लिए जाएँगे।

उन्नीस सौ इकहत्तर से ही मैं सीवान से जुड़ गया था। विद्या भवन प्रशिक्षण महाविद्यालय में अंशकालिक प्राध्यापक बनने के साथ ही सीवान में रहने भी लगा था। यहीं से कैलगढ़ आने-जाने का सिलसिला था। 1970 और 1972 के आन्दोलनों में सक्रियतापूर्वक हिस्सा भी लिया था और अनुमंडल संघ से जुड़ने के कारण दिनेशचन्द्र सिंह, वीरेन्द्र कुमार, रामचन्द्र ओझा और भुवनेश्वर सिंह जैसे मित्रों से घनिष्ठता भी बढ़ गई थी।

सीवान जिले के उस पहले सम्मेलन तक संघ में दो धाराएँ साफ-साफ दिखाई पड़ती थीं। एक का नेतृत्व स्व. बाबूराम पाठक आदि करते थे तो दूसरी का वीरेन्द्र कुमार और दिनेशचन्द्र सिंह वगैरह। एक जनसंघ की विचारधारा के आस-पास थी तो दूसरी वामपंथ के। शुरू से ही जाति-पाति, अगड़े-पिछड़े की राजनीति से अलग रहने के कारण मेरा रुझान वामपंथ की ओर था। यद्यपि किसी दल का सदस्य नहीं था, लेकिन दूसरी धारा के निकट था और उनके सम्पर्क में भी। संघ-संगठन को सीख-समझ रहा था।

रामचन्द्र ओझा उन दिनों सीवान अनुमंडल के सचिव थे और हमारे पास उनका आना-जाना काफी था। प्राय: शनिवार-रविवार को सीवानवाले हमारे आवास पर आते थे और अनुमंडल के लिए पर्चे लिखना, आन्दोलनों में पोस्टर, नारे आदि तैयार करना सारा कार्य मैं किया करता था। रचनात्मक सुझाव भी देता था। अनुमंडल एवं जिले के चुनाव की बात आई तो कुछ चर्चाएँ भी हुईं लेकिन सिर्फ चर्चाओं तक सीमित रहीं। ओझा जी विद्यालय के कार्य-कलाप में अपनी किंचित उपेक्षा से उन दिनों खिन्न चल रहे थे। उन्हें लगता था कि उनकी उपेक्षा हो रही है।

जिले के चुनाव की बात आई तो सीवान में अन्दर-अन्दर सक्रियता बढ़ गई। नागेन्द्र प्रसाद सिंह, नथुनी सिंह, चन्द्रमा सिंह आदि प्राय: सवर्ण लोग बाबूराम पाठक के पास बैठकर रणनीति बनाने लगे। इधर दूसरी धारा में भी अन्दर-अन्दर बातें होने लगी। लेकिन कुछ खुलकर बात नहीं हो रही थी। राम नारायण सिंह की तैयारी भी अन्दर-अन्दर चल रही थी।

23 जुलाई, 1973 को डी. ए. वी. उच्च विद्यालय, सीवान के प्रधानाध्यापक बाबूराम पाठक के कक्ष में अनुमंडल की बैठक (तथाकथित सम्मेलन) आयोजित हुई। कुल तीस-चालीस लोग भाग लेने आए। रामचन्द्र ओझा प्रतिवेदन पढ़ने खड़े हुए तो उन्हें कुछ कठिनाई हुई। फिर मुझे पढ़ने का आदेश हुआ क्योंकि सभी जानते थे कि प्रतिवेदन मैंने ही तैयार किया है। मैंने प्रतिवेदन पढ़ा और पढ़कर बैठना चाहा कि कुर्सी कुछ पीछे खिसक जाने के कारण मैं गिर पड़ा। फिर सँभलकर बैठा। कोई चोट नहीं आई। लेकिन प्रतिवेदन और प्रस्ताव जो मैंने लिखे थे, उसको पढ़ने का असर हुआ।

थोड़ी बातचीत के बाद चुनाव की बारी आई तो पहले अनुमंडल का चुनाव हुआ और राम नारायण सिंह (पचरुखी) अनुमंडल सचिव चुन लिए गए। वे सदल-बल आए थे और काफी खुश थे। जिला का चुनाव शुरू हुआ तो अध्यक्ष पद पर तुरन्त पाठक जी का नाम प्रस्तावित हुआ। सवर्ण खेमा काफी सजग था और किसी कीमत पर पाठक जी को अध्यक्ष बनाने पर अडिग था। माहौल देखकर कोई विवाद नहीं हुआ। सचिव पद की चर्चा शुरू होते ही भुवनेश्वर सिंह ने मेरे नाम का प्रस्ताव कर दिया। मैं भौंचक था कि यह क्या हो रहा है? क्योंकि मेरी समझदारी थी कि इस पद के योग्य दिनेशचन्द्र सिंह हैं। लेकिन मुझसे किसी गुट ने इसकी चर्चा नहीं की थी। यदि चर्चा हुई होती तो मैं निश्चय ही नकार देता क्योंकि मैं उस समय अपने को इस पद के लायक नहीं समझता था। प्रस्ताव हुआ तो दूसरे खेमे को भी मन मसोसकर रह जाना पड़ा। दिनेशचन्द्र सिंह परीक्षा सचिव चुन लिए गए और इस प्रकार जिला संघ का सर्वसम्मत चुनाव सम्पन्न हो गया। यहीं से छपरा जाना था। इसलिए बाहर निकले तो छपरा के लिए प्रस्थान कर गए।

बाहर निकलते ही दिनेश जी ने कुछ व्यंग्य किया। उन्हें लगा कि मैंने भीतर ही भीतर कोई राजनीति की है। लेकिन रास्ते में पता चला कि सारी राजनीति ओझा

जी एवं भुवनेश्वर सिंह वगैरह ने मिलकर की थी। भुवनेश्वर सिंह भी संघ में खेमेबन्दी नहीं चाहते थे। इसलिए दिनेशचन्द्र सिंह को सचिव बनाने से उस समय वे सहमत नहीं थे। काफी दिनों तक दिनेश जी रुष्ट रहे लेकिन बाद में हमारी बातें हुई और वे सन्तुष्ट हो गए।

सीवान जिला संघ की राजनीति में अगड़े-पिछड़े और दो धाराओं की राजनीति का अन्त हो गया। मिलजुलकर विकास के काफी काम हुए और पढ़ाई-लिखाई, खेल-कूद या अन्य शैक्षिक कार्यक्रमों को भी संघ ने रचनात्मक दिशा दी। इस प्रकार सीवान के पहले सम्मेलन ने अस्सी के दशक तक सीवान को विकसित जिलों की श्रेणी में ला दिया और बिहार में सीवान की गणना संगठित जिलों में होने लगी।

रामचन्द्र ओझा अब संघीय राजनीति में नहीं हैं। भुवनेश्वर सिंह, बाबूराम पाठक नागेन्द्र प्रसाद सिंह, चन्द्रमा सिंह और नथुनी सिंह अब स्वर्गीय हो चुके हैं। लेकिन, आज भी मेरा मानना है कि विकास के रास्ते मेल-मिल्लत से ही तय होते हैं।

महाराजगंज की शिक्षा-गोष्ठी

सितम्बर, '74 के आखिरी दिनों में सिहौता बँगरा उच्च विद्यालय, महाराजगंज में सीवान जिले का दूसरा सम्मेलन आयोजित था। सम्मेलन के अवसर पर शिक्षा-गोष्ठी का भी आयोजन किया गया था। उन दिनों यानी अस्सी के दशक तक जिला सम्मेलन अथवा राज्य सम्मेलन के अवसर पर शिक्षा-गोष्ठी आयोजित करने की परम्परा चल रही थी। चूँकि '74 के जयप्रकाश आन्दोलन के दौरान गोरखपुर विश्वविद्यालय के डॉ. लालबहादुर वर्मा से संवाद कायम हो चुका था और एक अच्छे इतिहासकार और सामाजिक ऐक्टिविस्ट के रूप में वे ख्यात हो चुके थे। इसलिए तय हुआ था कि डॉ. वर्मा को गोष्ठी में आमंत्रित किया जाए। शशि प्रकाश जो उन दिनों गोरखपुर विश्वविद्यालय में ही पढ़ते थे, ने पहल की थी। उसी की पहल पर डॉ. वर्मा और डॉ. रामदेव शुक्ल हिन्दी विभाग, गोरखपुर विश्वविद्यालय का कार्यक्रम बना था।

डॉ. वर्मा उन दिनों 'भंगिमा' निकाल रहे थे। प्रगतिशील साहित्य की वाहिका के रूप में बुद्धिजीवी समाज में 'भंगिमा' अपनी पहचान बना चुकी थी। जयप्रकाश आन्दोलन से बिहार में परिवर्तन की जो लहर शुरू हुई थी उससे बिहार और उससे बाहर भी एक आशाबोध पैदा हुआ था और कवि, साहित्यकार, संस्कृतिकर्मी वैचारिक क्रान्ति की धार तेज करने में लगे हुए थे। पूर्वांचल में डॉ. वर्मा का सांस्कृतिक दल लगातार जन-जागरण आन्दोलन चलाए जा रहा था। उन्हीं दिनों जयप्रकाश आन्दोलन पर 'जनशक्ति चौराहे पर' शीर्षक से हमारी रपट 'भंगिमा' में छपी थी जिसका काफी स्वागत हुआ था। फिर 'भंगिमा' ने हमारी एक-दो कहानियाँ भी छापी थीं।

सिहौता बँगरा में सम्मेलन आयोजित करने का निहितार्थ था-उमाशंकर उच्च विद्यालय, महाराजगंज के शिक्षकों की दयनीय दशा की ओर जिले का ध्यान आकृष्ट करना। उमाशंकर प्रसाद द्वारा स्थापित इस विद्यालय में कहने का तो जनतंत्र था लेकिन प्रबन्ध समिति के नाम पर भयंकर तानाशाही कायम थी और शिक्षक बुरी तरह शोषित-पीड़ित थे। उन्हें वेतन के नाम पर चावल, दाल, मसाला, सीमेंट, छड़ यानी दुकान पर मौजूद वस्तुएँ मिला करती थीं। रुपए का दर्शन नहीं होता था जबकि विद्यालय काफी लीडिंग था और बच्चों के शुल्क और सरकारी अनुदान से विद्यालय को इतनी आमदनी अवश्य होती थी कि शिक्षकों को वेतन दिया जा सके। लेकिन

शिक्षकों के पास मुँह खोलने की हिम्मत नहीं थी। वे दबी जुबान से अपनी पीड़ा कहते थे।

यद्यपि 21 मई, '74 से सरकार द्वारा मान्यताप्राप्त एवं प्रबन्ध समितियों द्वारा संचालित विद्यालयों के बोर्डीकरण का फैसला हो चुका था और उसे लागू करने की प्रक्रिया भी चल रही थी किन्तु यहाँ तो एक-एक मिनट भारी था।

जिला सचिव के अपने पहले कार्यकाल में मैरवा के टाउन उच्च विद्यालय और महाराजगंज के उमाशंकर उच्च विद्यालय की समस्या के समाधान हेतु हमने लड़ाई छेड़ी थी लेकिन सचिव के खिलाफ बोलने की हिम्मत न तो टाउन उच्च विद्यालय मैरवा के प्रधानाध्यापक गौतम पाण्डेय (अब स्वर्गीय) में थी और न उमाशंकर उच्च विद्यालय, महाराजगंज के शिक्षकों में। वहाँ के साथी बताते थे कि वे सचिव के निजी कार्यों यथा–उनके मुकदमों की देखभाल आदि के लिए ही पूरे तौर पर नियुक्त थे। शिक्षकीय कार्यों और दायित्वों से वे अलग-थलग रखे जाते थे। खाली समय में वे स्कूल जाया करते थे।

'शिक्षा और सामाजिक दायित्व' विषय पर डॉ. रामदेव शुक्ल की अध्यक्षता में प्रात: दस बजे गोष्ठी शुरू हुई तो पचास-साठ अध्यापक मौजूद थे। लोग धीरे-धीरे आ रहे थे। उन्हें विश्वास नहीं था कि जिला संघ का सम्मेलन इतना खुलकर होगा क्योंकि पहले तो आधी-अधूरी सूचनाओं पर ही सम्मेलन हुआ करते थे। लोग पूरी बात जानें तब तक सम्मेलन और चुनाव गुजर जाते थे। सम्मेलन का जनवादीकरण पहली बार हो रहा था।

गोष्ठी में शशि प्रकाश ने एक पर्चा पढ़ा था और वैज्ञानिक दृष्टिकोण से लैस शिक्षकों की परिकल्पना करते हुए शिक्षकों के सामाजिक दायित्वों को सामने रखा था। शिक्षकों से उम्मीद की गई थी कि सामाजिक-सांस्कृतिक चेतना के विस्तार की लड़ाई में हिस्सेदारी करेंगे। पं. जगन्नाथ तिवारी, पं. चन्द्रदीप पाण्डेय, वीरेन्द्र कुमार आदि शिक्षकों ने भी अपने विचार रखे थे। अन्त में मुख्य वक्ता के रूप में डॉ. लालबहादुर वर्मा को अपनी बातें रखनी थी। वर्मा ने जब अपनी बातें शुरू की तो सामाजिक रूढ़ियों, परम्पराओं, आडम्बरों पर प्रहार करते हुए वैज्ञानिक दृष्टिकोण के निर्माण में बाधक 'गीता' और 'रामायण' की भूमिका की भी चर्चा की। डॉ. वर्मा के प्रगतिशील भाषण से श्रोता काफी सन्तुष्ट दिख रहे थे कि अचानक पं. चन्द्रदीप पाण्डेय उठ खड़े हुए और अपनी गम्भीर आवाज में पूछा कि आप 'गीता' और 'रामायण' को सामाजिक विकास की धारा में सहयोगी नहीं मानते? क्या एक हिन्दू के रूप में 'गीता' और 'रामायण' पर आपका विश्वास नहीं है?

गोष्ठी में सन्नाटा पसर गया। लगा कि रंग में भंग हो गया। कुछ लोगों को लगा कि डॉ. वर्मा और बाहर से आए अतिथियों का पं. चन्द्रदीप पाण्डेय अपमान कर रहे हैं। लेकिन डॉ. वर्मा अविचल भाव से बोले–' 'गीता' और 'रामायण' में मेरा विश्वास वैसा नहीं है जैसा आपका है। सामाजिक विकास की प्रक्रिया और वैज्ञानिक

चेतना के प्रसार में आज इन ग्रंथों की कोई उपयोगिता नहीं है।'

'आप धर्म को नहीं मानते?' पं. चन्द्रदीप पाण्डेय का दूसरा प्रश्न था। वे पुनः खड़े हो गए थे।

'नहीं।' इस बार डॉ. वर्मा का स्वर और गम्भीर था।

'अध्यक्ष महोदय, मैं इस गोष्ठी का बहिष्कार करता हूँ।' और पं. चन्द्रदीप पाण्डेय कक्ष से बाहर निकल गए।

डॉ. वर्मा इत्मीनान से अपनी बात कहते रहे। उनके चेहरे पर अपमान, विषाद की कोई रेखा नहीं थी। शुक्ल जी ने भी अपनी बातें तार्किक ढंग से रखी और देहाती क्षेत्र में जिला माध्यमिक शिक्षक संघ द्वारा आयोजित पहली गोष्ठी सफल रही।

जाते-जाते वर्मा जी ने कहा कि द्वन्द्व के बगैर गति नहीं आती। पाण्डेय जी ने काफी अच्छा प्रश्न पूछा। हमें लग रहा था कि वर्मा जी ने कहीं अन्यथा न लिया हो। लेकिन वे काफी खुश थे। 'भंगिमा' ने इस गोष्ठी की रपट 'देहाती क्षेत्र में एक शिक्षा गोष्ठी' शीर्षक से छापी थी।

अपराह्न दो बजे से आयोजित खुले अधिवेशन में पं. चन्द्रदीप पाण्डेय ने भी हिस्सेदारी की। उन्हें भी कोई मलाल नहीं था। आज सोचता हूँ कि विरोध का यह स्वर इतना कमजोर क्यों हो गया है? क्या आर्थिक नीतियों ने शिक्षकों के दिल-दिमाग में उठनेवाले विरोध को भी कुन्द कर दिया है? सामाजिक वैषम्य की पीड़ा शिक्षकों को सालती क्यों नहीं?

जिला संघ की जमीन और अधूरे भवन का उद्घाटन

उन्नीस सौ तिहत्तर में जिला सचिव बनते ही मुझ पर नशा सवार हो गया कि संघ के लिए जमीन खरीदूँ। मन में दृढ़ निश्चय कर लिया कि जिला के दूसरे सम्मेलन में जमीन खरीदकर ही जाऊँगा।

बाबूराम पाठक, अध्यक्ष से चर्चा करता तो वे इसे बहुत गम्भीरता के साथ नहीं लेते लेकिन कोई विरोध भी नहीं करते। भुवनेश्वर सिंह और दिनेशचन्द्र सिंह इस विचार को प्रोत्साहित करते लेकिन काम सचमुच कठिन नजर आता।

उस समय तक सीवान में सामाजिक सरोकार भी ज्यादा नहीं हो पाए थे क्योंकि सीवान में नया-नया आया था और अपनी ओर से पहल कर परिचय बनाने की आदत कभी रही नहीं। वीरेन्द्र कुमार को मित्र एवं पथ प्रदर्शक मानता था इसलिए उन्हीं के यहाँ आया-जाया करता था। उन्हीं के यहाँ परमानन्द पाण्डेय से परिचय हुआ। पाण्डेय जी उस समय वी.एम. मध्य विद्यालय में अध्यापक थे। वे बरौली प्रेमाश्रम के संस्थापक स्वामी प्रेमानन्द जी के बड़े भाई थे और सुन्दरी के रहनेवाले थे। लेकिन विचारों में क्रान्तिकारी और दृढ़ थे। मार्क्सवाद में उनकी गहरी आस्था थी और क्रान्तिकारी कविताएँ लिखा करते थे। कविताएँ पढ़ते भी अच्छा थे लेकिन भीड़ और मंच से दूर रहते थे।

जिला संघ का सम्मेलन नजदीक आता जा रहा था और अभी तक जमीन का मामला हल नहीं हो पाया था। वीरेन्द्र बाबू वी.एम. उच्च विद्यालय के पास अपनी जमीन खरीदे हुए थे और घेरा देकर शाक-सब्जी की खेती करते थे। आस-पास कई अध्यापकों की जमीनें थीं लेकिन अभी तक मकान नहीं बने थे। यह सिलसिला काफी धीमे चल रहा था लेकिन बात बन नहीं रही थी। एक दिन पता चला कि परमानन्द जी अपनी जमीन बेचना चाहते हैं। उनकी जमीन वी.एम. उच्च विद्यालय के कैम्पस से सटे थी। कई वर्ष पहले उन्होंने सत्ताइस सौ रुपयों में खरीदी थी लेकिन वहाँ अभी तक रास्ता नहीं था। बस्ती नहीं होने के कारण वे वहाँ मकान बनाने से भड़क रहे थे। एक दिन वीरेन्द्र बाबू के यहाँ बातें हुईं और तीन हजार रुपए में बात तय हो गई। जमीन और रजिस्ट्री मिलाकर यही व्यय उन्होंने किया था। सोचा रास्ता

भविष्य में हो ही जाएगा और कुछ नहीं तो हाई स्कूल अपना है, रास्ता दे ही देगा। भुवनेश्वर बाबू, दिनेश बाबू से बातें हुईं। अध्यक्ष को कोई आपत्ति थी ही नहीं सो बात पक्की हो गई। संघ के पास इससे अधिक रुपयों का इन्तजाम उस समय था भी नहीं। पीछे की जमीन की कहानी याद कर विवाद और धोखाधड़ी से बचना भी चाहता था।

पिछले साल दारोगा बाबू (शिक्षक) ने वी.एम. उच्च विद्यालय के पास ही दो-ढाई कट्ठे का प्लॉट संघ के लिए तय किया था। जमीन थोड़ी विवादास्पद थी इसलिए तय हुआ था कि महदा लिखवा लिया जाए, फिर सलटने पर रजिस्ट्री हो जाएगी। उस समय हम लोगों ने वी.एम. उच्च विद्यालय के अध्यापक दारोगा सिंह को प्रभार सौंपे रखा था क्योंकि वे जमीन की दलाली का कारोबार करते थे। बाद में पता चला कि संघ के लिए जिस जमीन को वे ठीक कर रहे थे, उसका कागजात देखने के बाद उन्होंने उसे अपने नाम रजिस्ट्री करा लिया। संघ वैसे भी उनकी प्राथमिकता में नहीं था।

इस बीच जुलाई का महीना आ पहुँचा और सीवान में भारी बाढ़ आई। डी.ए.वी. हाई स्कूल के कैम्पस में कमर-भर पानी आ गया। डी.ए.वी. के ऑडिटोरियम के एक कमरे में ही अवर प्रमंडल शिक्षा पदाधिकारी, सीवान का कार्यालय चलता था। पाठक जी से जमीन सम्बन्धी फाइनल बातें करने गया तो अनुमंडल शिक्षा पदाधिकारी के दफ्तर में जाना जरूरी हो गया। प्रधानाध्यापक कक्ष से अनुमंडल पदाधिकारी के कक्ष तक चौकी की नाव चलती थी। कई लोग चढ़े और नाव रुकते-रुकते हिल गई। फलत: हम सभी लोग कमर-भर पानी में गिर पड़े। धोती-कुर्ता सब भींग गया। लोगों की हँसी छूटी सो अलग। जमीन के निबन्धन के पूर्व सारी दुर्गति हो गई लेकिन दृढ़ निश्चय के कारण जमीन की रजिस्ट्री हुई।

जिला कार्यसमिति ने तय किया कि शिलान्यास समारोह आयोजित किया जाए। फलत: जिले के सभी विद्यालयों को आमंत्रित किया गया और भवन का एक प्राक्कलन बनाकर शिक्षकों के समक्ष जमीन एवं भवन निर्माण की पारदर्शी योजना रखी गई। तत्कालीन अनुमंडल शिक्षा पदाधिकारी, परशुराम सिंह ने पूजन एवं शिलान्यास किया और सम्पूर्ण जिले में यह सन्देश गया कि संघ ने जमीन खरीद ली और अब भवन बनाने की योजना शुरू होगी। एक सकारात्मक वातावरण बनने लगा। दूसरा सम्मेलन बीत गया और तीसरे की ओर कदम बढ़ गए। तब तक संघ के कार्यव्यापार में जंगबहादुर प्रसाद की भूमिका बढ़ गई। मेहिया कुम्हार टोली में उन्होंने अपना प्रेस स्थापित किया और संघ के पर्चे वहीं छपने लगे। वे ही संघ का सारा हिसाब-किताब रखने लगे। एक प्रकार से वे संघ के अघोषित कोषाध्यक्ष और मालिक बन बैठे।

जंगबहादुर प्रसाद की राय थी कि वी.एम. उच्च विद्यालय के पास संघ का भवन नहीं बने। इसके लिए वे मुझ पर लगातार मानसिक दबाव बनाने लगे। मेरा भी आवास

इधर शुक्ल टोली में था इसलिए उनके तर्क से मैं भी सहमत होने लगा कि रेलवे स्टेशन, बस स्टैंड, जिला शिक्षा पदाधिकारी और अनुमंडल शिक्षा पदाधिकारी का कार्यालय इधर है, इसलिए संघ भवन इधर ही बनना चाहिए।

कुछ दिनों में लगभग यह बात तय हो गई कि भवन इधर ही बनेगा। वीरेन्द्र कुमार यद्यपि नहीं चाहते थे लेकिन बाकी सारे लोग सहमत हो गए। अब जमीन देखने का सिलसिला शुरू हुआ तो उस वक्त के प्रोफेसर कॉलोनी (आज के निराला नगर) में प्रो. बालेश्वर सिंह के मकान के सामने का बड़ा-सा प्लाट पसन्द हुआ। यह स्थान डी.ए.वी. उच्च विद्यालय के बगल में था। फलतः लाभ यह था कि डी.ए.वी. के छात्रावास में जो उन दिनों मेरिट-कम-पावर्टी के आधार पर चयनित छात्रों के लिए खूब शानदार तरीके से चलता था, मुझ जैसे अध्यापकों को भुगतान के आधार पर भोजन भी उपलब्ध हो जाता था। इसका श्रेय छात्रावास अधीक्षक रमाशंकर पाण्डेय जी को था। पाण्डेय जी उस समय डी.ए.वी. की रीढ़ थे और निहायत अच्छे इनसान थे।

जंगबहादुर प्रसाद के प्रयास से जमीन तो पट गई लेकिन छह हजार रुपए प्रति कट्ठे के हिसाब से डेढ़ कट्ठा जमीन का मूल्य और रजिस्ट्री खर्च भी संघ के पास नहीं था। घटे हुए रुपयों की व्यवस्था जंगबहादुर प्रसाद ने ही की। उसी प्लाट में अक्षयवर दीक्षित, संघ और जंगबहादुर प्रसाद की जमीन की रजिस्ट्री एक साथ हुई। उन दिनों छह हजार रुपयों का प्रबन्ध करना कितना कठिन था, यह सोचकर आज अजीब स्थिति बन जाती है। कुछ लोगों ने मुझे भी जमीन खरीदने का सुझाव दिया लेकिन मेरे पास न पैसे थे और न मैं आरा संघ भवन की जमीन का इतिहास दुहराना चाहता था। इस जमीन को खरीदने में भी कार्यकारिणी अथवा पदाधिकारियों ने कोई आपत्ति नहीं की। बल्कि ज्यादातर लोगों ने प्रसन्नता ही प्रकट की। फिर तो वी.एम. के पासवाली जमीन बेचने का प्रस्ताव प्रसन्नतापूर्वक स्वीकार हुआ और तीन हजार रुपयों में वह जमीन आसानी से बिक भी गई।

जमीन खरीदते-खरीदते मेरे लगातार तीन टर्म पूरे हो गए और चिताखाल अधिवेशन में मैं सर्वसम्मति से राज्य कार्यकारिणी का सदस्य चुन लिया गया। इस अधिवेशन में भवन बनाने हेतु तीस-चालीस हजार रुपए दान मिले। कुछ घोषणाएँ हुईं, कुछ नकदी मिले। कुछ और बचत थी, फलतः तीस हजार ईंटें खरीदी गईं और काम शुरू हुआ।

गोरखपुर के आर्किटेक्ट से भवन का नक्शा पहले ही बन चुका था लेकिन इतना आधुनिक था कि सीवान का इंजीनियर पूरे तौर पर समझ नहीं पाता था और कमीशन देकर गोरखपुर से अभियन्ता बुलाना और उसके निर्देशन में भवन बनाना अत्यन्त मुश्किल काम था। फलतः नक्शे में कुछ सुधार कर कार्यारम्भ हुआ।

पं. जगन्नाथ तिवारी, पूर्व अध्यक्ष, सारण जिला के हाथों शिलान्यास हुआ और उसी जगह पर झोपड़ी डालकर भुवनेश्वर सिंह ने भवन निर्माण की प्रक्रिया शुरू

कराई। वे लगातार जमे रहे। बगल में जंगबहादुर प्रसाद का मकान भी बन रहा था लेकिन दीक्षित जी ने शुरुआत नहीं की थी। बुनियाद के बाद काम बन्द करना पड़ा। पैसों का अकाल हो गया। भिठ्ठी, कैलगढ़, आदमपुर, टारी, डी.ए.वी. आदि कुछ विद्यालयों ने एक दिन का वेतन दान दिया। दूसरे चरण में दो कमरों और दो शौचालयों का निर्माण पूरा हुआ। राय हुई कि इस अधूरे भवन का उद्घाटन समारोह आयोजित किया जाए और शत्रुघ्न प्रसाद सिंह, महासचिव को बुलाया जाए। प्लिंथ पर ही शामियाना पड़ा और सरयू ठाकुर, अनुमंडल शिक्षा पदाधिकारी की अध्यक्षता में शत्रुघ्न प्रसाद सिंह ने अधूरे भवन का सोल्लास उद्घाटन किया। उस समय तक मात्र तीन-चार जिलों में ही अपने भवन बन पाए थे। सीवान के इतिहास की यह अविस्मरणीय घटना थी। वह विकसित जिलों की श्रेणी में शुमार हो रहा था।

उन्नीस सौ अस्सी तक पूरे प्लिंथ पर भवन खड़ा हो गया। यह अलग बात है कि इसके लिए काफी पापड़ बेलने पड़े। धनवंतरि आयुर्वेद कॉलेज को एक हिस्सा भाड़े पर देने का वादा कर राशि इकठ्ठा की गई। शिक्षकों से दान प्राप्त करने और सावधिक-परीक्षाओं का आदेश बढ़ाने हेतु भी काफी श्रम करना पड़ा लेकिन जिला सचिव बनने के साथ भवन का जो सपना देखा था और निर्माण का जो संकल्प लिया था, वह पूरा हो चुका था। बाद में तो मेरे आगे के नेतृत्वकारी साथी भुवनेश्वर सिंह, दिनेशचन्द्र सिंह, वीरेन्द्र कुमार आदि ने वर्तमान तिमंजिले भवन को जी-जान से पूरा किया। आज भी सीवान की वे परम्पराएँ यथावत हैं जिन्हें उन दिनों मैंने स्थापित किया था।

आज भी मेरा स्पष्ट मानना है कि शिक्षक संगठन के इन पावर हाउसों (भवनों) ने बिहार में इस जन संगठन की मजबूत छवि बनाई और 1980 के बाद की लड़ाइयों में संघ के ये भवन और सांगठनिक शक्ति काफी सहायक रही। इसलिए छियासी के आन्दोलन में संघ को तोड़ने का सपना देखनेवाले तत्कालीन मुख्यमंत्री बिन्देश्वरी दूबे ने केन्द्रीय श्रम मंत्री के रूप में बिहार माध्यमिक शिक्षक संघ की मजबूती का बखान करते हुए कहा था–'A strong organisation of our state.'

कितनी सटीक टिप्पणी थी। क्या उसकी रक्षा हो पाएगी?

माधुरी का स्थानान्तरण

2 अक्टूबर, 1980 को बिहार के अराजकीय माध्यमिक विद्यालयों का अधिग्रहण हो चुका था और '81 में जीवविज्ञान के शिक्षक पद पर थोक भाव से जीवविज्ञान शिक्षकों की नियुक्ति हुई थी जिसमें पूर्वांचल के काफी अध्यापक बिहार में पदस्थापित हुए थे।

उसी समय माधुरी पाण्डेय की नियुक्ति उमाशंकर उच्च विद्यालय, महाराजगंज में हुई थी। कॉलेज से निकलकर नई-नई आई थीं और काफी ऐक्टिव थीं। उस समय माध्यमिक शिक्षा में नारियों की संख्या इक्का-दुक्का होती थी। इसलिए उनके सामने काम करने में काफी कठिनाई होती थी। महाराजगंज उस समय माधुरी के लिए बहुत उपयुक्त जगह नहीं थी, वह भी अकेली और कुँवारी महिला के लिए तो और भी नहीं। उनकी माँ ने तत्कालीन अनुमंडल शिक्षा पदाधिकारी, भुवनेश्वर सिंह से मिलकर सीवान के आर्य कन्या में उनका प्रतिनियोजन करा दिया था। किसी प्रकार काम चल रहा था।

एक दिन सबा साहब के पास पहुँचा तो देखा कि माधुरी पाण्डेय वहाँ बैठी हुई हैं। उन्होंने परिचय कराया। वैसे मैं उन्हें जानता-पहचानता तो था लेकिन संवाद नहीं था। नारियों से पेशकदमी कर संवाद करने की आदत कभी नहीं रही है।

उन दिनों सबा साहब सीवान के जिला शिक्षा पदाधिकारी थे और काफी संवेदनशील और साहित्यिक रुचि के व्यक्ति थे। शिक्षक संघ के साथ उनके रिश्ते बेहद करीबी थे। जिला सचिव के नाते मैं उनके यहाँ आता-जाता था और वे भी बिना किसी भेद-भाव के मेरे आवास पर आते-जाते थे। प्रतिदिन किसी न किसी प्रकार हमारी मुलाकातें होती रहती थीं। अपने दयालु स्वभाव के कारण वे माधुरी के स्थानान्तरण के लिए चिन्तित थे और उनकी कठिनाई देखकर उन्हें सीवान में पदस्थापित कराना चाहते थे। लेकिन शरीफ पदाधिकारी के नाते यह काम उनके वश का नहीं था। उन्होंने माधुरी की ओर मुखातिब होकर कहा–'ये तुम्हारा स्थानान्तरण करवा देंगे। शिक्षक संघ के बड़े नेता हैं, इन्हें पकड़ो।'

वे जानते थे कि राज्य संघ से मेरा गहरा सम्बन्ध है और राज्य संघ की मदद से यह काम हो सकता है। मैंने कोई उत्तर नहीं दिया और समझा कि बातें आई गई हो गईं। लेकिन कुछ दिनों के बाद माधुरी अपनी माँ के साथ मेरे आवास पर

आईं और हमारे परिवार के साथ दो-तीन दिनों तक रहीं। उनकी माँ ने मेरी पत्नी को अपनी कठिनाई समझाया और पत्नी मजाक के साथ-साथ उनकी पैरवी भी करने लगी।

परिवार में माधुरी के आने-जाने का यह सिलसिला जारी रहा। कभी-कभार वे अपनी माँ और छोटे भाइयों के साथ भी आतीं और कई दिनों तक रहतीं जैसे दूसरे सम्बन्धी आकर रहते। एक दिन पत्नी के दबाव पर तय हुआ कि हम पटना चलेंगे। वे अपनी माँ को साथ लेकर चलें। फिर एक घंटे तक मैंने उन्हें समझाया कि दूबे जी के साथ कैसे बातें करनी है और कैसे उन्हें अपनी समस्या से अवगत कराते हुए प्रभावित करना है। क्योंकि उस समय विजय शंकर दूबे माध्यमिक शिक्षा के निदेशक सह विशेष सचिव थे और इस विभाग को नए सिरे से व्यवस्थित करने में लगे हुए थे। शिक्षकों के प्रति उनकी संवेदनशीलता और हमदर्दी जगजाहिर थी। दस-दस बजे रात तक बैठकर वे शिक्षकों की समस्याएँ सुनते और उनका समाधान करते थे। बिहार में वे एक नई कार्य संस्कृति स्थापित कर रहे थे। इसलिए सम्पूर्ण बिहार की शिक्षा में उनकी चर्चा हर जुबान पर थी। चूँकि उस समय तक शिक्षकों का कोई सम्वर्ग, स्थानान्तरण नियमावली आदि नहीं थी इसलिए दूबे जी जो चाहते थे वही होता था। जिस बात से वे सन्तुष्ट हो जाते थे उसे तुरन्त कर देते थे। प्राय: पीड़ित शिक्षकों के स्थानान्तरण उनकी कलम से मिनटों में होते थे।

हम निर्धारित तिथि को पटना पहुँचे। माध्यमिक शिक्षा कार्यालय के कैम्पस में घास पर बैठकर निदेशक के आने की प्रतीक्षा करते रहे। इस बीच प्रभात को कहकर मिलनेवालों की सूची में उनका नाम जुड़वा दिया। निदेशक के आने के पहले फिर उन्हें समझाया। कैम्पस में कई अध्यापक, अध्यापिकाएँ मिलने के लिए आतुर थे। अपनी माँ के साथ वे दूसरी अध्यापिकाओं के साथ बातें करने में तल्लीन थीं कि इतने में निदेशक आ गए। मिलने का काम शुरू हो गया।

माधुरी की बारी आई तो जाने के पहले उन्हें फिर समझाया। वे भीतर गईं और थोड़ी देर में ही लौटी तो स्थानान्तरण आदेश उनके हाथ में था। निदेशक ने राजवंशी देवी बालिका उच्च विद्यालय, सीवान में उनका स्थानान्तरण कर दिया था। माँ-बेटी दोनों काफी खुश थीं। मुझे भी लगा कि एक अच्छा काम हो गया है।

शाम के सात बज चुके थे और प्रश्न था कि रहा कहाँ जाएगा? मेरे जानते पटना में शिक्षक संघ के सिवा दूसरी कोई जगह नहीं थी। लेकिन प्रतीक्षा के दौरान कटिहार की एक प्रधानाध्यापिका के साथ बातों में ही उनके कुछ सम्बन्ध बन गए थे। उनका आवास पटना में ही था और वे भी पटना में स्थानान्तरण के सिलसिले में ही आई थीं। उन्होंने माधुरी और उनकी माँ को अपने आवास पर ले जाने का आग्रह किया। मुझे अच्छा लगा। एक बड़ी चिन्ता से मुक्ति मिल गई। उन्हें विदा कर मैं शिक्षक संघ चला आया। एक-दो दिन बाद सीवान लौटा तब तक माधुरी राजवंशी देवी बालिका उच्च विद्यालय में योगदान कर चुकी थीं।

बाद में उनके आने-जाने का सिलसिला कुछ दिनों तक चलता रहा। जब भी कोई पेशागत कठिनाई हुई, वे आईं और समाधान कर चली गईं। उनकी बहुत बड़ी कठिनाई का अन्त हो गया था और मुझे खुशी थी कि उनकी कठिनाई को दूर करने में मुझे अकारण यश मिल गया था।

राज्य संघ की शय्या व्यवस्था का पहला दिन

उन्नीस सौ बानवे में जब महासचिव चुना गया तो मन में अतिरिक्त उत्साह था। सोचा कि कुछ नया करना चाहिए। सीवान में जिला सचिव के रूप में शिक्षकों के ठहरने की अच्छी व्यवस्था की थी। उस अनुभव को यहाँ भी लागू करना चाहता था।

जमाल रोड में उस समय ठहरनेवाले शिक्षक जमीन पर बिछी दरी पर सोते और इसका शुल्क उनसे पचास पैसे मात्र लिया जाता। मुझे यह बात काफी खटकती क्योंकि महासचिव बनने के पूर्व सामान्य अध्यापक अथवा जिला सचिव के पद तक मुझे भी उसी दरी पर सोना पड़ा था। तब जिला अध्यक्षों, सचिवों के लिए भी कोई भिन्न व्यवस्था नहीं थी। जाड़े का दिन होता तो अपना कम्बल साथ लाना पड़ता। जो एक निहायत मुश्किल काम लगता था।

इन्द्रशेखर मिश्र और वामेश्वर शर्मा से इस विषय पर लगातार चर्चाएँ हुईं और राय बनी कि शिक्षकों के ठहरने की व्यवस्था में सुधार किया जाय। सामान्य शिक्षकों के लिए भी पलंग और गद्दे की व्यवस्था की जाए और तदनुरूप शुल्क लिया जाए। योजना पर काम शुरू हो गया और तीन-चार महीनों में दोनों मंजिलों में पलंग और गद्दे लग गए।

बड़ी बेसब्री से हमें भी इस बात का इन्तजार था कि अध्यापक जमाल रोड में पलंग पर सोएँ और एक सामान्य नागरिक की जिन्दगी जीएँ। चूँकि इतना वेतन '92 आते-आते तक उन्हें मिलने लगा था कि पाँच-दस रुपए दे सकते थे।

जिस दिन पलंग व्यवस्था चालू करनी थी उस दिन मिश्र जी ने कहा कि आज बुकिंग के वक्त रहना पड़ेगा क्योंकि अचानक शुल्क आठ आना से बढ़ाकर पाँच रुपए करना शिक्षकों को काफी भारी लगेगा। मुझे उम्मीद थी कि शिक्षक इसका स्वागत करेंगे लेकिन मिश्र जी का अनुमान सही निकला।

चार बजते-बजते एक बार ऊपर जाकर दोनों मंजिलों पर नई व्यवस्था देख आया और काफी उत्साहित होकर प्रेस के दफ्तर में आ बैठा। मिश्र जी, वामेश्वर शर्मा और एक-दो साथी और थे। तिवारी को कह दिया कि वह पूरी कड़ाई के साथ बुकिंग करेगा। उसे पाँच रुपएवाली रसीदें उपलब्ध करा दी गई थीं। शाम के पाँच बजते-बजते दो-चार सीटें बुक हुई थीं कि जहानाबाद के एक संस्कृत पंडित आए और आठ आने की रसीद काटने का आग्रह करने लगे। तिवारी ने समझाया कि आज

से नई व्यवस्था लागू है और पलंग-गद्दे पर सोना है, इसलिए शुल्क पाँच रुपए लगेंगे। किन्तु उनका कहना था कि अचानक दस गुना बढ़ोत्तरी क्यों हो गई? उनके हरतुज करने पर तिवारी उन्हें प्रेस में लाया। उन्हें समझाया गया कि आज से पाँच रुपए ही देने होंगे। यदि उनके पास आज पैसे नहीं हैं तो हम उसे जमा कर देंगे लेकिन रसीद पाँच रुपए की ही कटेगी। वे अड़े रहे कि वे आठ आना से एक पैसा अधिक नहीं देंगे। बात बढ़ती जा रही थी। उन्होंने जिद की कि उन्हें आठ आने की रसीद काटकर जमीन पर ही सोने दिया जाए। हमने कहा कि जमीन पर सोने की इजाजत किसी को नहीं दी जा सकती। उन्होंने काफी शोरगुल किया और बोले कि हमारी मर्जी, हम यहीं गेट पर लेटेंगे। हमने कहा कि यहाँ की व्यवस्था आपकी मर्जी से नहीं चलेगी और न आपको जमीन पर लेटने की इजाजत दी जाएगी।

पंडित बोले–'क्यों?'

हमने कहा कि शिक्षक संघ ने केन्द्रीय वेतनमान लागू करवा दिया है। शिक्षकों को सामाजिक सम्मान दिला दिया है और उसकी कोशिश है कि वे आदरपूर्वक पलंग और गद्दे पर विश्राम करें। इसमें आपको एतराज क्यों है?

वे अचानक चिल्ला उठे–'बाप रे बाप, यहाँ जोर-जबर्दस्ती हो रही है। दस गुना बढ़ोत्तरी की जा रही है और हमें जमीन पर सोने भी नहीं दिया जा रहा है।'

हम लोगों ने थोड़े कड़े शब्दों में समझाने की कोशिश की। आपका स्वास्थ्य नहीं बिगड़े यह चिन्ता हमारी भी है। वे काफी गुस्साए और जोर-जोर से चिल्लाते हुए चले गए। किसी दूसरे ने नई व्यवस्था पर आक्षेप नहीं किया। प्रश्न भी नहीं उठाया। वह लागू हो गई।

बाद में पता चला कि जहानाबाद में काफी नमक-मिर्च लगाकर उन्होंने इस घटना को प्रचारित किया, लेकिन व्यर्थ।

संघ का परिचय पत्र और एक शिक्षक की मौत

संघ भवन में ठहरने की नई व्यवस्था हुई तो प्रश्न उठा कि इसको कारगर कैसे बनाया जाए? क्योंकि बिना पहचान पत्र के ठहरने देने के पीछे एक खतरा था कि कोई भी व्यक्ति शिक्षक के नाम पर पाँच रुपए की रसीद कटाकर ठहर सकता था और कैंटीन का भी उपयोग कर सकता था। इतनी सस्ती एवं सुरक्षित व्यवस्था स्टेशन के आस-पास दूसरी नहीं थी। पिछले दिनों इस प्रकार की एक-दो घटनाएँ घट चुकी थीं जब रात को ही कोई व्यक्ति किसी शिक्षक की जेब से पैसे और घड़ी लेकर सरक चुका था। इन घटनाओं ने काफी व्यथित किया था।

तय हुआ कि परिचय पत्र की व्यवस्था लागू की जाए। काफी सोच-विचार के बाद परिचय पत्र की रूपरेखा बनी और उसे छपाया गया। फिर जिला सचिवों के माध्यम से शिक्षकों को सूचना दी गई कि वे परिचय पत्र बनवा लें और पटना आते समय इसे साथ रखें। पदाधिकारियों पर भी दबाव बनाया गया कि वे सबसे पहले अपना परिचय पत्र बनवाएँ। कुछ जिलों ने अच्छी पहल की लेकिन उसे साथ रखना और लेकर पटना आना, शिक्षकों के लिए कठिन बना रहा। कुछ दिनों तक काफी कड़ाई हुई और कुछ लोग लौटाए भी गए, लेकिन तब भी इस प्रकार का अनुशासन नहीं बन सका। आनेवाले कहते कि उन्हें मालूम नहीं था। रोकने पर स्कूल का कोई रजिस्टर, कागज या कोई प्रमाण पेश करते और ठहरने हेतु आग्रह करते।

कई बार 'प्राच्य प्रभा' के पिछले पृष्ठ पर परिचय पत्र सम्बन्धी विज्ञापन भी छपा। कार्यकारिणी और जिला सचिवों की बैठकों में इस विषय पर चर्चा हुई लेकिन रफ्तार वही बेढंगी बनी रही। इसी बीच एक घटना घट गई और परिचय पत्र की अनिवार्यता काफी प्रमुखता के साथ उभरी।

सन् तो ठीक-ठीक याद नहीं है लेकिन महीना याद है। वह जून था और भीषण गर्मी पड़ रही थी। लू से मरनेवालों की संख्या रोज अखबारों में बढ़ती जा रही थी। एक दिन सबेरे दफ्तर आए तो पुलिस स्टेशन से फोन आया। उधर से एक इंस्पेक्टर बात करना चाहता था।

हेलो, कहने पर उसने जिज्ञासा किया कि क्या यह बिहार माध्यमिक शिक्षक संघ का फोन है? बताया कि संघ का ही फोन है तो पूछा कि अमुक नाम का व्यक्ति क्या वहाँ रात को ठहरा था?

"यह तो बिना रजिस्टर देखे नहीं बताया जा सकता।" मैंने कहा।

इंस्पेक्टर बोला–"दरअसल बात यह है कि गया गुमटी पर एक अज्ञात शव पाया गया है और उसकी जेब से बिहार माध्यमिक शिक्षक संघ की एक रसीद मिली है। कैसे भेरीफाई होगा?"

मैंने कहा–"आइए। रजिस्टर देखकर भेरीफाई कर लेंगे।"

दस पन्द्रह मिनट में वह पहुँच गया। तिवारी का रजिस्टर मँगाया। रसीद की काउन्टर फाइल मँगवाया और बात सही निकली। रसीद कटी थी। रसीद पर नाम भी सही था लेकिन जल्दीबाजी में तिवारी ने विद्यालय का नाम छोड़ दिया था लेकिन रजिस्टर पर सबकुछ अंकित था।

प्रमाणित हो गया कि दो दिन पहले गया के एक शिक्षक ठहरे थे जो एक दिन पूर्व गया गुमटी पर मृत पाए गए थे। पुलिस ने अज्ञात शव को पोस्टमार्टम के लिए भेज दिया था।

फिर इंस्पेक्टर के सामने ही पन्ना जी को फोन लगाया। संयोग से वे मिल गए। उनसे दरयाफ्त किया तो शिक्षक का पता तो चल गया लेकिन उनके मरने की सूचना वहाँ तक नहीं पहुँची थी। वे बोले–'गया से उनके स्कूल की दूरी 30–40 किलोमीटर है। मैं खुद जाकर पता कर सूचना देता हूँ।'

पुलिस को कह दिया कि लाश लावारिस नहीं समझें। घरवाले आएँगे अथवा हम लोग उनके घर पहुँचाएँगे। इंस्पेक्टर चला गया।

संघ की एक छोटी-सी रसीद ने एक लाश को लावारिस होने से बचा लिया। पन्ना जी की सूचना पर उनके परिवार के लोग आए और लाश ले गए। परिवार कम-से-कम मृतक का दाह संस्कार करा सका। काश, उनकी जेब से बिहार माध्यमिक शिक्षक संघ का परिचय पत्र मिला होता। पुलिस को भी इतनी परेशानी नहीं उठानी पड़ती।

पंचानवे का सामूहिक स्थानान्तरण और मुंगेर, बिहारशरीफ की सभाएँ

पंचानवे के सामूहिक स्थानान्तरण ने शिक्षकों में बेहद गुस्सा भर दिया था। वे पूरी तौर पर उबाल पर थे और शिक्षक संघ एवं नेतृत्व को गालियाँ देने लगे थे। चौक-चौराहे, बस, ट्रेन, सर्वत्र एक ही बात थी कि संघ के पदाधिकारियों ने दलाली खा ली और सरकार के सामने समर्पण कर दिया। जितनी मुँह उतनी बातें।

संघ के नेताओं के विरुद्ध यह प्रचार एक सुनियोजित साजिश के तहत जारी था। चूँकि लम्बे अर्से से संघ की कुर्सी पर नजर टिकाए लोगों के लिए यह एक सुनहला अवसर दिखाई पड़ रहा था। इसलिए उन्होंने विरोध में अपनी पूरी ताकत झोंक दी थी। सत्ता की शक्ति भी उनके साथ गोलबन्द हो गई थी और विधान परिषद् में शिक्षक निर्वाचन क्षेत्र से लड़नेवाले एक-दो लोग भी इसे हवा देने में लगे हुए थे। इस प्रचार को बल इससे भी मिल रहा था कि '95 के स्थानान्तरण के तुरन्त बाद ही लोकसभा और विधान परिषद् के द्विवार्षिक चुनाव होनेवाले थे। लोकसभा चुनाव में राजद और वामपंथ का तालमेल बन गया था और शत्रुघ्न प्रसाद सिंह बलिया लोकसभा से साझे उम्मीदवार थे और मैं सारण शिक्षक निर्वाचन क्षेत्र से उम्मीदवार था। इसलिए प्रचार को एक तार्किक आधार मिल रहा था कि लोकसभा और विधान परिषद् की सदस्यता के लिए ही ऐसा हुआ है। जबकि सच्चाई बिलकुल भिन्न थी। सरकार स्थानान्तरण को संघ के स्थापित नेताओं के खिलाफ हथियार के रूप में इस्तेमाल कर रही थी।

जल्दबाजी और पूर्वग्रह प्रेरित इस स्थानान्तरण में न कोई नियम-कानून था और न कोई नीति। सबका स्थानान्तरण करना था चाहे जैसे हो। बल्कि तत्कालीन शिक्षा सचिव ने तो स्थानान्तरण में धीमी रफ्तार रखनेवाले कतिपय क्षेत्रीय शिक्षा उपनिदेशकों को भद्दी-भद्दी गालियाँ देकर जल्दी स्थानान्तरित शिक्षकों की सूची समर्पित करने का आदेश दिया था। चूँकि स्थानान्तरण का राज्यहित अथवा शिक्षाहित से कोई सम्बन्ध नहीं था और वह विशुद्ध तौर पर राजनीति प्रेरित था, इसलिए संघ चाहते हुए भी कुछ नहीं कर पा रहा था। हमारे बीच का एक बड़ा समुदाय जो सामाजिक न्याय का नारा देते हुए मुख्यालय में कब्जा जमाना चाहता था, मुखर होकर

स्थानान्तरण के समर्थन में उतर आया था। यह वर्ग सरकार के काफी निकट था और स्थानान्तरण से असहमत होते हुए भी पूर्णतः उसके साथ गोलबन्द था।

सरकार को अपनी जीत का अहसास हो गया तो अपनी पीठ थपथपाते हुए उसने मुश्किल से हमारी एक बात मानी कि विद्यालय में अतिरिक्त इकाईवाले शिक्षकों का भुगतान जिला / प्रमंडल की इकाई के आधार पर किया जाएगा। इससे राहत मिली। लेकिन राहत इतनी कम थी कि लगभग नहीं के बराबर थी।

वैसे तो गृह जिला से बाहर स्थानान्तरण के प्रावधानवाले कानून उन्नीस सौ अठ्ठासी में ही बिन्देश्वरी दूबे की सरकार ने बनाए थे। तब वे उन्नीस सौ छियासी और सत्तासी में राज्य के शिक्षकों-कर्मियों की केन्द्रीय वेतनमान की लड़ाई से तंग आ चुके थे। वे इस बात से कन्विंस्ड थे कि शिक्षकों और राज्यकर्मियों के आन्दोलन का केन्द्र जमाल रोड है और आन्दोलन के रणनीतिकार और नेतृत्वकर्ता माध्यमिक / प्राथमिक शिक्षकों के नेता हैं। वही सबको एकजुट कर आन्दोलन में उतारते हैं। इसलिए गुस्से में उन्होंने भी शिक्षकों को परेशान करने की बातें कही थी लेकिन हड़ताल खत्म तो बात खत्म। उनका गुस्सा समाप्त हो गया था लेकिन 437 का एटम बम तो तैयार हो चुका था।

नब्बे में सामाजिक न्याय के रथ पर सवार होकर पिछड़ों का हित करने जब लालू प्रसाद आए तो वामपंथी उनके स्वाभाविक मित्र एवं सहयोगी थे। लेकिन आते ही उन्होंने वामपंथियों पर हमले तेज कर दिए। अपने सलाहकारों की सलाह पर विश्वविद्यालय शिक्षकों की सेवानिवृत्ति आयु दो वर्ष घटा दी और इस प्रकार विश्वविद्यालय शिक्षकों को काफी अपमानित किया। विश्वविद्यालय शिक्षकों में यह सन्देश गया कि कम्युनिस्ट पार्टी के सहयोग से यह सब कुछ हो रहा है। उनके जुझारू एवं लोकप्रिय नेता प्रो. परमानन्द सिंह मदन की साख गिर गई। लालू का दूसरा हमला माध्यमिक शिक्षकों पर था। उन्होंने इस संगठन को 'साइज' में लाने के लिए जयप्रकाश नारायण यादव को शिक्षा मंत्री बनाया। दुर्भाग्य ऐसा हुआ कि इसी समय त्रिपुरारी मिश्र के मामले में माननीय सर्वोच्च न्यायालय ने राज्य के सभी प्रधानाध्यापकों को गृह जिला से बाहर करने का आदेश पारित कर दिया। सरकार के हाथ में अनचाहे हथियार आ गया। न्याय निर्णय के आलोक में सरकार ने त्वरित कार्रवाई शुरू की तो संघ की राज्य कार्यकारिणी की आपात बैठक बुलाई गई और फैसला हुआ कि सर्वोच्च न्यायालय में अपील दायर की जाए। डॉ. शारदा प्रसाद सिंह, एम.एल.सी. के साथ हमलोग (अध्यक्ष, महासचिव) दिल्ली गए तो पता चला कि पहले माननीय पटना उच्च न्यायालय में इंटरवेंशन पेटीशन देना होगा। पं. ताराकान्त झा को वकील रखकर पेटीशन दायर किया गया और उच्च न्यायालय ने दिल्ली जाने की इजाजत दे दी।

देश के सेवानिवृत्त अटार्नी जनरल लाल नारायण सिंह से कागजात तैयार कराकर माननीय उच्चतम न्यायालय में दो एस.एल.पी. संघ ने दायर किया लेकिन जद्दोजहद

के बावजूद मुकदमा हार गया। न्यायालय की समझ बनी कि माननीय उच्चतम न्यायालय के निदेश को नहीं मानने के लिए सरकार और संघ मिल गए हैं। सरकार काफी खुश हुई। तत्कालीन मुख्यमंत्री और शिक्षामंत्री ने चटकारे लेकर इस मामले का बयान किया। प्रधानाध्यापकों के स्थानान्तरण के लिए के.पी. सिन्हा को निदेशक के पद पर पहले ही बिठाया जा चुका था। उन्होंने खूब मनमाना स्थानान्तरण किया। सारे मानदंड तोड़ दिए गए। पहली बार प्रधानाध्यापकों के स्थानान्तरण में खुलकर भ्रष्टाचार हुआ। प्रमंडल / जिला / प्रखंड मुख्यालय के सम्पन्न विद्यालयों पर कब्जा जमाने की होड़ लग गई। सरकार में किसी स्तर पर इस अनर्थ को देखनेवाला कोई नहीं था। प्रधानाध्यापकों के स्थानान्तरण से अधिकांश शिक्षकों को भी काफी खुशी हुई। विद्यालयों में आपस में काफी चर्चाएँ हुईं। मिठाइयाँ बँटी। व्यंग हुए कि मास्साहब आपका कहाँ हुआ? शिक्षकों की समझदारी थी कि त्रिपुरारी मिश्र का न्याय निर्णय सिर्फ प्रधानाध्यापकों के मामले में ही है। वे सुरक्षित हैं। पहली बार विद्यालयों में प्रधानाध्यापक और शिक्षकों के अलग-अलग वर्ग नजर आए। उनका अलग-अलग स्वार्थ नजर आया।

'93 की यह आग ठंडी भी नहीं हुई थी कि बक्सर एम.पी. स्कूल के तत्कालीन प्रधानाध्यापक विश्वनाथ सिंह एवं शिक्षकों के बीच माननीय उच्च न्यायालय में दायर याचिका में न्याय निर्णय आ गया कि शिक्षकों को भी गृह जिला से बाहर पदस्थापित किया जाए।

उसी समय जब बक्सर के तत्कालीन अध्यक्ष सुखदेव राय और सचिव पारस नाथ तिवारी विद्यालय के विवाद को लेकर मेरे पास आए तो मैंने इसे समाप्त करने का आग्रह किया था। बाद में बक्सर में अध्यक्ष के आवास पर बैठक बुलाकर मामले को सलटाने का भी प्रयास किया लेकिन दोनों पक्ष अपनी जिद पर अड़े रहे और इस लड़ाई को मूँछ की लड़ाई मानते रहे। विधि निश्चय ही वाम हो चुका था। मध्यम वर्ग का वैयक्तिक स्वार्थ ऊपर आ चुका था। शिक्षा मंत्री और शिक्षा सचिव अड़े थे कि शिक्षकों का भी सामूहिक स्थानान्तरण हो। चुन-चुनकर कनीय पदाधिकारी क्षेत्रीय शिक्षा उपनिदेशक बनाए गए और स्थानान्तरण को 'ऑपरेशन शिक्षक' के रूप में डील किया गया। पहली बार शिक्षकों की जाति पूछी गई और वह स्थानान्तरण का आधार बनी।

तिरानवे से पंचानवे तक के इस काल में शिक्षक अपमानित, प्रताड़ित तो हुए ही। अपराधियों द्वारा यत्र-तत्र लूटे गए, पीटे गए। कई स्थानान्तरण के नाम से ही हृदयाघात के शिकार हुए। कई परिवार उजड़ गए। शायद इतनी पीड़ा शिक्षकों ने जिन्दगी में कभी नहीं झेली थी। संघ को वे अपना संकट मोचक मानते थे और पूरी आस्था के साथ जुड़े थे। सरकार ने इस मिथक को डंडे के बल पर तोड़ दिया। उनका विश्वास खंडित हो गया और सरकार के प्रति फूटनेवाला उनका गुस्सा संघ के नेताओं के प्रति ही फूट पड़ा क्योंकि संघ के नेता चाहकर भी सरकार से

स्थानान्तरण रुकवाने में कामयाब नहीं हो सके।

अप्रैल '96 में विधान परिषद् के द्विवार्षिक चुनाव हुए और सामूहिक स्थानान्तरण से क्षुब्ध अध्यापकों ने प्रो. परमानन्द सिंह मदन और मुझे नकारात्मक मतों से पराजित कर दिया। वे किसी भी स्थिति में शिक्षक नेताओं का नाम सुनना नहीं चाहते थे और हमारे बीच के कुछ लोग समय का लाभ उठाते हुए नेतृत्व परिवर्तन की लड़ाई छेड़ चुके थे।

मुझे ज्यादा नुकसान हुआ क्योंकि डॉ. शारदा प्रसाद सिंह की सलाह और पार्टी के दबाव में प्रधानाध्यापक के पद की सात साल की सेवा से त्यागपत्र देकर मैं चुनाव मैदान में उतरा था। पत्नी त्यागपत्र के सख्त खिलाफ थी। कुछ मित्र भी दबी जुबान त्यागपत्र नहीं देने की सलाह दे रहे थे लेकिन मेरा निश्चय दृढ़ निश्चय में तब्दील हो चुका था और उम्मीद थी कि अध्यापक सच्चाई को समझेंगे। लेकिन चुनावों में बनी हुई समझदारी ही दिशा निर्धारित करती है। बुद्धि-विवेक महत्त्वपूर्ण भूमिका नहीं निभाते।

शिक्षकों की पीड़ा, नेतृत्व की कुंठा और जमाल रोड की हताशा चरम पर थी। समय भारीपन के साथ गुजर रहा था लेकिन जमाल रोड का हमारा कार्यक्रम पूर्ववत चल रहा था। इसलिए शिक्षकों में यह सन्देश जा रहा था कि मृतप्राय होने के बावजूद महासचिव ही कुछ कर रहे हैं और संघ से ही कुछ राहत मिल सकती है।

सत्तानवे आते-आते कुछ राहत मिलनी शुरू हुई। फिर विचार बना कि शिक्षकों के बीच जाना चाहिए। मुंगेर के प्रमंडल सचिव राम नरेश पाण्डेय, लखीसराय के जिला सचिव आए और मुंगेर में आम सभा का कार्यक्रम बना। कुछ लोगों ने कहा कि ऐसे में सभा करना पागलपन है लेकिन हमारा निश्चय अटल था। हमारी समझ है कि प्रतिकूल स्थितियों को सहने की क्षमता भी नेतृत्व को रखनी चाहिए।

निर्धारित तिथि को मॉडल स्कूल मुंगेर के सभागार में सभा आयोजित हुई। प्रमंडल इकाई के अध्यक्ष और सचिव क्रमशः गोकुल नन्दन सिंह एवं राम नरेश पाण्डेय के साथ मंच पर पहुँचा तो खचाखच भरे हॉल में शिक्षकों ने गुस्से में 'वापस जाओ वापस जाओ' के नारे लगाए। मेरे लिए यह पहला अनुभव था। दस मिनट के बाद जब सभी शान्त हुए तो सभा शुरू हुई लेकिन जितने वक्ता मंच पर आए सभी ने बुरी तरह नेतृत्व की आलोचना की, लगभग तिलमिला देनेवाली। यही परीक्षा की घड़ी थी। फिर मेरी बारी आई और डेढ़ घंटे तक मैंने उठाए गए सारे सवालों पर विस्तार से भाषण किया। सभा में सन्नाटा पसर गया और शिक्षकों ने महसूस किया कि सामूहिक स्थानान्तरण उनकी गलतियों, उनके अन्तर्विरोधों और राजनीतिक शत्रुता के कारण हुआ है। नेतृत्व का इतना ही दोष है कि सरकार ने उसकी बात नहीं मानी। फिर साथ में जलपान, सुख-दुख की बातें हुई और मुंगेर में रूठे लोग रास्ते पर आए। जिला नेतृत्व को गति मिली, बल मिला।

इस बीच लखीसरायवाले आए और आमंत्रण दिया। मेरा भी कुछ उत्साह बढ़ा

और लखीसराय का निमंत्रण स्वीकार कर लिया। लखीसराय शिक्षक संघ के सभागार में खचाखच भीड़ थी। यहाँ नारे तो नहीं लगे लेकिन जो वक्ता आया उसने भरपूर आलोचना की। लगभग मुंगेर जैसी। अन्त में मेरी बारी आई तो यहाँ भी डेढ़ घंटे तक जलते सवालों पर बोलता रहा। सभा भवन से बाहर निकलते समय शिक्षकों के चेहरे पर शान्ति-सन्तोष के भाव थे। अपनी गलतियों के प्रति पश्चात्ताप का बोध भी। फिर साथ-साथ भोजन, हालचाल और आम जनता में सन्देश कि शिक्षक संघ मरा नहीं है।

कुछ मित्रों की राय हुई कि मुंगेर तो मजबूत प्रमंडल है, वहाँ सभाएँ हो गईं लेकिन सभा पटना प्रमंडल में करनी चाहिए। लेकिन पटना मुख्यालय में सभा आयोजित करने की कोई सम्भावना नहीं दीख पड़ी। तब राय बनी कि बिहारशरीफ में सभा की जाए। तिथि तय हुई, जिला के साथियों ने प्रचार-प्रसार किया और भारी संख्या में अध्यापक सभा में आए। उतना तो जिला सम्मेलनों में भी नहीं आते।

मुंगेर और लखीसराय से भी ज्यादा आक्रमण बिहारशरीफ की सभा में हुआ क्योंकि तत्कालीन प्रमंडल अध्यक्ष सुरेश प्रसाद और सचिव राम वल्लभ सिंह राज्य नेतृत्व के घोर विरोधी थे और सामूहिक स्थानान्तरण ने तो उन्हें विरोध का मजबूत आधार प्रदान कर दिया था। हालाँकि यह बात जगजाहिर थी कि सामूहिक स्थानान्तरण के विरुद्ध छिड़ी लड़ाई की पीठ में पटना प्रमंडल और पटना तथा नालन्दा जिलों ने ही छूरा भोंका था। अगड़े-पिछड़े की लड़ाई और सरकारी दल के इशारे पर इन्हीं जिलों में षड्यंत्र तेजी से उभरा था जिसकी चपेट में पूरा राज्य आ गया था। पटना प्रमंडल ने तो राज्य परिषद् की बैठक में अपनी विफलता को खुलकर स्वीकार कर लिया था।

इसलिए यहाँ अधिक जोरदार भाषण करना पड़ा। भाषण के बाद विरोधियों के चेहरे पर मुर्दनी छा गई और राम खेलावन शर्मा काफी प्रसन्न नजर आए। बोले-यही उम्मीद थी। संघ पर छाये हताशा-निराशा के बादल फट गए। सबने साथ-साथ बैठकर भोजन किया और निरर्थक आलोचनाओं का बाजार मन्द हो गया। लौटे तो काफी सन्तोष था लेकिन चाहते हुए भी अन्य जिलों में सभाएँ नहीं हो सकीं। अब कुछ नए उत्साह से काम शुरू किया लेकिन विरोधियों की गतिविधि जारी रही। संघ धीरे-धीरे जगने लगा और सरकार स्थानान्तरण की विसंगतियों और गड़बड़ियों को समझने लगी। वक्तव्यों-क्रिया कलापों से वह डिमोरलाइज भी हुई फिर संयुक्त समन्वय समिति के आन्दोलन शुरू हो गए और संघ पुरानी डगर पर चल पड़ा। वह अगिन पाखी (फीनिक्स) पक्षी की तरह अपनी ही राख से पुनर्जीवित हो उठा। श्रद्धेय नामवर जी के पुनर्नवा की तरह।

मेरा हमदम–मेरा दोस्त

साल की शुरुआत मेरे साथ अच्छी नहीं हुई। वर्षान्त में नववर्ष के लिए जितने सपने सँजो रखे थे, अचानक बेटी की बीमारी के कारण सपने ही रह गए। नववर्ष 'बिहार निवास' के उस बन्द कमरे में ही सिमटकर रह गया। भीषण ठंड के कारण कमरे से बाहर जाने की इच्छाशक्ति ही मर गई। तारीखें घिसटते हुए गुजर रही थीं।

3 जनवरी की सुबह जब कम्बल से बाहर निकलने की हिम्मत ही जुटा रहा था कि मोबाइल की घंटी बजी। बाहर में मोबाइल ही विश्वसनीय साथी है। लखीसराय से रामनरेश जी फोन पर थे।

"बहुत दुखद समाचार है।"

"क्या हुआ?" मैंने अकचकाकर पूछा। समझ नहीं पाया कि तीन-चार दिनों में ही कौन-सी दुखद घटना घट गई। घर से चला था तो दूर-दूर तक किसी घटना की सम्भावना नहीं थी, सो धैर्य चुकने लगा था।

"वीरेन्द्र शर्माजी नहीं रहे।" रामनरेश जी की आवाज टूट रही थी।

"कई दिनों से नर्सिंग होम में भर्ती थे।" किसी प्रकार वाक्य पूरा किया।

याद आया कि दिल्ली जाने के समय किसी ने हलके से उनकी बीमारी की सूचना दी थी। लेकिन बेटी की बीमारी की चिन्ता और दिल्ली की तैयारी के सिलसिले में बात दब गई थी। फिर कोई कल्पना भी नहीं हो सकती थी कि ऐसा कोई हादसा हो जाएगा। इसी उधेड़-बुन में था कि फोन की घंटी फिर बजी।

"सर, वीरेन्द्र शर्माजी का सबेरे निधन हो गया। वासुदेव बाबू बात करेंगे।" सुमन की आवाज थी। लगातार फोन सुनते-सुनते सुमन और विजय की आवाज आत्मीय हो गई है। थोड़ी देर घंटी बजी फिर वासुदेव बाबू की आवाज सुनाई पड़ी। रामनरेश बाबू, सुमन और वासुदेव बाबू सबके दुख समान थे। मैं सोच नहीं पा रहा था कि शोक कैसे व्यक्त करूँ।

वासुदेव बाबू ने ही शुरुआत की–"शर्माजी के निधन का समाचार तो मिल गया होगा। अध्यक्ष बेगूसराय से चल चुके हैं। चिन्ता मत करिए। यहाँ सब कुछ हो जाएगा।"

चिन्ता कैसे नहीं करूँ? शर्माजी सिर्फ संगठन के पूर्व महासचिव ही नहीं बल्कि सहरसा अधिवेशन के बाद मेरे अच्छे मित्र और शुभचिन्तक भी थे। मेरी पीड़ा और

चिन्ता को बाँटनेवाले अच्छे सहयोगी भी।

"मैं तो प्लेन से भी नहीं पहुँच पाऊँगा। अभी तो दिल्ली कोहरे की चादर में बेसुध पड़ी है। शायद दो बजे के बाद ही कोहरा कुछ छँट सके।" मेरी भी आवाज भारी हो गई थी।

"ठीक है सबकुछ बेहतर ढंग से होना चाहिए।"

सोचा, इसीलिए बड़े लोगों के संस्कार एक-दो दिनों बाद हुआ करते हैं, ताकि सभी पहुँच सकें। फोन रखा तो लगा मन और भारी हो गया है। चिन्ता की रेखाएँ जब एक बार उग आती हैं, तो उन्हें मिटाना आसान नहीं होता। मानस में ढेर सारे सवाल तक्षक की तरह डँसने लगे।

सत्तर साल की उमर कोई ज्यादा तो नहीं होती। राजगीर कार्यशाला के बाद तो काफी सक्रिय हो गए थे। देखने-सुनने और दौड़ने-धूपने में भी। लगा मेरे फर्ज में कहीं कोई कमी हो रही है क्या?

मन नहीं माना तो फ्लैट में फोन लगाया। दिनेश मिल गए। उन्हें फोन पर ही सम्मानजनक ढंग से संस्कार सम्पन्न कराने की हिदायत दी और प्रेस के लिए समाचार डिक्टेट कराया। मन को कुछ शान्ति मिली। थोड़ा इत्मीमान भी हुआ। लेकिन रह-रहकर पिछली बातें याद आती रहीं।

तब मैं सीवान जिले का सचिव हुआ करता था। शर्माजी महामंत्री थे। सीवान के हमारे विरोधी साथियों ने पचरुखी में उनका कार्यक्रम आयोजित किया था। मुझसे कहने आए कि अमुक तारीख को महामंत्री आ रहे हैं। मैंने कहा—आ रहे हैं तो आएँ, मुझे नहीं जाना उस कार्यक्रम में।

'क्यों?' मुझे उनके आने की कोई औपचारिक सूचना नहीं मिली है। वे महामंत्री हैं तो उन्हें सीवान में आने की सूचना मुझे भी देनी चाहिए थी।

उनके लोग चले गए। उन्होंने फोन पर शर्माजी को सूचित किया होगा। क्योंकि कार्यक्रम के दिन मैं जब इत्मीमान से संघ भवन में बैठा था, उस समय वही मेरा आवास भी था। एक जीप गाड़ी रुकी। शर्माजी उतरे। उनके साथ आयोजकों की जमात थी। बोले, "यार जल्दी चलो, विलम्ब हो रहा है।"

अब तो नहीं जाने का सवाल ही नहीं था। मैं संघ का अनुशासित सिपाही। हमारा महामंत्री बोले और मैं पालन न करूँ, यह सम्भव नहीं। सो चाय पिलाया और चल पड़ा उनके साथ। आयोजन सफल रहा, लेकिन हम दोनों ने अपने-अपने ढंग से शालीनतापूर्वक अपने अन्तर्विरोधों को उजागर किया। फिर न कोई मलाल, न कभी इस बात की चिन्ता, न चर्चा। आज सोचता हूँ कि कितनी महानता थी, शर्माजी में। एक जिला सचिव की व्यथा को दूर करने का कितना अच्छा 'एप्रोच' था उनका। शायद मैं वैसा नहीं कर पाता।

मुजफ्फरपुर के चुनाव में वे पूरे आत्मविश्वास में थे। लकवाग्रस्त होने के बावजूद गजब की इच्छाशक्ति थी उनमें। यद्यपि मंच पर चढ़ते समय ही वे लड़खड़ा

गए थे लेकिन उनकी फुर्ती और दृढ़ इच्छाशक्ति उनके समर्थकों का उत्साह बढ़ा रही थी। लेकिन जब वे पराजित हो गए, जिसकी रंच मात्र भी उम्मीद उन्हें नहीं थी तो उसी दृढ़ इच्छाशक्ति को आगे रखकर उन्होंने घोषणा कर डाली कि वे भविष्य में महासचिव पद का चुनाव नहीं लड़ेंगे। उन्होंने इसका पूरी तरह पालन किया। लेकिन उनके चरित्र का यह क्लाइमेक्स नहीं था। क्लाइमेक्स था, राज्य कार्यकारिणी समिति में निर्धारित एजेंडे पर उनकी बहस। मुझे लगता है कि तब मैं इतना मैच्योर नहीं था इसलिए मेरी सोच थी कि पराजित व्यक्ति यदि कार्यकारिणी में मनोनीत किया जाएगा तो बदले की भावना से कार्य करेगा, लेकिन मुझे शीघ्र ही अहसास हो गया कि मैं गलत था। वस्तुतः शर्माजी संघ के लिए बने थे और संघ उनके लिए बना था। वे व्यक्तिगत राग-द्वेष से ऊपर संघीय हित की बात सोचते थे। इसीलिए कार्यकारिणी की बैठकों में गम्भीर मसलों पर जब पक्ष-विपक्ष की तार्किक बहसें होती और लगता कि कुछ कड़वाहट आ रही है, और शर्माजी स्वयं बोलने की इच्छा जाहिर नहीं करते तो सदस्य खुद कहने लगते कि शर्माजी अपना विचार दें। उस समय शर्माजी के विचार लगभग बहस को निर्णायक बना देते और उसे कन्क्लूड करने में सहूलियत हो जाती। एक तरह से वे अध्यक्ष की भूमिका में आ जाते।

सहरसा अधिवेशन के समय संगठन पर धुंध छाती जा रही थी और लग रहा था कि यह चन्द राजनीतिज्ञों की जेबी संस्था बन जाएगा, तो शर्माजी चुप नहीं रहे। प्रखर भूमिका के साथ आगे आए और संगठन के हित में बेबाक बयान दिया। यद्यपि कुछ लोग सहरसा तक उन्हें अपने स्टैंड से हटाने की कोशिश करते रहे लेकिन उन्होंने साफ-साफ कह दिया कि संगठन के खिलाफ मैं कुछ नहीं सुनूँगा। यह किसी राजनेता की मनमर्जी से नहीं चलेगा। इसके लिए उन्होंने सार्थक प्रयास भी किया। वे चाहते तो अपनी पिछली पराजयों का हिसाब-किताब चुकता करने की रणनीति भी अख्तियार कर लेते, लेकिन अस्वस्थता के बावजूद उनकी संगठनप्रियता, संगठन को बचाए रखने की सोच काबिलेतारीफ रही। आज लगता है कि कितनी महानता थी उनमें।

मुद्दों पर बातें करते समय अपने मित्रों और समर्थकों को भी नहीं बख्शते थे। बेबाक टिप्पणियाँ कर देते थे। थोड़ी देर के लिए कुछ लोग रंज भी होते थे, लेकिन उसकी चिन्ता उन्हें नहीं थी।

सहरसा अधिवेशन ने कुछ कटुता भी पैदा किया था। तब तक बारह जिलों के चुनाव नहीं हुए थे। मेरी कोशिश थी कि चुनाव जनतांत्रिक तरीके से हों और आम सन्तुष्टि के साथ हों। लेकिन पूर्णियाँ की कटुता काफी चरम पर थी। शर्माजी को कुछ लोग मोहरा बनाना चाहते थे। उनकी समझ थी कि शर्माजी कुछ मदद करेंगे। शर्माजी चुनाव पदाधिकारी बनाए गए और खूबसूरती से पूर्णियाँ के मसले का समाधान निकाल दिया। दोनों पक्षों के लोग सन्तुष्ट हो गए। लगा, एक बहुत बड़ा बोझ मेरे सिर से उतर गया।

विधान परिषद् के चुनाव और उसका सदस्य बनने के बाद उनकी आवश्यकता और भी बढ़ गई। मैंने उनके घर जाकर आग्रह किया कि आप मुख्यालय में रहिए और संघ के दायित्वों के निर्वहन में सहयोग करिए। वे मान गए। पत्नी की अस्वस्थता के बावजूद समर्पित हो गए। न मैंने कभी सोचा कि ये हमारे प्रतिद्वंद्वी रहे हैं, न उन्होंने कभी अहसास होने दिया कि कभी विरोधी रहे हैं। हमारी अनुपस्थिति में फोन रिसीव करते, नोट करते और शाम को सूचित कर देते कि अमुक-अमुक फोन आया था। सुबह में सचिवालय जाने लगता तो शिष्टतापूर्वक कहते कि अमुक संचिका देख लीजिएगा। बड़ा कष्ट में है। मदद जरूरी है। लगता, मुझे एक नेता नहीं, एक सच्चा दोस्त मिल गया है।

यद्यपि कुछ लोगों को यह बात बुरी लगती थी। वे यत्र-तत्र का हवाला देकर मुझसे कुछ बातें कहते और मेरे चेहरे को पढ़ने की कोशिश करते। संघ सेवानिवृत्तों का ऐशगाह है, ऐसा भी सुनाया जाता, लेकिन हमारी और शर्माजी की सेहत पर इसका कोई असर नहीं पड़ा। हम तो यह मानते हैं कि 'सेवा धर्म परमगहनो योगिनांऽप्यगम्य:'। सेवा धर्म तो योगियों के लिए भी कठिन है। फिर संघ-संगठन के माध्यम से समाज की सेवा तो और भी कठिन बात है। शर्माजी की सोच की ऊँचाई भी यही थी और हमारे बीच की समानता का, हमारी मैत्री का यह मूल बिन्दु था जिसका चुनावों और संगठन की अन्दरूनी राजनीति से दूर-दूर का भी कोई रिश्ता नहीं था। इसीलिए शर्माजी के निधन ने मुझे सांगठनिक स्तर पर ही नहीं व्यक्तिगत स्तर पर भी काफी व्यथित किया है। लगता है मैंने अपना सच्चा हमदम सच्चा दोस्त खो दिया है। क्या आनेवाले दिनों में इसकी क्षतिपूर्ति हो पाएगी?

रेणु के गाँव में

कैपिटल एक्सप्रेस उस दिन साढ़े सात बजे ही कटिहार पहुँच गई। साथियों को विश्वास नहीं था कि सही समय पर पहुँचेगी। इसलिए जीवन बाबू पिछड़ गए।

कोच के सामने देवानन्द, डॉ. ओम प्रकाश जायसवाल, जिला सचिव और अशोक कुमार पाठक, सदस्य, राज्य कार्यकारिणी के नेतृत्व में सच्चिदानन्द, रहमान सहित दर्जनों शिक्षक साथी मौजूद थे। उन्होंने हमें मालाएँ पहनाईं और संघ जिन्दाबाद के नारे लगाए। स्टेशन की भीड़ अकचका गई।

देवानन्द की गाड़ी में शत्रुघ्न प्रसाद सिंह, अध्यक्ष एवं डॉ. ब्रज कुमार पाण्डेय के साथ अन्य साथी सवार हुए और हमारे साथ महादेव मिश्र, संयुक्त सचिव, राजेन्द्र प्रसाद, परीक्षा सचिव और जिला सचिव आदि सवार हुए। अन्य स्थानीय साथी तीसरी गाड़ी पर सवार हुए।

गांधी विद्यालय पहुँचे तो भारती कुमारी, प्रधानाध्यापिका भी आ पहुँचीं। उन लोगों ने उसी विद्यालय में फ्रेश होने और जलपान का इन्तजाम कर रखा था लेकिन हमारी तो अपनी आदतें हैं। उस समय न तो फ्रेश होने की मानसिकता थी और न वहाँ विलम्ब करने की इच्छा। चाय पीकर किसी प्रकार माफी माँगे तो संघ भवन देखने का प्रस्ताव सामने आ गया। इनकार नहीं कर सके। यही तो मक्का-मदीना है हमलोगों का।

वहाँ पहुँचे तो साढ़े आठ बज चुके थे। यद्यपि अभी तक दो कमरे और बरामदा ही बन पाया है वहाँ, लेकिन साफ-सुथरा और आकर्षक लगा। जमीन काफी है और मुहल्ला भी काफी अच्छा है रहने लायक। पत्नी का पटना स्थानान्तरण करवाकर सच्चिदानन्द जी-जान से संघ भवन बनवाने में जुटे रहे हैं और उन्हें काफी हद तक सफलता भी मिली है।

कुछ किलोमीटर आगे बढ़े तो रास्ते में 'शिक्षा बचाओ : देश बचाओ' का गेट और बैनर दिखाई पड़ा। सामने चाँदी रजीगंज का उच्च विद्यालय। अध्यापक, छात्र सभी मालाएँ लेकर रास्ते में खड़े थे। गेट के अन्दर गए तो तुरन्त चाय-बिस्किट हाजिर। पं. चन्द्रकान्त झा मोटरसाइकिल से जल्दी-जल्दी बुलाए गए। उनकी गाड़ी रास्ते में ही खराब हो गई थी। आते ही मंगल पाठ में भिड़ गए। पूरी तन्मयता और मनोयोग के साथ उन्होंने मंगल कामना की। प्रफुल्ल कुमार सिन्हा, संजय मिश्र आदि

उत्साह के साथ नाश्ता कराने में मगन थे और बच्चे फोटो खींचने में।

साढ़े नौ बजे बेलौरी पहुँचे तो सड़क पर ही अनचित साह उच्च विद्यालय के छात्र-छात्राएँ विद्यालय के प्रभारी प्रधानाध्यापक भुवनेश्वर सिंह के नेतृत्व में दोनों ओर लम्बी कतार बनाए खड़े थे। सामने गेट पर 'शिक्षा बचाओ : देश बचाओ' का बैनर लहरा रहा था। उतरते ही भुवनेश्वर सिंह, अब्दुल लतीफ, रामवृक्ष, नरेन्द्र मोहन झा, फसाहत हुसैन, मो. मोहसिन, रेणु कुमारी आदि शिक्षकों ने आगे बढ़कर हमारा स्वागत किया। सुधीर, जर्नादन और प्रेम लाल भी उनके साथ पूरे उत्साह में रहे। छात्र-छात्राओं की कतारों के बीच गुजरना और उनका अभिवादन अच्छा लगा।

पूर्णियाँ का सर्किट हाउस साफ सुथरा और व्यवस्थित लगा। जल्दी-जल्दी तैयार होकर नाश्ता किए तब तक 11.30 बज गए। प्रथम सत्र शुरू होने का वक्त हो आया।

जिला स्कूल में डॉ. शारदा प्रसाद सिंह, एम.एल.सी. हमारा इन्तजार कर रहे थे। कार्यक्रम शुरू होने में कुछ देर थी। पिछले राज्य सम्मेलन के बाद आज यहाँ आने का मौका मिला था।

यूँ तो पूर्णियाँ का जिला स्कूल काफी पुराना है और अन्य जिला स्कूलों की तुलना में इसका आकर्षक भवन जैसे-तैसे कुछ मेन्टेन्ड भी है। सामने पसरे विशाल प्रांगण में यत्र-तत्र कुछ पेड़-पौधे भी हैं लेकिन अवांछित पौधों का जंगल पसरा पड़ा है। शायद इतने विशाल प्रांगण की सफाई और मेन्टेनेन्स भी आसान और सम्भव नहीं है अब। कितनी बड़ी विडम्बना है कि बिहार में जिला स्कूल कभी आदर्श स्कूल हुआ करते थे और उनमें नाम लिखाना गौरव की बात मानी जाती थी लेकिन आज सरकार ने इनकी सर्वाधिक दुर्गति कर रखी है। निजीकरण और व्यावसायीकरण की मार के शिकार ये भी हैं। इसीलिए लगभग 1500 छात्रोंवाले इस विद्यालय में शिक्षकों की सृजित 32 इकाइयों में मात्र 15 पर ही अध्यापक कार्यरत हैं। शेष इकाइयों के भरने की चिन्ता से सरकार बेखबर है। सेवानिवृत्ति की रफ्तार तेज होने से उनकी भी संख्या लगातार घटती जा रही है। प्राचार्य इन सब बातों से काफी क्षुब्ध और कुंठित नजर आए। बेबस और लाचार भी दिखे।

सभा भवन में पहुँचे तो सारी तैयारी पूरी हो चुकी थी। टी.वी. वाले कार्यक्रम के शुरुआती दौर का फिल्मांकन करने के लिए बेचैन थे। दीप प्रज्वलित हुआ। मंगलगान और स्वागतगान के बाद जयकृष्ण मेहता ने स्वागत भाषण की औपचारिकता पूरी की। समारोह का उद्‌घाटन करते हुए हमने शिक्षा का अधिकार विधेयक 2005 और राष्ट्रीय पाठ्यचर्या की विसंगतियों की पूरी चर्चा की और आम जन की शिक्षा के धर्मयुद्ध में अभिभावकों, शिक्षकों, छात्रों, राजनेताओं और मीडिया को शामिल होने का आह्वान किया।

डॉ. शारदा प्रसाद सिंह तथा अन्य अतिथियों के बाद शत्रुघ्न प्रसाद सिंह, अध्यक्ष ने मुख्य अतिथि के रूप में एक प्रभावी भाषण किया।

चन्द्रभूषण के स्वर में दुष्यंत की प्रसिद्ध ग़ज़ल-'यहाँ दरख्तों के साये में धूप

लगती है, चलो यहाँ से चलें और उम्र भर के लिए' के साथ प्रथम सत्र के कार्यक्रम का समापन हुआ तो घड़ी तीन बजा चुकी थी और डॉ. बहरदार बी.बी.एम. उच्च विद्यालय में भोजन के लिए आमंत्रण दे चुके थे।

बी.बी.एम. उच्च विद्यालय के द्वार पर हाथों में मालाएँ लिए छात्र कतारबद्ध खड़े थे। एन.सी.सी. के छात्र भी सैल्यूट करने की मुद्रा में थे। उतरते ही अध्यापकों के नेतृत्व में छात्रों ने सोत्साह स्वागत किया। अन्दर बहरदार ने एक कक्ष में संक्षिप्त सभा का आयोजन कर रखा था। स्वागत करने के उपरान्त उन्होंने भोजन हेतु आमंत्रित किया और पल-भर में पूरे बरामदे में भोजनार्थियों की कतारें सज गईं। सादा भोजन काफी सुस्वादु और रुचिकर था।

डॉ. ब्रजकुमार पाण्डेय के साथ परिसदन में दो घंटे विश्राम कर पुनः जिला स्कूल आए तो दूसरे सत्र में काफी विलम्ब था। सभी चारों ओर बिखरे थे और शहर के लोग अभी घरों और दफ्तरों से छूटे नहीं थे। इसलिए पाँच बजे से शुरू होनेवाला सत्र छह बजे तक मुल्तवी हो गया।

लगभग साढ़े छह बजे सत्र जुड़ा तो बिहार प्रगतिशील लेखक संघ के अध्यक्ष डॉ. ब्रजकुमार पाण्डेय ने दीप प्रज्वलित कर सज्जाद जहीर की शतवार्षिकी एवं प्रेमचन्द की एक सौ पचीसवीं जयन्ती का शुभारम्भ किया। पूर्णियाँ जिला प्रगतिशील लेखक संघ के महासचिव देवानन्द ने अतिथियों का स्वागत किया और शत्रुघ्न प्रसाद सिंह ने सज्जाद जहीर एवं प्रेमचन्द के संयुक्त कार्यक्रमों का उद्‌घाटन करते हुए एक प्रभावी टिप्पणी दर्ज की। ब्रजकुमार जी विशेष रूप से सज्जाद जहीर पर तैयार थे और प्रगतिशील लेखन के इतिहास में सज्जाद जहीर की भूमिका को उन्होंने काफी रेखांकित किया। फिर हमने आज के सन्दर्भ में प्रेमचन्द की प्रासंगिकता पर विस्तार से चर्चा की और सामन्तवाद, साम्राज्यवाद और पूँजीवाद के खिलाफ उनके तिहरे संघर्ष को रेखांकित किया। डॉ. नामवर सिंह के इस कथन कि–'वास्तविकता का स्तर-स्तर उद्‌घाटन करने में प्रेमचन्द का जवाब नहीं' को उनकी रचनाओं के उद्धरणों से प्रतिपादित किया।

लगभग आठ बजे शुरू हुआ कवि-सम्मेलन। नए-पुराने कई प्रकार के कवि सोत्साह कविताएँ सुनाते रहे। कई कवयित्रियाँ भी कविता पाठ करने आईं। मंजुला उपाध्याय की ये पंक्तियाँ–

> जुल्मो सितम से हम कभी घबरा नहीं सकते
> झुक कर तेरे कदमों में कभी आ नहीं सकते।

काफी सराही गई।

रात जैसे-जैसे भींगती रही, कवि-सम्मेलन जवान होता रहा। देवानन्द का संचालन कवि-सम्मेलन को प्राणवन्त बनाता रहा कि घड़ी की सूई ग्यारह पर पहुँच गई। उग्रवाद के कारण बिहार के शहर आजकल जल्दी ही आँखें बन्द कर लेते हैं। रात की बढ़त के साथ ही सबके दिल-दिमाग पर बेवजह एक बोझ महसूस

होने लगा कि कलम इस दौर के हालात का बयान करने में थकने लगी है। इसलिए उर्मिलेश की इन पंक्तियों के साथ कवि-सम्मेलन के समापन की घोषणा करनी पड़ी।

बेवजह दिल पे कोई बोझ न भारी रखिए,
जिन्दगी जंग है, इस जंग को जारी रखिए।
अब कलम से न लिखा जाएगा इस दौर का हाल,
अब तो हाथों में कोई तेज कटारी रखिए।

पाँच अगस्त की तारीख धीरे-धीरे गुजर रही थी।

आज अगस्त की छठी तारीख थी। सुबह नौ बजे हम जिला स्कूल पहुँचे तो गाड़ियाँ जैसे-तैसे खड़ी थीं और यात्रा दल के साथी इधर-उधर चर्चा में व्यस्त थे। सवा नौ बजे ही जिलाधिकारी को पहुँचना था। समय कम था। नूतन को निर्देश देकर जल्दी-जल्दी गाड़ियों को सिलसिलेवार पंक्तिबद्ध कराया, बैनर लगवाया और जयकृष्ण मेहता जी को जिलाधिकारी से सम्पर्क करने को कहा ताकि समय पर यात्री दल रवाना हो सके।

नूतन-देवानन्द का प्रस्ताव था कि जिला स्कूल के प्रांगण से हम पैदल ही चौक तक मार्च करें और वहाँ से गाड़ियों पर रवाना हों। उनकी समझ थी कि इससे मीडिया में कवरेज ज्यादा होगा। लेकिन इस समय यह निर्णय व्यावहारिक नहीं लगा। इसे खारिज कर हम अपनी तैयारी कर ही रहे थे कि जिलाधिकारी आ पहुँचे। सुन्दर, युवा एवं आकर्षक व्यक्तित्व के धनी हैं पूर्णियाँ के जिलाधिकारी अरविन्द कुमार चौधरी। पहली मुलाकात थी। मेहताजी से यह जानकर कि हमारी शिक्षा यात्रा को रवाना करने का प्रस्ताव उन्होंने सहर्ष स्वीकार कर लिया था, काफी अच्छा लगा।

औपचारिक बातचीत के बाद जिलाधिकारी ने झंडी दिखाई और हम कुछ कदम पैदल चलकर अपनी-अपनी गाड़ियों में आ बैठे। सबसे आगे चन्द्रभूषण और सोनाली चक्रवर्ती के साथ आह्वान सांस्कृतिक दल के कलाकार थे। नूतन और कुछ अन्य कलाकार भी उसी गाड़ी में सवार हो गए। उनके पीछे हमारी गाड़ी थी, जिस पर बिहार माध्यमिक शिक्षक संघ के अध्यक्ष शत्रुघ्न प्रसाद सिंह, महासचिव केदार नाथ पाण्डेय, संयुक्त सचिव महादेव मिश्र, परीक्षा सचिव राजेन्द्र प्रसाद आदि और इसके बाद अररिया, कटिहार, किशनगंज एवं पूर्णियाँ जिला संघों की कई गाड़ियाँ थीं, जिन पर जिला माध्यमिक शिक्षक संघ के अध्यक्ष, सचिव तथा अन्य साथी सवार थे। फिर प्रगतिशील लेखक संघ, पूर्णियाँ की गाड़ी और आह्वान सांस्कृतिक दल की दूसरी गाड़ी थी।

घड़ी साढ़े नौ बजा रही थी। सूरज निकलना चाहते हुए भी मुँह छिपाए जा रहा था, लेकिन मौसम में उमस भरी हुई थी।

ले मशालें चल पड़े हैं, लोग मेरे गाँव के।
अब लड़ाई लड़ रहे हैं, लोग मेरे गाँव के।।

चन्द्रभूषण और सोनाली के कोरस के साथ रवाना हुआ यात्री दल। सड़क पर पहुँचते-पहुँचते शान्ति गीत शुरू हो गया।

ऐ सितारों आओ गाएँ अमन छा जाने के गीत।
बादलों बरसो झमाझम मैल धुल जाने के गीत ।।

यह महल्ला पूर्णियाँ नगर का व्यस्ततम हिस्सा है। सड़क के दोनों ओर दुकानों में पसरी स्त्री-पुरुषों की भीड़, गाड़ियों के काफिले देख और गीतों की आवाज सुन एकाग्रचित्त हो गई। छत पर स्त्री-पुरुष, बच्चों की निगाहें हम पर केन्द्रित हो गईं। हम धीरे-धीरे आगे बढ़ रहे थे कि नूतन ने गाड़ियों को रोकने की झंडी दिखा दी। शायद पत्रकार हमें रोककर फोटो खींचना चाहते थे। बुरा लगा। ये पत्रकार और मीडियावाले भी अजीब हैं। फोटो खींचने के नाम पर सारा सिस्टम गड़बड़ा देने का इनको अधिकार प्राप्त हो जाता है। खैर, गाड़ियों को पंक्तिबद्ध कर चौक से आगे बढ़े तो फिर पत्रकारों ने रोका। शायद इस बार पत्रकारों का बड़ा दल कैमरे के साथ आ पहुँचा था। किनारे रोककर उतरे ही थे कि उनके कैमरे क्लिक कर गए।

थोड़ा टेढ़ा, सीधा रास्ता पार करते आगे बढ़े तो गुलाबबाग, पूर्णियाँ के जवाहर लाल नेहरू स्मारक उच्च विद्यालय के द्वार पर प्रधानाध्यापक भरत लाल मांझी, शिक्षक-शिक्षिकाएँ, छात्र-छात्राएँ हाथों में मालाएँ लिए खड़े मिले। गेट से स्कूल के सभा स्थल तक छात्र-छात्राओं ने कतारें बना रखीं थी। उन्होंने फूल मालाओं से यात्री दल का स्वागत किया। यह हमारी यात्रा का पहला पड़ाव था।

धूप निकल आई थी और धूप में बच्चों ने हमारे स्वागत में एक पिरामिड भी बना रखा था। दूर से वह किसी स्मारक जैसा प्रतीत होता था। लड़कियों के हाथों में तख्तियाँ लहरा रही थीं जिनपर रंग-बिरंगे नारे लिखे हुए थे–

शिक्षा के बदलाव की लड़ाई में हम आपके साथ हैं।
हमें संविधान प्रदत्त शिक्षा का अधिकार चाहिए।

लगा कि यहाँ अध्यापकों में शिक्षा के प्रति राजनीतिक चेतना है क्योंकि अध्यापक की चेतना के बगैर छात्रों के हाथों में ये नारे नहीं हो सकते थे। काश, इतनी ही चेतना देश के सभी शिक्षकों में होती तो बदलाव की लड़ाई निश्चित रूप से आसान होती।

विद्यालय के बरामदे में तुरन्त सभा जुड़ गई और छात्राओं के स्वागत गान और प्रधानाध्यापक के स्वागत भाषण के बाद हमें भी शिक्षा यात्रा के उद्देश्य पर प्रकाश डालना पड़ा। बच्चे तब तक यात्री दल के साथियों को कोल्ड ड्रिंक्स परोस चुके थे।

यहाँ से निकले तो पता चला कि फिर पीछे की ओर जाना है। कुछ दूर चलके कसबा की ओर बढ़े।

रास्ते में नीतीश कुमार की 'न्याय यात्रा' के कई गेट और बैनर नजर आए। राजग इस बार विधान सभा चुनावों में पूरी तैयारी के साथ उतरना चाहता है। इसलिए कहीं

कोई कोर-कसर नहीं दिखाई पड़ती।

चन्द्रभूषण और सोनाली लगातार गाये जा रहे थे। थकान के कोई चिन्ह उनके चेहरे पर नहीं थे। यद्यपि मध्य बिहार की यात्रा के समान गानेवालों की अच्छी टीम उनके साथ नहीं थी और वाद्य यंत्रों की भी कोई व्यवस्था नहीं थी फिर भी चन्द्रभूषण और सोनाली की आवाज का जादू लोगों को बाँधे जा रहा था।

कस्बा में सड़क पर ही अध्यापक और बच्चे फूल मालाएँ लिए खड़े थे। सड़क से विद्यालय भीतर था। गाड़ियाँ पहुँची तो बच्चों की कतारें टूट गईं और माला पहनाने और फोटो खिंचाने के लिए धक्का-मुक्की शुरू हो गई। किसी तरह वहाँ से निकले और गढ़बनैली की राह पकड़े तो धूप और चढ़ आई थी। पूर्णियाँ में यात्री दल ने नाश्ता नहीं किया था। इसलिए कुछ लोग परेशान भी लग रहे थे। नाश्ता करने की व्यवस्था पूर्णियाँवालों ने गढ़बनैली में कर रखी थी, लेकिन उन्हें क्या पता था कि गढ़बनैली पहुँचते-पहुँचते 11.30 बज जाएँगे।

कुमार कलानन्द के नाम पर स्थापित गढ़बनैली का यह कलानन्द उच्च विद्यालय, चालीस एकड़ जमीन में अपने कई छात्रावासों के साथ मुख्य राजमार्ग पर अवस्थित है। हिन्दू-मुस्लिम नेताओं के नाम पर स्थापित इसके छात्रावास गंगा-जमुनी संस्कृति के उदाहरण हैं। यहाँ कभी हजारों छात्र छात्रावासों में लालटेन जलाया करते थे। आज उनकी संख्या कम अवश्य हो गई है लेकिन पढ़ाई-लिखाई का अच्छा माहौल वर्तमान प्रधानाध्यापक अशोक कुमार ने भी बनाकर रखा है। आज भी यहाँ लगभग सात सौ छात्र और दो सौ छात्राएँ अध्ययनरत हैं। गाड़ी से उतरकर हमने कुमार रामानन्द की मूर्ति पर माल्यार्पण किया और प्रांगण में वृक्षों की छाया में बने सभा स्थल पर पहुँचे। थोड़ी ही देर में एक छोटी किन्तु प्रभावी सभा जुड़ गई और बच्चियाँ स्वागतगान लेकर आ पहुँचीं।

हर दिल में ऐसा उमड़ रहा है, प्यार आपके आने से।
ये बाग हमारा कैसा है, गुलजार आपके आने से ।।

वाद्य यंत्रों की मधुर झनकार और दिल को मोहनेवाला स्वागत गान। आम्र वृक्षों की शीतल छाया और थकान मिटानेवाली ठंडी हवा। नाश्ता के पैकेट और प्रधानाध्यापक अशोक कुमार का स्वागत भाषण साथ-साथ।

हमने शिक्षा यात्रा के उद्देश्य पर प्रकाश डाला और जनता, शिक्षक, छात्र-छात्राओं का आह्वान किया कि शिक्षा के अधिकार विधेयक को सही ढंग से लागू कराने हेतु आगे आएँ।

कम्प्युनिस्ट पार्टी के दारोगी लाल विश्वास, मुखिया ने अपनी पीड़ा का इजहार करते हुए कहा कि आज अध्यापक ईमानदारी से काम नहीं करते। आज छात्र उनकी पढ़ाई के केन्द्र में नहीं हैं। अध्यक्ष के सम्बोधन के बाद हम वृक्षारोपण करने पहुँचे। सभी पदाधिकारियों ने एक-एक वृक्ष लगाए और अशोक कुमार ने अपने नए उद्यान को दिखाया। सचमुच उन्होंने यहाँ काफी मेहनत की है। जयकृष्ण मेहता के गढ़बनैली

को बरकरार रखने की कोशिश में जुटे हैं अशोक। इसीलिए वे जनता में लोकप्रिय हैं और उनके साथ अभिभावकों, स्थानीय बुद्धिजीवियों की गोलबन्दी है।

जलालगढ़ पहुँचने में ज्यादा वक्त नहीं लगा। गढ़बनैली से कुछ ही दूर है जलालगढ़ और सड़क भी लगभग अच्छी है। जलालगढ़ बाजार से दाहिने एक सड़क मुड़ती है जो विद्यालय होते हुए आगे निकल जाती है। मुड़ते ही गेट और उस पर 'शिक्षा बचाओ : देश बचाओ' बैनर दिखाई पड़ा। छात्र-छात्राएँ सड़क से विद्यालय तक हाथों में फूल मालाएँ लिए कतारबद्ध खड़े थे। बिलकुल अनुशासित, आह्लादित और उत्सुकता से भरे हुए। सूरज माथे पर समकोण बना रहा था लेकिन छात्रों के उत्साह में गर्मी का कहीं असर नहीं था।

पहली बार जलालगढ़ का नाम बिहार विधान परिषद् की आश्वासन समिति की बैठक में जमीन के एक विवाद के मामले में सामने आया था। भूमिहीनों ने जमीन पर झंडे गाड़े थे और भूस्वामियों से उनकी लड़ाई चल रही थी।

आज उसी जलालगढ़ के इस एन. डी. रूँगटा उच्च विद्यालय में आने का मौका मिला था। प्रांगण में घुसते ही प्रधानाध्यापक ने गांधी की मूर्ति पर माल्यार्पण करने का अनुरोध किया। माल्यार्पण करके बरामदे में बने मंच पर हम आए तो प्रधानाध्यापक ने सभा की कार्यवाही शुरू कर दी। छात्राओं के स्वागत गान के बाद प्रधानाध्यापक ने हमारा स्वागत किया। शिक्षा को बचाना क्यों आवश्यक है? और हमारी यात्रा का उद्देश्य क्या है, इस पर हमने संक्षिप्त प्रकाश डाला और इस आन्दोलन को आगे बढ़ाने की अपील की। विद्यालय के सेवानिवृत अध्यापक वासुदेव मंडल जो संघ के आन्दोलनों में अनेक बार जेल गए थे, इस आन्दोलन से काफी खुश थे। प्रखंड के उपप्रमुख भी आए थे और शासन द्वारा विद्यालय की उपेक्षा से काफी मर्माहत एवं क्षुब्ध थे। उनकी चिन्ता थी कि लगभग सात सौ छात्रोंवाले इस विद्यालय में जिसमें लगभग दो सौ छात्राएँ हैं, सिर्फ पाँच शिक्षक कैसे पढ़ा सकते हैं? रिक्त पदों को भरने हेतु उन्होंने बार-बार अनुरोध किया। उन्हें क्या पता कि भारत की शिक्षा विश्वबैंक के इशारे पर चल रही है और विश्वबैंक स्थायी शिक्षकों की नियुक्ति का प्रबल विरोधी है। वे इस बात को भी नहीं जानते कि सरकारी विद्यालय शासन की निजीकरण की नीति के कारण लगातार बदहाल बनते जा रहे हैं।

अररिया पहुँचे तो घड़ी डेढ़ बजा चुकी थी। चौक से विद्यालय तक कई गेट बने थे। हमारे पहुँचने के पूर्व यहाँ बारिश का एक झोंका गुजर चुका था और पूरा कैम्पस गीला हो गया था। गेट पर ही एन.सी.सी. के छात्रों ने सलामी दी। गेट के भीतर गाड़ियों से उतरते ही अररिया जिला माध्यमिक शिक्षक संघ के अध्यक्ष, अनूप लाल मेहता, सचिव नवकान्त झा और राज्य कार्यसमिति के सदस्य नेमतुल्लाह आदि माला लेकर दौड़े। हम मंच पर पहुँचे और नेमतुल्लाह ने माइक सँभाला। यहाँ विद्यालय का स्थायी मंच है। जिस पर कुर्सियाँ सजी पड़ी थीं और सामने शामियाना लगा था।

'स्वागत है श्रीमान आपका, स्वागत है श्रीमान्।' छात्राएँ स्वागत गान के साथ माल्यार्पण कर वापस हुईं तो विद्यालय के प्रधानाध्यापक अनूप लाल मेहता जो जिला संघ के अध्यक्ष भी हैं, स्वागत के लिए खड़े हुए। बालिका विद्यालय की प्रधानाध्यापिका अख्तरी खातून, आजाद एकेडमी के शिक्षक, सेवानिवृत शिक्षक सम्प्रति पत्रकार नवल किशोर दास सभी काफी उत्साहित थे।

'आह्वान' सांस्कृतिक दल के कलाकारों ने नूतन-देवानन्द के निर्देशन में 'मगर आदमी के लहू से न खेलो' नुक्कड़ नाटक प्रस्तुत किया। बिहार के चुनावों के सन्दर्भ में हिन्दू एवं मुस्लिम साम्प्रदायिकता की परतें उघाड़कर रख देनेवाला यह नाटक आम आदमी की चेतना और संवेदना को झकझोरकर रख देता है लेकिन दुर्भाग्य है कि फिर भी हम जाति-धर्म की राजनीति के बियाबानों में भटक जाते हैं। इस प्रसंग में अनवरी खातून ने जो शेर पढ़ा, वह काफी प्रासंगिक लगा–

गर हो सके तो कोई शम्मा जलाइए,
इस दौरे सियासत का अँधेरा मिटाइए।

अनवरी खातून एक तेज-तर्रार महिला हैं। कुशल एवं संघ के प्रति समर्पित प्रधानाध्यापिका भी। नवल किशोर दास और जिला सचिव के बाद हमने संक्षेप में यात्रा के उद्‌देश्यों पर प्रकाश डाला और शिक्षा की इस लड़ाई को आम आदमी की लड़ाई में तब्दील करने की अपील की। अध्यक्ष के सम्बोधन के बाद सभा विसर्जित हुई और सभी भोजन में पिल पड़े।

भोजन सचमुच काफी अच्छा था। पूरे मनोयोग से अररिया के साथियों ने भोजन बनवाया था। अररिया की हमारी यह पहली यात्रा थी। इसलिए वे इसे ऐतिहासिक बनाने पर आमादा थे। धन्यवाद देकर हम गाड़ियों पर बैठे तो अपराह्न के पौने तीन बज चुके थे और हमारा आखिरी पड़ाव रेणुगाँव था।

लगभग सवा चार बजे हम मानिकपुर पहुँचे। सड़क का ही एक छोटा-सा गाँव है यह। इसी गाँव में नूतन की मौसी रहती है। उनके बच्चों ने गाँव के प्राथमिक विद्यालय में हमारे स्वागत की तैयारी कर रखी थी।

गाड़ियाँ जहाँ रुकीं, वह एक ऐतिहासिक स्थान था। कहते हैं कि मानिकपुर के इस बुर्ज से 1928 में हिमालय की माउंट एवरेस्ट चोटी मापी गई थी। माननीय शुकदेव पासवान, सांसद की निधि से इस ऐतिहासिक टीले का जीर्णोद्धार 31-03-2002 को किया गया है और इसका सौन्दर्यीकरण करते हुए इसे पर्यटन स्थल के रूप में विकसित किया गया है। तैंतीस सीढ़ियोंवाले इस ऐतिहासिक बुर्ज को देखकर न तो कोई आश्चर्य होता है और न विश्वास। वैसे अररिया के साथी बताते रहे कि यहाँ से हिमालय दिखाई पड़ता है। सूर्योदय और सूर्यास्त के मनोहारी दृश्य दिखाई पड़ते हैं। चूँकि यहाँ से हिमालय निकट है इसलिए अविश्वसनीयता में भी विश्वास करना लाजिमी हो जाता है।

आधे घंटे तक इस बुर्ज को देखने-सुनने के बाद विद्यालय में आए जहाँ

ग्रामीणों ने स्वागत का इन्तजाम कर रखा था। ठंडा शरबत पीए और रेणुग्राम रवाना हो गए।

सड़क पर बाएँ रेणुग्राम का गेट बना हुआ दिखाई पड़ता है। हालाँकि यहाँ से रेणुग्राम कई किलोमीटर दूर है। टेढ़ी-मेढ़ी सड़क पर पाँच किलोमीटर के बाद आया सिमराहा। चौक पार कर आगे बढ़े ही थे कि छात्रों की कतार दिखाई पड़ी। वे 'शिक्षा बचाओ : देश बचाओ' नारे लगा रहे थे और उच्च विद्यालय सिमराहा के अध्यापक साथी उनका मार्गदर्शन कर रहे थे। मुझे लगा कि यही रेणुग्राम है लेकिन टेढ़े-मेढ़े कच्चे रास्तों पर जिलेबिया मोड़ पार करते हम गुजरते रहे और रेणुग्राम जादू की छड़ी की तरह हमसे दूर भागता रहा। वहाँ पहुँचते-पहुँचते सन्ध्या के पाँच बज गए। लेकिन यह देखकर खुशी हुई कि हिंगना औराही (रेणुग्राम) के इस प्राथमिक विद्यालय में रेणुजी के बड़े पुत्र पद्मपराग राय 'रेणु' के नेतृत्व में सैकड़ों स्त्री-पुरुष, बच्चे, बूढ़े बड़ी बेसब्री से हमारा इन्तजार कर रहे थे। पद्मपराग जी इस पंचायत के मुखिया हैं। नूतन के अनुरोध पर वे अपनी माँ के साथ दिल्ली का कार्यक्रम छोड़कर हमारे स्वागत में तत्पर थे।

यहाँ का प्राथमिक विद्यालय हाल ही में नया बना है। इसके नए भवन का उद्घाटन बिहार सरकार के तत्कालीन मंत्री, माननीय अशोक कुमार सिंह जी ने किया है। इसी प्रांगण में फणीश्वर नाथ 'रेणु' जी की एक छोटी-सी प्रतिमा भी लगी है। रेणुग्राम की प्रतिष्ठा के लायक तो कदापि नहीं है।

उतरते ही पद्मपराग जी ने हाथ जोड़कर अभिवादन किया और अपनी हार्दिक प्रसन्नता का इजहार किया। रेणुजी को माल्यार्पण कर हम पंडाल में आए और शुरू हो गया कार्यक्रम। देवानन्द ने संचालन का जिम्मा सँभाला और सोनाली और चन्द्रभूषण ने 'परदेशी ये बात न पूछो' कोरस गाया।

हमारे भाग्य के ये दिन यहाँ श्रीमान् आए हैं।
अनेकों कष्ट को सहकर दया के नाथ आए हैं।
नहीं अब सोना चाँदी है, नहीं हीरा जवाहर है।
नहीं अब लाल माटी है, यहाँ श्रीमान् आए हैं।

सामने एक सामान्य-सा देहाती आदमी सुरीले कंठ से स्वागत गान गाए जा रहा था और पूरी भीड़ निस्तब्ध बनी सराबोर हो रही थी। सचमुच अब रेणुग्राम में न सोना चाँदी है, न हीरा जवाहर और न वह माटी का लाल है जिसने हमें खींचकर यहाँ पहुँचाया है। मन बार-बार 'मैला आँचल' और 'तीसरी कसम' में डूब-डूब जाता है। नूतन ने बताया कि प्रसिद्ध फिल्म निर्देशक प्रकाश झा ने दो-तीन वर्ष पहले यहाँ अभिनय सिखाने हेतु कार्यशाला का आयोजन किया था।

स्वागतगान के बाद पद्मपराग जी ने स्वागत किया और हमने रेणुजी के प्रति आभार व्यक्त करते हुए शिक्षा बचाओ यात्रा की आवश्यकता पर संक्षिप्त टिप्पणी की। अध्यक्ष का सम्बोधन यहाँ की देहाती भाषा में हुआ। इसलिए उसमें स्थानीयता का

सहज आकर्षण था। लोग काफी खुश हुए।

समारोह के बाद रेणुजी के घर पहुँचे। विद्यालय से थोड़ी ही दूर पर है। झोपड़ियों के बने हुए घर, कच्ची सड़क, वही 'मैला आँचल' का परिदृश्य। बाहर की झोपड़ी के बाद पद्मपराग जी पक्का घर बनवा रहे हैं। लेकिन अभी तक अधूरा है। भीतर उन्होंने रेणुजी का वह कमरा दिखाया जहाँ बैठकर वे लिखा करते थे। एक मटमैला-सा फोटो टँगा है वहाँ। हमने सुझाव दिया कि इसे थोड़ा दर्शनीय बनाएँ ताकि साहित्यकार अपनी श्रद्धांजलि अर्पित कर सकें।

रेणु जी की बहन अभी जिन्दा हैं। उनसे मिलने का मौका मिला। दूसरा पुत्र अपराजित राय अप्पू माँ के साथ दिल्ली गया था और तीसरा दक्षिणेश्वर राय पप्पू और पद्मपराग के बेटे मौजूद थे। उन्होंने दही का शरबत पिलाया और अभिवादन कर हम फारबिसगंज के लिए रवाना हुए। गाँव से निकले तो धुँधलका घिर आया। अब हमारा आखिरी पड़ाव फारबिसगंज था।

फारबिसगंज में हमारा कार्यक्रम अनिरुद्ध सदन में था। कोशी कॉलोनी का यह सदन सामाजिक कार्यक्रमों के लिए फारबिसगंज का एक महत्त्वपूर्ण स्थान है, जिसे अमेरिका में रहनेवाले स्व. अनिरुद्ध ने बनवाया था। फारबिसगंज में घुसते ही जोरदार बारिश शुरू हो गई थी। इसलिए गाड़ी से उतरकर छाता के सहारे हम भीतर आए। वहाँ पहले से स्थानीय कवि-साहित्यकार हमारा इन्तजार कर रहे थे। बिहार प्रगतिशील लेखक संघ की फारबिसगंज इकाई के तत्त्वावधान में देवानन्द ने यहाँ कार्यक्रम आयोजित किया था लेकिन यहाँ पहुँचते ही कटिहार, किशनगंज, अररिया के साथी लौटने की अर्जी देने लगे। दो दिनों से साथ होने के कारण वे घर लौटने की मानसिकता में आ गए थे। उन्हें चाय-नाश्ता कराकर विदा किया।

फिर शुरू हुई कविगोष्ठी। चन्द्रभूषण ने दुष्यंत की प्रसिद्ध ग़ज़ल से शुरुआत की–

कहाँ तो तय था चिराँगा हरेक घर के लिए,
कहाँ चिराग मयस्सर नहीं शहर के लिए।

चन्द्रभूषण इस गजल को तरन्नुम में गाते हैं तो आँखों के सामने एक बिम्ब बन जाता है। देवानन्द ने सोनाली को भी पीछे नहीं रहने दिया। उनसे अनुरोध किया तो बादलों की झमाझम बारिश में वे भी फूट पड़ीं–

रिमझिम बरसन लागे बुनिया पिय बिन सूनी नगरिया ना।

देवानन्द के अनुरोध पर हमने शिक्षा-यात्रा के उद्देश्यों पर संक्षिप्त टिप्पणी करते हुए कवियों, शायरों के प्रति सम्मान प्रकट किया और सामाजिक भेदभाव, विद्रूपता और रूढ़ियों के खिलाफ कलम को हथियार बनाने की अपील की। लेकिन थोड़ी देर के बाद ही हमारे साथी बिखरने लगे। लगा कि थकावट उन्हें परेशान कर रही है। एक बार नूतन कहने भी आईं कि उन्हें हमारी अनुपस्थिति अखर रही है। लेकिन शायद हमारी लाचारी हम पर हावी हो चुकी थी।

आतिथ्य का सारा दायित्व यहाँ नूतन की छोटी बहन ने उठाया था इसलिए उनको

धन्यवाद दिए बगैर हमारे कार्यक्रम का समापन सम्भव नहीं था। सुबह निकले तो उन्होंने चाय के साथ हमें विदा किया और फिर-फिर आने का आग्रह भी।

'शिक्षा बचाओ : देश बचाओ' आन्दोलन के तहत पूर्णियाँ प्रमंडल में शिक्षा यात्रा की यह पहली किस्त हमें रास्ते भर उद्वेलित-उत्साहित करती रही।

कोजीकोड की राष्ट्रीय शिक्षा-सभा

सुबह झमाझम बारिश देखकर लगा कि आज का यात्रा कार्यक्रम रद्द करना पड़ेगा। लेकिन साढ़े सात-आठ बजते-बजते बादल बरसकर लौट गए। तीन दिनों से देख रहे हैं कि यहाँ केरल में बादल आते हैं और भगोड़े छात्रों की तरह हाजिरी देकर खिसक जाते हैं। कालिदास ने बादलों के बारे में ठीक ही लिखा था—'धूम ज्योतिः सलिल मरुतां सन्निपात क्व मेघः।'

गाड़ी साढ़े आठ बजे आई। समय गुजरता देखकर चिन्ता हो रही थी कि शायद न आए। लेकिन बीनू गाड़ी लेकर आएगा ही, यह विश्वास था। गाड़ी में बैठे तो फिर झिसफुस बारिश शुरू हो गई।

अध्यक्ष ने घड़ी देखी तो उन्हें नाश्ता की याद हो आई। कहा, पहले कहीं नाश्ता कर लिया जाए। ड्राइवर कई सड़कों पर मुड़ता, होटल खोजता अन्ततः एक अच्छे से साफ-सुथरे होटल में पहुँचा और सबने जमकर नाश्ता किया। वही इडली, बड़ा, साँभर और चटनी। केरल, तमिलनाडु और आन्ध्र में ये चीजें बनती बड़ी लाजवाब हैं। यूँ बिहार में भी आजकल अनेक रेस्टुरेंट यह नाश्ता बनाने लगे हैं लेकिन वे दक्षिण भारत का मुकाबला नहीं कर पाते।

होटल से निकले तो नौ बज चुके थे। साफ-सुथरी और चिकनी सड़कों पर गाड़ी फिसलती रही और दोनों ओर पसरी हरियाली और आशिकाना मौसम में मन डूबता उतराता रहा।

कपाड बीच से आधा किलोमीटर पहले ही सड़क समुद्र के समानान्तर हो जाती है। मुड़ते ही समुद्र का अनन्त विस्तार और उसमें उठती लहरें मन को बाँधने लगती हैं। उतावलापन बढ़ जाता है कि गाड़ी कब रुकेगी?

गाड़ी एक बेहद खूबसूरत और आकर्षक भवन के सामने रुकी। कल्पना नहीं थी कि समुद्र के किनारे ऐसा आकर्षक भवन भी होगा। अनुमान लगाया कि कोई होटल होगा। आगे बढ़े तो देखा कि द्वार पर लिखा है—'दी रिनैशेन्स कोचीन।' समझ में आया कि पक्की सड़क यहीं तक क्यों आती है? और वास्कोडिगामा के समुद्र को दिखाने की व्यवस्था यहीं पर क्यों है? वैश्वीकरण के दौर में निजी पूँजी ने अश्वमेध के जिस घोड़े को छोड़ा है, उसी का परिणाम इस निर्जन में यह होटल और इसी स्थान पर गाड़ियों का रुकना है।

उतरते ही हम समुद्र की ओर बढ़ चले। समुद्र की निर्जनता का भी अपना एक सौन्दर्य होता है। फेनिल लहरें किनारे से टकराकर राशि-राशि चाँदनी बिखेर रही थीं और किनारे की बालुका राशि हमें बार-बार आमंत्रित कर रही थी। 'पुरी' और 'चन्द्रभागा' के समुद्र के बाद कपाड का यह समुद्र ही इतना खुला हुआ है। इसीलिए लहरें ऊँचा उठती हैं और मन को बाँध लेती हैं। लेकिन हमारी जिज्ञासा थी कि वास्कोडिगामा किस स्थान पर उतरा होगा? क्योंकि यहाँ किनारे कोई शिलालेख दिखाई नहीं पड़ रहा था। इस विचार को झटककर दौड़ते हुए हम किनारे पहुँचे। सुरेश फोटो खींचने के लिए बेताब था। हम समुद्र के किनारे खड़े हुए और उसका कैमरा क्लिक कर गया।

आसमान साफ था लेकिन सूरज का दूर-दूर तक अता-पता नहीं था। बादलों के दो-चार टुकड़े जहाँ-तहाँ आसमान में चिपके थे और अपनी बारी का इन्तजार कर रहे थे।

समुद्र के सौन्दर्य पर चर्चा चल ही रही थी कि मुरली और विनोद किनारे हाथी की तरह पसरी चट्टान पर चढ़कर समुद्र का नजारा लेने लगे और लहरों के थपेड़ों से बचने के लिए वहाँ इत्मीनान से पसरे केकड़ों से छेड़-छाड़ करने लगे। इधर किनारे खड़े आजाद, भूषण, उषा वगैरह को लगा कि मुरली और विनोद शेरसिंह तेनपा की तरह एवरेस्ट पर झंडा गाड़ने में कामयाब हो रहे हैं तो लपककर वे भी चट्टान की ओर बढ़ चले।

चट्टान जमीन से पानी तक पसरी थी। हाथी की पीठ की तरह उबड़-खाबड़ और काली। लेकिन उस पर चढ़ने का एक अपना आनन्द था। यद्यपि चढ़ने का कोई सीधा रास्ता तो नहीं था लेकिन वह इतनी ऊँची और टेढ़ी-मेढ़ी भी नहीं थी कि चढ़ने में कोई कठिनाई हो। चढ़ते समय ही आजाद ने टिप्पणी की थी कि वास्कोडिगामा का जहाज यहीं टकराया होगा और वह धरती पर उतर आया होगा। किसी दूसरे ने तुरन्त खंडन किया कि इस ऊँची चट्टान को देखकर ही उसने अपने जहाज को किनारे से लगाया होगा। लेकिन लगभग पाँच सौ वर्षों के बाद इस बात की सच्चाई को जानना कितना कठिन है? सम्भव है समुद्र कुछ पीछे रहा हो या आगे रहा हो। क्योंकि वास्कोडिगामा के इस समुद्र तट पर उतरने के सम्बन्ध में जो शिलालेख लगाया गया है, वह इस स्थान से लगभग डेढ़ किलोमीटर भीतर है। उसी रास्ते से हमारी गाड़ी यहाँ तक आई थी किन्तु आते समय हमने ध्यान नहीं दिया था। जो भी हो इतना सच है कि कपाड के इस समुद्र तट पर ही वास्कोडिगामा कहीं उतरा होगा।

चट्टान से समुद्र और सुन्दर दिखाई पड़ रहा था। पीछे पेड़ों की हरियाली में बच्चों की तरह झाँकते सफेद मकान, भाँति-भाँति की डिजाइनों के। गपशप के बीच ही सुरेश ने कई फोटो खींचे और हम नीचे उतर आए। होटल की ओर बढ़े तो किनारे पेड़ों के नीचे हरे परिधान में बैठी पाँच-छह लड़कियाँ नजर आईं। उनपर दृष्टि जाते

ही किसी ने व्यंग्य किया–'यहाँ भी लालू प्रसाद की पार्टी मौजूद है।' बाद में पता चला कि वे सफाईकर्मी हैं और उनका यही गणवेश है।

'दी रिनैशैन्स कोचीन' कालीकट का काफी महँगा और सुन्दर होटल है। भीतर काफी साफ-सुथरा और आकर्षक। स्वीमिंग पुल, हरे-भरे वृक्ष और फूल-पत्तियों से सुसज्जित। डीलक्स कमरों के किराये कम-से-कम दो हजार रुपए हैं। सफाई, सुव्यवस्था के अतिरिक्त इसे आयुर्वेद की दृष्टि से भी स्वास्थ्यवर्द्धक बनाने की कोशिश की गई है। कम-से-कम बोर्ड ऐसा ही टँगा है। सामने स्वागत कक्ष में वास्कोडिगामा और स्थानीय समुद्री राजा की तस्वीरें लगी हैं। जिसमें वास्कोडिगामा राजा की अभ्यर्थना करता दिखाया गया है। स्वागत-कक्ष में प्रभारी ने बताया कि राजा ने वास्कोडिगामा को यहाँ ठहरने और इधर-उधर घूमने की इजाजत दी थी।

कपाड से चले तो लगभग सवा दस बज चुके थे। सूरज अब भी बादलों में मुँह छुपाए पड़ा था, मानो रात के कृत्य के लिए शर्मिन्दा हो। कुछ क्षणों के लिए गाड़ी उस शिलालेख के पास रुकी जिसपर 1498 में वास्कोडिगामा के यहाँ उतरने के सम्बन्ध में विवरण दर्ज है। गाड़ी में बैठे-बैठे ही शिलालेख पढ़े और आगे बढ़ चले। थोड़ी दूर तक वही चिर-परिचित रास्ता और नारियल वृक्षों की हरियाली में बिखरे नई-नई डिजाइन के छोटे किन्तु साफ-सुथरे घरों के सामने बैठे स्त्री-पुरुष, खेलते बच्चे, आँखों से चुम्बक की तरह चिपकते रहे और आँखें खिड़की से बाहर हरियाली और सड़क पर फिसलती रहीं।

गाड़ी बन्दरगाह पर रुकी तो गार्ड आगे आ गया। वहाँ बिना अनुमति गाड़ियों को अन्दर जाने की इजाजत नहीं है। बीनू ने बताया कि एम. पी. / एम.एल.ए. हैं तो बैरियर उठा और हम अन्दर दाखिल हुए।

अन्दर दाखिल होते ही मछली की बदबू नाक में भर आई। कुछ लोग रूमाल से नाक दबाने लगे। अध्यक्ष को तो यहाँ आना ही अच्छा नहीं लग रहा था। वे गाड़ी में ही बैठे रहे।

हम लोग गाड़ी से उतरकर आगे बढ़े तो सामने मछली पकड़नेवाले हजारों स्टीमरों की कतारें दिखाई पड़ीं। पता चला कि यह कालीकट का पुड़ियापा बन्दरगाह है जहाँ से हजारों टन मछलियाँ निर्यात होती हैं। समुद्र के किनारे समूचे बन्दरगाह पर पत्थर का चबूतरा बना हुआ है जिसके किनारे रंग-बिरंगे स्टीमर जानवरों की तरह खूँटे से बँधे पड़े थे। कुछ समुद्र में दूर मछली पकड़ने में मशगूल थे। कई किलोमीटर तक फैले इस तट पर मछुआरे अपनी जालें सुलझाते, मरम्मत करते अपनी धुन में बेखबर थे कि हम अपरिचितों के आगमन से उनका ध्यान भंग हो गया। वे मुखातिब होते इससे पहले ही हमलोगों ने घूमते-फिरते उनसे कई सवाल पूछ डाले। बीनू ने बताया कि यहाँ मछुआरों की आबादी काफी है। हमने उषा से कहा कि यहाँ उसकी आबादी ज्यादा है इसलिए उसे यहीं से लोकसभा का चुनाव लड़ना चाहिए। सभी ने ठहाका लगा दिया।

मछुआरों ने धूप से बचने के लिए जो टोपियाँ पहन रखी थीं, सुरेश ने लेकर हमें पहना दिया और फिर हमारे और उषा के फोटों खींच डाले। बीनू हमें मछुआरों की समस्याएँ बता रहा था और धीरे-धीरे इस मछली बन्दरगाह की वास्तविकता हमारे भीतर उतरने लगी थी। सूरज ऊपर की ओर चढ़ने लगा था। धूप और मछली की बदबू दोनों के हमले साथ-साथ हो रहे थे।

तुरन्त यहाँ से निकले तो समुद्र के किनारे की सड़क राष्ट्रीय राजमार्ग जैसी चौड़ी और साफ-सुथरा लगी। मछली उद्योग के केन्द्र दूर तक फैले हुए दिखाई पड़े। केरल के मछली उद्योग का कालीकट सचमुच एक बड़ा केन्द्र है।

गाड़ी पकड़ने का समय नजदीक आता जा रहा था और मन में किसी स्कूल को देखने की जिज्ञासा प्रबल हो रही थी। बीनू से कहा कि किसी स्कूल में चलो। थोड़ी देर में हमारी गाड़ी जिस परिसर में रुकी वह कालीकट का राजकीय मॉडल सीनियर सेकेन्ड्री बालिका विद्यालय था। विद्यालय का भवन और परिसर बिहार से जरा भी भिन्न नहीं था। जीर्ण-शीर्ण आकर्षण रहित। शायद केरल में भी सरकारी विद्यालयों की यही नियति है।

प्राचार्या के कक्ष में पहुँचे तो वे एक तंग कोठरी में एक-दो सहकर्मियों के साथ बैठी विमर्श कर रही थीं। बीनू ने परिचय कराया तो उन्हें काफी आश्चर्य हुआ। बातचीत से स्वागत की औपचारिकता भी उन्होंने निभाया।

विद्यालय की प्राचार्या सरली चाँदनी एक प्रौढ़ महिला थीं और नाम के अनुरूप ही सरल भी दिखीं। उन्होंने बताया कि यहाँ 32 अध्यापिकाएँ हैं और लगभग 1000 छात्राएँ।

स्टाफ रूम में पहुँचे तो चार-पाँच अध्यापिकाएँ बैठी मिलीं। परिचय जानकर खड़ी हो गईं। चलते-चलते कुछ बातें हुई क्योंकि हमारे पास समय का घोर अभाव था।

विद्यालय से निकले तो कालीकट के खादी ग्रामोद्योग आश्रम में पहुँचे लेकिन कपड़े तथा अन्य वस्तुएँ बिहार से भी काफी महँगी थीं। आगे बढ़े तो नजर कालीकट के मशहूर हलवे पर पड़ी। कालीकट का यह उपहार बिहार ले जाना जरूरी लगा। हम हलवा पैक करवा ही रहे थे कि उषा और भूषण कपड़ों की खरीददारी में लग गए। देर तक खोजना पड़ा। उनको खोजने लगे तब तक आजाद खो गए। किसी प्रकार उनको खोजकर जल्दी-जल्दी होटल पहुँचे और सामान लेकर स्टेशन दौड़े तो गाड़ी आने में मात्र कुछ मिनटों की देर थी। भूख काफी लग आई थी।

कालीकट का स्टेशन काफी साफ-सुथरा और भव्य लगा। रेलवे कैंटीन का खाना भी काफी स्वादिष्ट था। कैंटीन से निकलते ही गाड़ी आ पहुँची लेकिन काफी भीड़-भाड़ थी। जगह आसानी से मिल गई किन्तु अलग-अलग। बातों के सिलसिले शुरू हुए तो पता ही नहीं चला कि कैसे बीता एक सप्ताह का समय।

याद आया कि नेशनल एजूकेशन कांफ्रेंस की चर्चा उषा ने की थी। उसी ने

दूरभाष पर आजाद से बातें कराई थी और आजाद ने एसेम्बली में चलने का आग्रह किया था। उस दिन हम कौंसिल में बैठे गप-शप कर रहे थे। अध्यक्ष के उत्साह में कालीकट के टिकट तुरन्त कट गए।

एस. एन. आजाद वर्षों ए.आई.एस.एफ. के अध्यक्ष/महासचिव रहे हैं और जब से साक्षरता से जुड़े हैं, शिक्षा के प्रति जवाबदेही से काम करते हैं। भारत ज्ञान विज्ञान समिति के बिहार के अध्यक्ष भी रहने का सौभाग्य उन्हें मिला है। आजकल उस पद पर उषा सहनी हैं।

शैक्षिक सभा हमारे लिए काफी आकर्षण का केन्द्र थी। इसलिए 5 जुलाई को हम शत्रुघ्न प्रसाद सिंह, अध्यक्ष, उषा सहनी, एम.एल.सी. और एस.एन. आजाद के साथ एर्णाकुलम एक्सप्रेस से पटना से रवाना हुए तो उत्साह बुलन्दियों पर था। दूसरे डिब्बे में प्रो. सच्चिदानन्द, भूषण, नरेश चन्द्र शर्मा, मुरलीधर, विनोद कुमार और सुधीर आदि के साथ थे। मुगलसराय तक पहुँचते-पहुँचते खाना हो गया और लेटे तो बनारस जाते-जाते नींद आ गई।

दूसरे दिन प्रातः नींद खुली तो मध्य प्रदेश का सतना स्टेशन था। जगते ही कॉफी की तलब हो आई। कटनी जंक्शन पर गाड़ी रुकी तो नाश्ता का समय हो आया था। जिलेबी, कचरी, आलू-चाप, पकौड़ी आदि थैलियों में भरकर आजाद ले आए। कुछ नाश्ता पास में भी था। मिला-जुलाकर एक दौर चला। अखबारों में बिहार का कहीं नामोनिशान नहीं था। इसलिए उनमें कोई आकर्षण नहीं था।

लगभग एक-डेढ़ बजे इटारसी जंक्शन पहुँचे तो फाइवर की अच्छी थालियों में बेयरा रेलवे का भोजन ले आया। फिर तो शुरू हुआ जंगल-पहाड़ों का सिलसिला। दूर-दूर तक कहीं कुछ दूसरा नहीं। बीच-बीच में द्वीप की तरह उभरती परती जमीन। खेती-बाड़ी से दूर का कोई रिश्ता नहीं। नागपुर तक आते-आते काफी बारिश हुई। आठ बजते-बजते बेयरा रात का खाना लाया तो राष्ट्रीय स्वयं सेवक संघ की याद हो आई। राजनीतिक आवरणवाले इस सांस्कृतिक संगठन का मुख्यालय नागपुर ही है।

दूसरे दिन नींद टूटी तो विजयवाड़ा था। विजयवाड़ा कई बार आने का मौका मिला है। इसलिए इस स्टेशन से काफी लगाव महसूस होता है। यूँ भी कृष्णा के तट पर अवस्थित विजयवाड़ा का यह प्राचीन ऐतिहासिक शहर कभी आंध्र की राजधानी हुआ करता था। यहाँ कॉफी, बड़ा आदि के साथ मोटे-मोटे केले भी मिले। यहाँ के केले उतने मीठे तो नहीं लगते लेकिन पेट भरने के लिए दो काफी हैं।

लगभग एक-डेढ़ बजते-बजते तिरुपति पहुँचे तो गाड़ी खाली हो गई। यहाँ काफी यात्री उतरे। पूर्व परिचित स्टेशन का एक चक्कर लगाया लेकिन यहाँ कोई परिचित थोड़े ही था। रेलवेवाला प्लास्टिक की कई थैलियों में पैक भोजन दे गया। अलग-अलग क्षेत्रों में भोजन की पैकिंग और प्रकार में भी काफी भिन्नता है। यहाँ का भोजन काफी स्वादिष्ट लगा। ढाई बजे गाड़ी रवाना हुई तो आम-केलों के बागानों

के बीच गुजरती रही। हरियाली के बीच कहीं-कहीं रेगिस्तान जैसी परती जमीन। खेती-बागान आदि के सिलसिले काफी कम।

6 बजे मोलार पेट्टै जंक्शन पहुँचे तो सूरज दाहिनी ओर डूबने की तैयारी कर रहा था। यह जंक्शन पहाड़ के नीचे है, इसलिए आकर्षक लगता है। दूर-दूर तक सघन हरियाली यहाँ की विशेषता है। घने बागीचों के बीच सफेद बँगले अँधेरी रात में चमकते जुगनुओं की तरह आकर्षित करते हैं।

12 बजे रात को पालघाट स्टेशन उतरे तो स्टेशन काफी भव्य लगा। पालघाट दर्रे के नाम से इसके भूगोल को पढ़ने का मौका बचपन में मिला था। आज पालघाट प्रत्यक्ष था। स्टेशन पर उच्च श्रेणी एवं शयनयान श्रेणीवाला यहाँ का संयुक्त प्रतीक्षालय काफी प्रशस्त और साफ-सुथरा है। मोबाइल की बैटरी डाउन हो गई थी। भूषण का चार्जर लेकर चार्ज किया।

चार-पाँच घंटे गुजारने थे और उतनी देर तक बैठना भी कष्टकर लग रहा था। इसलिए खोजते-खोजते रेलवे विश्राम गृह पहुँचे। लेकिन प्रहरी बिना बुक कराए कमरे खोलने को राजी नहीं था। अध्यक्ष के काफी आग्रह और एम.पी. बताने पर उसने दूरभाष पर इजाजत लेकर कमरा खोला और दो-ढाई घंटे तक लेटकर हमने न सिर्फ थकावट मिटाई अपितु समय भी काटा।

गाड़ी आई तो ए.सी. कोच पूरी तरह भरा हुआ था। परिचय जानकर कंडक्टर प्रथम श्रेणी कोच में ले गया। वह बिलकुल खाली था। खिड़की खोलने पर केरल की शीतल बयार तन-मन के थकान को दूर करने लगी। झमाझम बारिश शुरू हुई तो मन और आनन्द से भर गया। गर्मी झेलते-झेलते हम काफी परेशान थे। बाहर केरल की हरियाली अपने पूरे शबाब पर थी। केरल को देखकर लगता है कि पूरे देश की हरियाली यहीं आकर बस गई है। नदियों, बागानों और हरे-भरे नारियल, केले के वृक्षों के बीच बसा केरल देश का अद्भुत सुन्दर राज्य है। बागानों के बीच बने छोटे-छोटे बँगले नारी के ललाट पर चिपकी बिन्दी की तरह सौन्दर्य को द्विगुणित कर देते हैं।

कालीकट पहुँचे तो सुबह के आठ बज चुके थे। एसेम्बली में रजिस्ट्रेशन का वक्त हो आया था। लेकिन हमें तो तैयार भी होना था। जल्दी-जल्दी अपने साथ की दूसरी टीम को छोड़कर कालीकट के सरकारी डाकबँगले में पहुँचे। बिहार विधान परिषद् की ओर से केरल विधान सभा को हमारे आवास की व्यवस्था हेतु अनुरोध पत्र भेजा गया था।

पर्यटन विभाग का यात्री निवास और पी.डब्लू.डी. का डाकबँगला एक ही परिसर में आसपास ही हैं लेकिन जल्दीबाजी में अपने आरक्षण को जाने बगैर हम पर्यटन के डाकबँगले में ही पहुँच गए। एम.एल.ए. के नाम पर तुरन्त ए.सी. कमरे भी मिल गए। जल्दी-जल्दी तैयार हुए और वहीं उपमा के साथ उबाले गए पके केले का नाश्ता किया। अच्छा लगा। यूँ तो डाकबँगला काफी खूबसूरत जगह पर है, लेकिन

इस डाकबँगला से एजूकेशन एसेम्बली की जगह यानी जुबली हॉल काफी दूर था। पहुँचे तो उद्घाटन सत्र् शुरू हो चुका था। कालीकट के माननीय मेयर का स्वागत भाषण चल रहा था।

फिर प्रो. यशपाल, विनोद रैना आदि ने अपने विचार व्यक्त किए। डेढ़ घंटे का यह सत्र जल्दी ही समाप्त हो गया लेकिन पहला ही सत्र प्रभावकारी नहीं लगा। बिहार, उत्तर प्रदेश आदि के राष्ट्रीय कार्यक्रमों में अंग्रेजी की गुलामी अखर जाती है। इसके बाद के तीन सत्रों में 'बदलते हुए वैश्विक परिवेश में शिक्षा', 'सर्वशिक्षा अभियान और शैक्षिक योजनाएँ', शिक्षा में राज्य और प्राइवेट क्षेत्र की भागीदारी आदि विषयों पर पर्चे पढ़े गए लेकिन कहीं पर उनपर विमर्श आयोजित नहीं हुआ। सिर्फ सूचनात्मक या ज्ञानात्मक प्रक्रिया चलती रही। इसलिए प्रतिभागी बहुत हद तक निष्क्रिय बने रहे।

डाकबँगले से एसेम्बली स्थल दूर होने का असर तनाव बनकर दिमाग में छाया था। आजाद और उषा बार-बार आवास बदलने की चर्चा कर रहे थे। उन्हें अनावश्यक पैसे खर्च होने की चिन्ता थी। फिर स्वागत समिति की ओर से की गई व्यवस्था देखी नहीं थी। देखा तो व्यवस्था अच्छी लगी। प्रतिभागी सम्मेलन स्थल के अगल-बगल होटलों में ठहराए गए थे। हमारे लिए भी बगल के एक अच्छे होटल में ही व्यवस्था थी। हिसाब किया तो पाँच सौ रुपए प्रति कमरा चार्ज आया। उषा इस अनावश्यक खर्च से व्यथित थी। आजाद उसे बार-बार चिढ़ा रहे थे। खैर, सामान लेकर होटल आए। जान बची लाखों पाए।

दूसरे दिन प्रो. यशपाल ने राष्ट्रीय पाठ्यचर्या कार्यक्रम 2005 पर एक संक्षिप्त परिचयात्मक टिप्पणी पेश की। प्रो. यशपाल इस राष्ट्रीय पाठ्यचर्या समूह के अध्यक्ष भी हैं और देश के जाने-माने शिक्षाविद् भी हैं। इसलिए उनकी टिप्पणी काफी सन्तोषजनक रही लेकिन पाठ्यचर्या पर जो शंकाएँ आज देश के मानस में उभर रही हैं, उनपर कोई समीक्षात्मक टिप्पणी उन्होंने नहीं की। राष्ट्रीय शैक्षिक अनुसन्धान एवं प्रशिक्षण परिषद् के पाठ्यचर्या समूह के संयोजक प्रो. खादर ने जो टिप्पणी पेश की, वह प्रभावोत्पादक नहीं थी और न तो आमजन की समझदारी के लायक ही थी। उच्च शिक्षा, परीक्षा सुधार और शिक्षा में समुदाय की भागीदारी जैसे विषयों पर अलग-अलग परिचर्चाएँ आयोजित हुईं।

आजाद ने चाय के दौरान बीनू से मुलाकात कराई और फिर कई साथियों के साथ मुलाकात के सिलसिले चले। भाईचारा कायम हुआ और उसी दिन रात में बीनू तीन-चार साथियों के साथ कालीकट के हलवे का उपहार लिए होटल पहुँचा। देर तक कालीकट की पार्टी और कई दूसरे मुद्दों पर बातें होती रहीं।

तीसरे दिन पद्मश्री सभाभवन में शिक्षा का अधिकार विधेयक 2005 पर विनोद रैना की परिचयात्मक टिप्पणी काफी प्रभावी थी और समग्र रूप से सूचनात्मक भी। इस सत्र् की अध्यक्षता शत्रुघ्न प्रसाद सिंह ने की। उत्तर प्रदेश माध्यमिक शिक्षक संघ

के ठकुराई गुट के अध्यक्ष जगदीश पाण्डेय ने भी अच्छी भागीदारी की। लेकिन भावी कार्य-योजना पर अलग-अलग समूहों में आयोजित विमर्श लक्ष्य तक पहुँचते नहीं दिखाई दिए। वे औपचारिक ज्यादा लगे। कुल मिलाकर शैक्षिक सम्मेलन सरकारी नीतियों एवं निर्णयों को उजागर करने और उन्हें कार्यान्वित कराने की दिशा में प्रयास करने की सीमा से आगे नहीं बढ़ सका। चूँकि पूरा कार्यक्रम राष्ट्रीय शैक्षिक अनुसन्धान एवं प्रशिक्षण परिषद्, नई दिल्ली के सहयोग से आयोजित था, इसलिए कार्यक्रमों पर सरकारी असर साफ-साफ दिखाई पड़ रहा था। प्रस्तुत टिप्पणियों, आधार पत्रों पर बहस करने और समीक्षात्मक टिप्पणी दर्ज करने के अवसर नहीं दिए गए। लगा कि सम्पूर्ण कार्यक्रम सूचनाओं को पहुँचाने और सभा का अनुमोदन प्राप्त करने के लिए आयोजित है। इतना जरूर हुआ कि देश के बुद्धिजीवियों तक सूचनाएँ पहुँचीं।

भोजनावकाश के साथ ही सभा की कार्यवाही समाप्त हो गई। थोड़ी देर विश्राम कर हम पैदल ही पार्टी कार्यालय पहुँच गए। होटल से पार्टी दफ्तर कोई दूर नहीं है लेकिन रास्ता कुछ घुमावदार है। पार्टी का दफ्तर अपने भवन में संचालित है। भवन छोटा तो है किन्तु गुलदस्ते जैसा काफी खूबसूरत और आकर्षक है। यहाँ पहले से जिला सचिव ई. के. विजयन, केरल संगम की कल्पना, जिला फोटोग्राफर यूनियन के पी. टी. सुरेश और बीनू आदि हमारी प्रतीक्षा कर रहे थे। हलवा के साथ नमकीन और चाय चली। एक घंटे तक कालीकट की पार्टी, राष्ट्रीय शिक्षा सभा, महिला संगठन तथा कई विषयों पर बातें हुई। उन्होंने बताया कि कालीकट में ढाई हजार पार्टी सदस्य हैं। महिला संगठन से चार हजार महिलाएँ जुड़ी हुई हैं। कल्पना जी की कोई बैठक थी और वे इजाजत लेकर चली गईं। कल के अखबारों में उषा का अच्छा इंटरव्यू छपा था। बीनू ने उसे पढ़कर सुनाया और समझाया क्योंकि हम तो सिर्फ तस्वीर देख सकते थे।

वहाँ से निकले तो समुद्र तट पर जाने की योजना बन गई क्योंकि समय अभी काफी था। कालीकट का समुद्री तट काफी लम्बा है। दूर तक फैला हुआ। लेकिन लहरें उतना नहीं उठती हैं जितना 'कपाड' में उठती हैं। सुरक्षा के लिहाज से किनारे पत्थर का बाँध बना हुआ है। लेकिन पास जाने पर पता चलता है कि ये जहाजों के लगने के जेटी हुआ करते थे। जिन पर माल-असबाब और लोग उतरा करते थे। दूर तक फैली बालुका राशि में खोमचेवाले कुछ बेचते फिरते हैं और किनारे पर चाय, पकौड़े के ठेले लगे हुए हैं। बच्चे, जवान, स्त्री-पुरुष खाने का लुत्फ उठाते हैं। इस्लामी संस्कृति के कारण बुर्काधारी औरतें भी घूमती दिखाई पड़ीं।

बालू में टहलना बहुत आसान नहीं होता। पाँव पीछे की ओर सरकता जाता है। टहल ही रहे थे कि मध्य प्रदेश के कुछ साथी मिल गए। देर तक बातें होती रहीं लेकिन आसमान बादलों से भरने लगा। लगा अभी फूट पड़ेंगे बादल। इसलिए जल्दी-जल्दी ऊपर आए। सामने ही 'सी बीच हॉस्पीटल' और 'पोर्ट गेस्ट हाउस'

है। जहाज से उतरनेवाले बीमार अंग्रेजों के इलाज और ठहरने की व्यवस्था यहीं होती थी।

बीनू और सुरेश सीधे एटक कार्यालय ले गए जहाँ अखिल भारतीय छात्र संघ की स्वागत समिति का कार्यालय है। वे अखिल भारतीय छात्र संघ के राज्य अधिवेशन की तैयारी दिखाना चाहते थे। इस बार अखिल भारतीय छात्र संघ का केरल राज्य सम्मेलन 23-27 जुलाई तक कालीकट में ही होनेवाला था। निस्सन्देह तैयारी अच्छी थी।

बड़े-बड़े पोस्टरों पर अखिल भारतीय छात्र संघ के 70 वर्षों के शानदार संघर्ष को दिखाया गया था। केरल के शहीदों के कई बड़े-बड़े पोर्टेट बनाए गए थे और साथी बड़े मनोयोग से अधिवेशन को सफल बनाने में लगे थे। उन्होंने बताया कि केरल में 36 राज्य सम्मेलन इसके पहले हो चुके हैं और इस सम्मेलन को हम यादगार सम्मेलन बनाने में लगे हैं। यहाँ पहले से मौजूद जिला के संयुक्त सचिव लेविन्स, जिला अध्यक्ष विनय अगस्टीन ने हमारा गर्मजोशी से स्वागत किया। उनके आग्रह पर हमने चाय भी पी।

शाम का धुँधलका घिरने लगा था और चलते-चलते थकान भी हो आई थी। ऑफिस से निकले तो पैदल चलना कठिन लगने लगा। लेकिन मुश्किल थी कि एक ऑटो पर चार बैठ नहीं सकते थे। यहाँ ऑटो के नियम सख्त हैं। आजाद खुद भी अलग होना चाहते थे। इसलिए अध्यक्ष और उषा के साथ जल्दी ही हम होटल लौट आए।

आज की रात कालीकट की आखिरी रात थी। कल बीनू और सुरेश के साथ कालीकट दर्शन करना था। अभी तक उन्होंने होटल में और समुद्र के किनारे जो फोटो खींचे थे, वह उन्हीं के पास थे। लेकिन उनकी आत्मीयता, स्नेह और भाईचारा हमें बार-बार भावना में डुबाए जा रहा था।

कालीकट का असल नाम कोजीकोड है। लेकिन हमने भूगोल की किताबों में कालीकट ही पढ़ा था। इसलिए दिमाग में और जुबान पर वही आता है। आज कई राज्यों में शहरों के नाम राजनीतिक दृष्टि से बदल गए हैं। जैसे बम्बई मुम्बई हो गया है, कलकत्ता कोलकाता और मद्रास चेन्नई। कालीकट कब कोजीकोड बना नहीं मालूम, लेकिन इस राष्ट्रीय शिक्षा सभा में पहुँचने के वक्त तक कालीकट ही दिमाग में आता रहा है।

अरब सागर के पश्चिमी तट पर अवस्थित कोजीकोड एक ऐतिहासिक स्थान है और इसका अतीत काफी शानदार। इसकी खूबसूरती और भौगोलिक स्थिति के कारण शुरू से ही यहाँ पर्यटक और व्यापारी आते रहे हैं। 1498 ई. में पुर्तगाली यात्री वास्कोडिगामा के आने के बाद तो कोजीकोड और महत्त्वपूर्ण बन गया। चूँकि यहाँ व्यापारियों को पूरी सुरक्षा और स्वतंत्रता मिलती थी इसलिए अरब और चीन के व्यापारी इसे काफी महत्त्व देते थे। इब्न बतूता, चीनी यात्री थानेसस निकेतन ने इसे

काफी ऐतिहासिक बताया है।

कोजीकोड शताब्दियों तक जोमेरिन शासकों की राजधानी था। मानचीरा घाट शाही परिवार का स्नान घाट था। आज भी यहाँ जोमेरिन सीनियर सेकेन्ड्री विद्यालय है जहाँ शैक्षिक सभा के कई कार्यक्रम आयोजित हुए। वस्तुतः कोजीकोड सम्पूर्ण मालावार का प्रमुख सांस्कृतिक केन्द्र है। सवा चार लाख आबादीवाला कोजीकोड देश का तीव्र गति से विकसित होनेवाला शहर है। उल्लेखनीय यह है इस जिला मुख्यालय में चौदह बड़े-बड़े सभा भवन हैं जो इसकी सांस्कृतिक, शैक्षिक, राजनीतिक पहचान को उजागर करते हैं।

वही कोजीकोड कल छूटने जा रहा था। 8 से 10 जुलाई के तीन दिनों के प्रवास में सिर्फ एक रात बाकी थी। फिर तो कालीकट, हलवा, बीनू और सुरेश की स्मृतियाँ होंगी और यहाँ की राष्ट्रीय शिक्षा सभा के धुँधले संस्मरण।

एक अन्तर्राष्ट्रीय शिक्षा-सम्मेलन

नई दिल्ली के अन्तर्राष्ट्रीय हवाई अड्डे से

7 सितम्बर, 2006

किसी अन्तर्राष्ट्रीय सम्मेलन में भाग लेने का यह मेरा पहला अवसर था। हवाई अड्डे पर आठ बजे ही पहुँच गया जबकि चेकिंग समय साढ़े आठ बजे था। एक तो आदतवश निर्धारित समय पर पहुँचने की इच्छा रहती है दूसरे पहली विदेश यात्रा होने के कारण उत्साह उफान पर था। ऊपर से रणधीर एक घंटा पहले ही गाड़ी लेकर आ पहुँचे थे। मनोज अपने साथियों के साथ बिहार निवास से विदा करने आए थे। सोचा कि हवाई अड्डे के प्रतीक्षालय में पहुँचकर गप-शप करूँगा तब तक समय हो जाएगा। लेकिन यहाँ पटना से स्थिति भिन्न है। पटना में टिकट लेकर सगे-सम्बन्धी भीतर तक जाते हैं और देर तक साथ बैठते हैं। किन्तु नई दिल्ली के अन्तर्राष्ट्रीय हवाई अड्डे पर सगे-सम्बन्धियों को प्रवेश द्वार के भीतर जाने की अनुमति नहीं है। मनोज और रणधीर को द्वार से ही विदा करना पड़ा। बलि के बकरा की तरह मैं अकेले ही ठेलागाड़ी लिए भीतर घुसा। हवाई अड्डों पर भीतर कुलियों की व्यवस्था नहीं है। शायद बढ़ते आतंकी हमलों के कारण सुरक्षा की दृष्टि से ऐसा किया गया है। लेकिन यात्री ठेलों की उम्दा व्यवस्था से कुलियों की जरूरत महसूस भी नहीं होती।

एक जगह सामानों की जाँच हो रही थी। अटैची मशीन से गुजरी और फीते से बँधकर बाहर आ गई। एक काम पूरा हो गया।

सामने विभिन्न उड़ानों के काउंटर खुलने लगे थे। एक काउंटर की लड़की से पूछा तो पता चला कि थाई काउंटर यही है लेकिन 8.30 बजे खुलेगा। ईश्वरन का अभी तक पता नहीं था। असहज भाव से इधर-उधर टहलता रहा। कुछ देर खाली कुर्सियों पर बैठकर नजारा देखता रहा। कहीं सामानों की पैकिंग हो रही थी, कहीं जाँच। यात्री सामानों के साथ बेचैनी में इधर से उधर घूम-टहल रहे थे। बच्चे माता-पिता के साथ प्रसन्नता में उछलते-कूदते चल रहे थे।

थाई काउंटर खुल गया और स्क्रीन पर टी.जी. 415 अंकित हो गया। थाई

लड़कियाँ कतार बनाने और कतार में खड़े यात्रियों को वोर्डिंग टिकट देने में व्यस्त हो गईं। मैं भी कतार में आया और थोड़ी देर में वोर्डिंग टिकट मिल गए। पता चला कि गेट संख्या-4 से जाना है। सामान बुक होकर चला गया। एक झंझट से मुक्ति मिली। लेकिन ईश्वरन अभी तक नहीं आए तो बेचैन होकर AIPTF को फोन मिलाया। पता चला कि एक घंटा पहले जा चुके हैं। असहज भाव से कुछ देर टहलता रहा।

पूछने पर पता चला कि इमीग्रेशन काउंटर के आगे गेट संख्या-4 है। वहाँ जाने के पहले इमीग्रेशन कराना पड़ेगा। काउंटर से आवेदन लेकर इमीग्रेशन फार्म भरा और इमीग्रेशन काउंटर पर पहुँचा तो लड़की ने पूछा कि जकार्ता क्यों जा रहे हैं? वेशभूषा देखकर इतना तो समझ ही रही थी कि अध्यापक हो सकता हूँ। बताया, और पाँच मिनट में मुहर लग गई। अन्दर जाने की इजाजत मिल गई। देखा तो इमीग्रेशन काउंटर के आगे ईश्वरन बैठे इन्तजार कर रहे हैं। वहाँ से आगे चले तो फिर चेकिंग का दौर सामने था। वहाँ हाथों में लिए बैग वगैरह तथा यात्री की जाँच हो रही थी। बैग तो मशीन से भीतर चला गया लेकिन मेरी सघन जाँच हुई। भीतर पहुँचा तो बैग खोलकर दिखाना पड़ा। जाँच अधिकारी ने बोरोप्लस, शेविंग क्रीम और पेस्ट निकाल कर रख दिए, बोला, इन्हें ले जाने की इजाजत नहीं है। सोचा, कौन तकरार करे। तकरार से बात बनती भी तो नहीं। कहा–रख लीजिए। प्रतीक्षा कक्ष में पहुँचे तो ईश्वरन पुस्तक पढ़ने में मशगूल हो गए। घड़ी देखा तो अभी दस ही बज रहे थे। कम-से-कम डेढ़ घंटे गुजारने थे।

प्रतीक्षालय काफी लम्बा और प्रशस्त है। आधुनिक सुविधाओं से युक्त। हजारों यात्रियों के बैठने की उम्दा व्यवस्था। घूम-फिर कर आश्चर्य के साथ एक-एक चीज देखता रहा। फिर कुछ पढ़ने की कोशिश की लेकिन मन नहीं लगा। सी. एम. कॉलेज दरभंगा के एक प्राध्यापक मिल गए। उसी उड़ान से बैंकाक जा रहे थे। बातें की तो व्यग्र दिखे। उनका नया पेस्ट सुरक्षा अधिकारियों ने लेकर नष्ट कर दिया था। पचीस-तीस रुपए की पेस्ट सता रही थी। बोले–मूड ऑफ कर दिया है। जाते ही खरीदना पड़ेगा। फिर कितने पैसे बरबाद हो जाएँगे। प्रो. साहब से मिलकर मेरा दुख दूर हो गया। दुख देखकर सचमुच दुख चला जाता है। उड़ान में देर थी। बैठकर कुछ पढ़ने की कोशिश की लेकिन मन कहीं और था। पीछे की बातें दिमाग में रील की तरह चल रही थीं।

छह सितम्बर को नई दिल्ली आया तो सबसे पहले अखिल भारतीय प्राथमिक शिक्षक महासंघ के जनकपुरी स्थित कार्यालय गया। मेरा पासपोर्ट और वीसा वहीं रखा था। पहुँचते ही सीढ़ियों पर रामपाल जी मिल गए। वे महासंघ के राष्ट्रीय अध्यक्ष हैं, ईश्वरन भी मौजूद थे। देर तक जकार्ता कान्फ्रेंस की बातें होती रही। फिर शिक्षा का अधिकार विधेयक और समान विद्यालय व्यवस्था लागू कराने और पारा टीचर तथा राष्ट्रीय स्तर पर उभरनेवाली शिक्षा की समस्याओं पर बातें हुई और प्राथमिक,

माध्यमिक शिक्षकों के संयुक्त आन्दोलन को विकसित करने पर अनौपचारिक राय बनी। गुलशन से अपना पासपोर्ट, वीसा, जकार्ता का टिकट लिया और रामपाल जी के सौजन्य से वहीं दो सौ डालर भी ले लिया। तय हुआ कि कल ऐक्शन एड द्वारा आयोजित पाकिस्तान, बांग्लादेश और भारत के सांसदों के साथ शिक्षा पर होनेवाली बैठक में भाग लिया जाएगा।

सात सितम्बर को ईश्वरन और रामपाल जी ठीक दस बजे बिहार निवास आ पहुँचे। मैं तैयार था। हम लोग चले तो ठीक समय पर लेकिन रास्ता भटकने के कारण पहुँचने में कुछ विलम्ब हुआ। रवि प्रकाश वर्मा जी सांसद की अध्यक्षता में गोष्ठी शुरू हो चुकी थी और तीनों देशों के कई सांसद भाग ले रहे थे। सपा की सांसद जयाप्रदा भी आई थीं। अम्बरीष राय भी वहीं मिल गए। फिर तो तीन घंटे तक तीनों देशों में खासकर प्राथमिक शिक्षा की स्थिति पर काफी चर्चा हुई। चूँकि बंगलोर के निरंजन और अम्बरीष राय ने विस्तार से चर्चा कर दी थी इसलिए हमें थोड़ा ही सप्लीमेंट करना पड़ा। लौटे तो शाम की तैयारी शुरू हो गई।

इसी सोच-विचार में डूबा था कि गेट संख्या-4 के स्क्रीन पर टी.जी. 415 अंकित हो गया। थाई लड़कियाँ गेट में प्रवेश के लिए रास्ते बनाने लगी और लोग बैचैनी में कतारबद्ध होने लगे। ईश्वरन अब भी किताब पढ़ने में मशगूल थे। अन्तर्राष्ट्रीय यात्राएँ करते रहने के कारण उन्हें इत्मीनान था। उनमें हमारे जैसा उतावलापन नहीं था। गेट खुला और प्रवेश शुरू हो गया। यहाँ भी चेकिंग शुरू हो गई। कितनी विचित्र है हवाई यात्रा भी। सिर्फ हवाई अड्डे में तीन-तीन बार सघन जाँच। खैर, भीड़ छँटी तो हम भी खड़े हुए। जाँच से गुजरे और दो गलियारों को पारकर जहाज पर।

प्रतीक्षालय से हवाई जहाज तक का रास्ता पानी जहाज के जेटी की तरह है। जहाज आया और उसे लगा दिया। फिर समेट लिया। आवश्यकतानुसार उसे फिट कर लिया जाता है। लेकिन उस समय देखने में लगा कि यह स्थायी व्यवस्था है।

हवाई जहाज के गेट पर दोनों ओर दो थाई लड़कियाँ ओठों पर मुस्कान लिए स्वागत की मुद्रा में खड़ी थी। लगा कोई फिल्म देख रहे हैं। भीतर परिचारिकाएँ यात्रियों के टिकट देखकर उनका सीट बता रही थीं और जहाज के टी.वी. पर कोई कार्यक्रम चल रहा था। हवाई जहाज आधा घंटा विलम्ब से उड़ा। उस समय घड़ी बारह बजा रही थी। हवाई अड्डे की जगमगाहट दूर तक दिखाई देती रही। धीरे-धीरे जगमग और दिल्ली दोनों दूर छूटते गए और कानों में लगनेवाली सरसराहट से पता चला कि जहाज ऊँचाई पर पहुँच गया है। हवाई जहाज उड़ान भरता है तो हमारे जैसे नए यात्री के मन में आशंकाओं के बादल उमड़ने-घुमड़ने लगते हैं।

जहाज सामान्य हुआ तो परिचारिकाएँ पेय लेकर पहुँची। भोजन का ऑर्डर लिया और आधे घंटे में भोजन हाजिर। नॉन वेज की दुनिया में जो कुछ वेज मिला सन्तोष किया। कुर्सी ढीली की, शरीर पर कम्बल डाला और आराम की स्थिति में आ गया।

रात गहराने लगी थी और जहाज सघन अन्धकार को चीरता हुआ भारत की सीमा को पार करने लगा था। लगभग तीन-चार घंटे में हम उनतीस सौ किलोमीटर की यात्रा पूरी करनेवाले थे।

सुकर्णो के देश में

8 सितम्बर, 2006

बैंकाक पहुँचे तो हमारी घड़ी साढ़े तीन बजा रही थी। मुझे लगा कि हवाई जहाज समय से पहले आ पहुँचा है लेकिन हवाई अड्डे की घड़ी पर नजर गई तो पाँच पचीस बज रहे थे। यह भ्रम यहाँ की घड़ी से अपनी घड़ी नहीं मिलाने के कारण हुआ।

यहाँ भी हवाई जहाज प्लेटफॉर्म से सटकर खड़ा था इसलिए जहाज के द्वार से सीधे हवाई अड्डे के द्वार में घुसे। एक-दो चक्कर के बाद ऊपर आए तो बिलकुल एक नई दुनिया दिखाई पड़ी। कल्पना लोक से भी रंगीन, स्वप्न से भी सुन्दर और परीलोक से भी हसीन। लगभग एक किलोमीटर की लम्बाई में फैला है बैंकाक हवाई अड्डे का यह भीतरी भाग जहाँ एक निहायत हसीन अन्तर्राष्ट्रीय बाजार है। भाँति-भाँति की देशी-विदेशी वस्तुएँ। ढेर सारी दुकानों पर बोल्ड अक्षरों में लिखा है ड्यूटी फ्री। प्रत्येक दुकान पर कई-कई लड़कियाँ। उम्र अठारह के आस-पास। लगता था कि बैंकाक की सारी टीन एजर लड़कियाँ हवाई अड्डे में ही समा गई हैं। कुछ पल तो हकीकत को समझने में लग गए। आकर्षक वस्तुओं को देखकर बार-बार मन में पाने की ललक उमड़ती लेकिन उन्हें दबाना पड़ता था। अभी तो हम यात्रा की उठान पर थे। ईश्वरन और मैं बाजार को पार करते आगे बढ़ते रहे। दुकानों पर खड़ी लड़कियाँ मुस्कुराकर हमारा स्वागत करती रहीं मानो हम किसी स्वयंवर में पहुँच गए हों और जयमाल हमें ही मिलनेवाली हो। ईश्वरन टायलेट के पास रुके। लाचारन हम भी आगे बढ़े लेकिन भीतर घुसे तो देखा कि पानी की कोई व्यवस्था नहीं थी। इस्तेमाल के लिए कागज का पुलिन्दा रखा था। चुपचाप बाहर आ गए। सुना था कि यूरोप में टायलेट में पानी का इस्तेमाल नहीं होता। आज प्रत्यक्ष अनुभव हो गया।

जहाज से उतरने के बाद ही पता चल गया कि गेट संख्या 6 से जहाज पकड़ना है। ईश्वरन इधर से परिचित हैं। कई बार इन हवाई अड्डों से गुजरे हैं। इसलिए कोई परेशानी नहीं हुई और हम हवाई अड्डे के प्रतीक्षा कक्ष में आ गए। यहाँ भी प्रतीक्षा कक्ष में घुसते ही गहरी चेकिंग का सामना करना पड़ा। कुछ भारतीय क्यू से इधर-उधर खड़े हो गए तो उन्हें महिला सुरक्षाधिकारी की कड़ी डाँट सुननी पड़ी। दरअसल भारतीयों में अनुशासन भी फटकार से ही आता है। एक महिला अधिकारी

ने हमारी चेकिंग की। सामान की चेकिंग एक्सरे मशीन से की गई। चेकिंग प्वांइट के बाद शुरू हो जाता है बैंकाक हवाई अड्डे का प्रतीक्षालय। नई दिल्ली से कई गुना खूबसूरत और काफी बड़ा एवं प्रशस्त। कुर्सियाँ बिना बाँहवाली हैं इसलिए तीन-चार कुर्सियों पर आराम से लोग पलँग जैसा पसरकर थकान मिटाते हैं।

सुबह की रोशनी प्रतीक्षालय में पहुँचने लगी थी और कक्ष के बाहर हवाई अड्डे की दौड़ती गाड़ियाँ भी दिखाई पड़ने लगी थीं। ईश्वरन खाली जगह देखकर तुरन्त पसर गए। मैं सोच ही रहा था कि निगाहें सामने पड़ी। एक अंग्रेज जोड़ा बेफिक्र एक-दूसरे पर लेटा हुआ था। मर्द की छाती पर विपरीत दिशा से लेटी उसकी महिला मित्र का सिर पड़ा था। उनके सफेद कपड़े श्वेत संगमरमर के स्टैच्यू का भ्रम पैदा कर रहे थे क्योंकि दूर से कोई स्पंदन नहीं दीख रहा था। कुछ पल के लिए अच्छा लगा। सचमुच संकोच और लज्जा प्यार के बीच बड़ी दीवार हैं। लेकिन भारत इन्हें अभी ढहा नहीं पाया है।

दो आदमियों ने नमस्कार किया तो लगा कि पहचानते हैं। बाद में पता चला कि गुजरात और महाराष्ट्र के हैं और इसी सम्मेलन में जा रहे हैं। कोशिश के बावजूद भी नींद नहीं आ रही थी। आराम के खयाल से कुछ लेटा लेकिन जल्दी ही उठ गया। लगा घड़ी बड़ी धीमी गति से चल रही है। यात्रियों की भीड़ बढ़ती जा रही थी और गेट संख्या-6 पर टी.जी. 433 अंकित हो गया था। दिल्ली से ही उड़ान को सूचित करनेवाली इस प्रक्रिया से अवगत हो गया था। इसलिए मन आश्वस्त हो गया।

ठीक सात बजे गेट खुला और यात्री कतारबद्ध हो गए। हम लोग इत्मीनान से कुछ भीड़ कम होने की प्रतीक्षा कर रहे थे। इस बीच ईश्वरन ने काउंटर की लड़की को सामानों की रसीद दिखाकर पता कर लिया कि हमारे सामान पिछले जहाज से इस जहाज पर आ गए हैं। हम इत्मीनान में आ गए। प्रतीक्षालय से बाहर बस पर सवार होकर जहाज तक पहुँचना था क्योंकि वह रनवे पर दूर खड़ा था।

जहाज में अपनी सीट पर आए तो बगल में धोती, कुर्ता, बंडी वाले एक महाशय मिल गए। इत्मीनान हो गया कि ये भारतीय हैं। संयोग से यहाँ भी सीट खिड़की के पास ही थी। बाते अंग्रेजी में शुरू हुई लेकिन जल्दी ही हिन्दी पर आ गई। सहयात्री नव कुमार कर्मकार कोलकाता से थे जो अखिल भारतीय शैक्षणिक महासंघ के प्रतिनिधि के रूप में भाग लेने जा रहे थे।

टी.जी. 433 की एअर होस्टेस ज्यादा स्मार्ट और लगनशील दिखाई पड़ीं। उम्र लगभग सबकी एक समान और ड्रेस राजकुमारियों जैसा। छाती पर टँगा हुआ एक जीवित फूल और अंग-प्रत्यंग पूरी तरह सजा हुआ। शायद जीवन को हथेली पर लेकर आसमान में उड़नेवाले यात्रियों को साहस और ऊर्जा देने के लिए ही हवाई जहाजों में एअर होस्टेस की परिकल्पना की गई है। आखिर नारी ही शक्ति स्वरूपा भी तो है।

नाश्ते की प्लेट में शाकाहारी के नाम पर चावल और आलू की सब्जी। एक-दो टोस्ट और मक्खन। फिर एक कॉफी और सन्तरे का जूस। बातें कोलकाता से नई दिल्ली और एजूकेशन इंटरनेशनल तक। जूस का एक दौर और। फिर कैसे बीता तीन घंटे पचीस मिनट का समय पता ही नहीं चला। बीच में एक-दो बार खिड़की खोलकर झाँका तो नीचे फैले अथाह समुद्र को देखकर अज्ञात भय से सिहर उठा। खिड़की बन्द कर ली। बगल का व्यक्ति गांधारी की तरह आँखों पर पट्टी बाँध चुका था।

ठीक 11.25 पर जकार्ता के हवाई अड्डे पर हम उतर चुके थे। जहाज यहाँ भी अड्डे से सटकर ही लगा। भीतर आए तो इमीग्रेशन फार्म जमा करने के लिए क्यू में लगना पड़ा। जल्दी ही छुट्टी मिल गई। आगे बढ़े तो इस छोटे से द्वीप में इस विशाल अन्तर्राष्ट्रीय हवाई अड्डे को देखकर बेहद आश्चर्य हुआ। इंडोनेशिया की परम्परागत शैली को सँजोए और प्राकृतिक सुषमा को समेटे यह अड्डा भी नई दिल्ली से काफी मोहक लगा। अड्डे के कर्मी भी काफी शालीन और अतिथियों के प्रति सम्मान प्रदर्शित करनेवाले। भारत में यह आज भी दुर्लभ है।

अपना सामान लिया और हवाई अड्डे की ट्राली लेकर बाहर जाने की सोचा तो खयाल आया कि डॉलर को स्थानीय करेंसी में बदलना होगा। हम तीनों बैंक गए और लगभग पचास डॉलर के साढ़े चार लाख इंडोनेशियाई रुपए लेकर बाहर आए। पंडित और जोशी गेट के बाहर इन्तजार कर रहे थे। काफी मशक्कत के बाद जोशी ने पाँच सीटोंवाली एक कार ठीक की जिसका किराया दो लाख रुपए। लगभग एक घंटे की यात्रा पूरी कर हम होटल वोरोबुदुर पहुँचे।

तैंतीस एकड़ क्षेत्रफल में अवस्थित यह होटल जकार्ता का अत्याधुनिक सुविधाओं से युक्त विशाल भव्य होटल है। कभी जकार्ता में नम्बर एक होता था किन्तु आज यह नम्बर तीन है। सैकड़ों कमरे, कई सभा भवन, स्वीमिंग पुल और आठ-आठ लिफ्ट। स्वागत कक्ष और धरातल पर अवस्थित प्रतीक्षालय भी उतना बड़ा है जितने में कई होटल समा जाए।

होटल के प्रवेश द्वार से स्वागतकक्ष तक चार बार जाँच से गुजरना पड़ा। प्रवेश द्वार पर खड़ी लड़की प्रत्येक व्यक्ति का मुस्कुराकर स्वागत कर रही थी और स्वागतकक्ष में कई लड़कियाँ अतिथियों के कार्यों का निपटारा कर रही थीं। हमारी बारी पैंतालिस मिनट बाद आई। एक-एक अतिथि को प्रेमपूर्वक निबटाने में अद्‌भुत धैर्य का परिचय दे रही थी। भारतीय तो शायद ऊब जाते और कुछ तूफान खड़ा कर देते। ईश्वरन ने अपने बाद हमारा काम निबटाने में मदद किया। हमें कमरे की चाबी, चार दिनों के ठहरने एवं नाश्ता-भोजन का कूपन और कुछ कागजात मिले। यहाँ कमरे तक सामान पहुँचाने की परम्परा नहीं है। मुझे नौवीं मंजिल पर कमरा संख्या 908 मिला और ईश्वरन को पन्द्रहवीं मंजिल पर कमरा संख्या 1546।

अच्छा हुआ कि ईश्वरन मुझे कमरा तक छोड़ गए। वरना इलेक्ट्रॉनिक चाबी

लेकर मैं कमरा खोलने की विधि ही सीखता रह जाता। कमरे के पलँग तो सिंगल थे लेकिन उन पर लगे दो गद्दे लगभग दस इंच मोटे थे। ऊपर से रजाई जो वातानुकूलित कमरे में ओढ़ने के काम आती हैं। टी.वी., चार-पाँच बड़े-बड़े लैम्प, चाय बनाकर पीने के बर्तन एवं सामग्री, लिखने का टेबुल एवं कुर्सी, कपड़े टाँगने की आलमारी, हैंगर और स्लीपिंग ड्रेस सब कुछ यथास्थान एवं व्यवस्थित रखा हुआ। बाथरूम में नहाने का टब, बाल्टी-मग कहीं नहीं। शौचालय के साथ यहाँ भी कागज के पुलिन्दे। पानी तथा मग की कोई व्यवस्था नहीं। सब कुछ हमारे सिस्टम एवं आदत से भिन्न। कुछ देर तक तो मानसिक तौर पर समायोजन में लगा क्योंकि रामेश्वरम् के लम्बे गलियारे की तरह होटल का साँय-साँय करता लम्बा गलियारा और कमरे का मौत जैसा खामोश सन्नाटा न केवल दुष्कर लग रहा था बल्कि भय भी पैदा कर रहा था।

ईश्वरन ने चलते-चलते कहा कि यहाँ दोपहर के भोजन की व्यवस्था नहीं है। स्नान करके मेरे ही कमरे में आ जाइए। मेरे पास कुछ भोजन है। तैयार होकर फोन किया तो वे पूजा कर रहे थे। लिफ्ट से जाना चाहा, तो वह आई नहीं। यूँ भी अकेले लिफ्ट में काफी भय लगता है। सीढ़ियों से चले तो लगा कि मौत के कुएँ में जा रहे हैं। उनपर इतनी खामोशी पसरी थी जैसे भूत बँगले में होती है। दरअसल सीढ़ियों का इस्तेमाल यहाँ कोई करता भी नहीं। इसलिए खामोशी से उनका गहरा रिश्ता कायम हो गया है।

हम दोनों ने जमकर पूड़ियाँ, करैले की सब्जी और आम का अचार खाया। दक्षिण भारत के लोग खट्टे से ज्यादा प्रेम रखते हैं। घड़ी देखा तो साढ़े तीन बज चुका था और रजिस्ट्रेशन शुरू हो चुका था। यहीं से रजिस्ट्रेशन कक्ष पहुँचे तो मलयेशिया की सरस्वती और फिजी के गोविन्दजी से भेंट हो गई। सरस्वती ई.आई. में काम करती हैं। तीन-चार पीढ़ी पहले मलयेशिया आई हैं। इसलिए हिन्दी भी बोल लेती हैं। हँसमुख, तेज और चंचल। उसने सारे कागजात एक बैग में रखकर दे दिए और बताया कि ममता चौधरी वोटिंग के कागजात ले चुकी हैं। ममता हिमाचल प्रदेश से अखिल भारतीय माध्यमिक शिक्षक महासंघ की दूसरी डेलीगेट हैं। गोविन्दजी पाँच पीढ़ी पहले फीजी आए हैं। एक बार उनकी बहन हिन्दुस्तान गई थीं। कहीं देवरिया (उ.प्र.) के रहनेवाले थे। लेकिन अब घर का पता नहीं है। एक-दो घंटे घूम-टहलकर कमरे में आया। रात के खाने की कोई व्यवस्था नहीं थी और इस बार की यात्रा में गलती ऐसी हुई थी कि कोई सामान भी साथ नहीं लिया था। चूँकि ढाई-तीन बजे खाना खाया था। इसलिए भूख भी नहीं थी। बिस्तर पर पड़े तो नींद आ गई।

सबों के लिए गुणवत्तापूर्ण शिक्षा

9 सितम्बर, 2006

सुबह उठे तो कान्फ्रेंस का उत्साह जोरों पर था। पहली बार किसी अन्तर्राष्ट्रीय कान्फ्रेंस में भाग लेने का अवसर मिला था। व्यायाम वगैरह करने की अच्छी स्थिति नहीं थी इसलिए किसी प्रकार कुछ कोरम पूरा किया और जल्दी-जल्दी तैयार हुआ। वादा के अनुसार आठ बजे ममता आ पहुँची। साथ-साथ नाश्ता कक्ष में पहुँचे तो बगैर पूछे कार्न फ्लेक, दूध, टोस्ट और कुछ फल तथा जूस ले आई। अच्छा लगा क्योंकि सारी चीजें मेरी मनपसन्द थीं और यहाँ नॉनवेज' में मनपसन्द 'वेज' खोज लेना भी कम दुष्कर कार्य नहीं था। साथ-साथ नाश्ता किए। कान्फ्रेंस हॉल में पहुँचे तो देर तक भारत को खोजते रहे क्योंकि सभी देशों और वहाँ के संगठनों की तख्तियाँ लगी हुई थीं। भारत सबसे पीछे था। पहले तो गुस्सा आया कि छोटे-छोटे देशों को आगे स्थान मिला है और भारत जैसे बड़े देश को पीछे लेकिन जब पता चला कि अंग्रेजी के वर्णमाला के अनुसार स्थान आबंटित किया गया है तो गुस्सा शान्त हो गया।

लगभग आधे घंटे विलम्ब से शुरू हुई कान्फ्रेंस। अध्यक्षता कर रहे थे एजूकेशन इंटरनेशनल के एशिया पैसिफिक रीजनल कमिटी के अध्यक्ष मि. यूजुरू नामामुरा और मुख्य अतिथि थे इंडोनेशिया के महामहिम राज्यपाल मि. सूतियोसो। डॉ. मा. सूर्या, अध्यक्ष, इंडोनेशिया शिक्षक संगठन ने स्वागत भाषण किया। अधिवेशन की शुरुआत हुई इंडोनेशिया के एक पारम्परिक नृत्य-गीत से। इंडोनेशियाई वेशभूषा में तीन-चार छोटी-छोटी लड़कियों ने मोहक संगीत पेश किया। एजूकेशन इंटरनेशनल के महासचिव ने प्रतिवेदन पेश किया। सदस्य देशों की रपटें, विभिन्न विषयों पर आधार पत्र तो पहले ही प्राप्त हो चुके थे। उद्‌घाटन सत्र में वे टेबुल पर रख दिए गए। महासचिव ने अपने संक्षिप्त भाषण में मुख्य रूप से 'सबों के लिए गुणवत्तापूर्ण शिक्षा' पर बल दिया। अन्तर्राष्ट्रीय स्तर पर कांफ्रेंस किसी विषय पर आधारित होती है। भारत जैसी फ्री स्टाइल नहीं होती। कान्फ्रेंस का पूर्व घोषित विषय था–"Strengthening Teachers Unions to defend and promote Trade Union Rights and Quality Education for all".

टी ब्रेक हुआ तो सारी भीड़ बरामदे में पहुँच गई। अलग-अलग देश, अलग-अलग समूह, कहीं समूह देशों की सीमाओं के बाहर तक। भाँति-भाँति की बातें। लगा दूरियाँ मिट गई हैं और देशों के बीच फैला समुन्दर पट गया है। भीतर आए तो फिर क्वालिटी एजूकेशन पर बहस जारी हो गई।

कई देशों के प्रतिनिधियों ने अपनी बातें रखी। यहाँ यह परम्परा काफी अच्छी है कि वक्ता घंटों नहीं बोलते और घंटियाँ दबाकर उन्हें रोकने की आवश्यकता नहीं पड़ती। प्राय: अपना लिखित भाषण पढ़ते हैं जो बिन्दुवार तथ्याधारित होता है। कक्षा

के समान बनाई गई बैठक व्यवस्था में कतारों के बीच की खाली जगह में माइक रखे थे और सम्बन्धित कतारों के साथियों को वहीं से बोलना था। मंच तक जाने की आवश्यकता नहीं थी। मैंने भी अपना लिखित भाषण सामने के माइक से पढ़ा। फिर इस घोषणा के साथ लंच ब्रेक हुआ कि लंच के बाद तीन समूहों में बहस चलेगी और समूहों का विवरण सूचना पट्ट पर चस्पाँ कर दिया जाएगा।

आज का लंच स्वीमिंग पुल के पास बने हॉल में था। हॉल आकर्षक ढंग से सजाया गया था और बेहतरीन तरीके से कुर्सी-टेबुल लगे हुए थे। इंडोनेशिया नॉनवेज है इसलिए वेजवालों को वेज खोजने में कठिनाई होती है। यहाँ वेजवाले प्राय: भारतीय थे। चालीस-पचास के डेलीगेशन में वेजवालों की संख्या ही ज्यादा थी। इसलिए वेज खोजते-खोजते वे प्राय: एक टेबुल पर सिमट आते थे। काफी देर तक हम जूस और तरह-तरह के भोजन का आनन्द लेते रहे। बीच-बीच में नेपाल, श्रीलंका आदि देशों के प्रतिनिधियों के साथ संवाद भी चलता रहा।

एक अच्छी परम्परा यहाँ और है कि जब-जब ब्रेक होता है, प्रतिनिधियों के टेबुल पर रखे गिलासों में पानी भर जाता है। कुछ नए-नए कागजात और दूसरे-दूसरे देशों से गिफ्ट पैकेट अथवा सामान टेबुल पर रख दिए जाते हैं। रजिस्ट्रेशन फार्म भरते समय ही मैं अपनी रुचि के अनुसार 'Strengthening Teachers Union to protect Trade Union right' और 'Quality Education for all' विषय पर बहस में शामिल होने के लिए अपनी इच्छा जता चुका था लेकिन यहाँ तो इन दोनों विषयों पर एक ही साथ बहस होनी थी। इसलिए 'Quality Education forAll' में ही भाग लेना उचित समझा। संयोग से नोटिस में उसी में मेरा नाम भी था। आरम्भ में अन्तर्राष्ट्रीय श्रम संगठन की ओर से कान्फ्रेंस का अभिनन्दन किया गया और प्रस्ताव कमिटी, क्रेडिन्सियल कमिटी, चुनाव कमिटी की घोषणाएँ हुई और विभिन्न क्षेत्रों के प्रतिनिधियों ने अपनी बातें रखीं।

लगभग दो घंटे तक बहस चली। प्राय: विभिन्न देशों के प्रतिनिधियों ने अपने देश की स्थिति के अनुसार बातें रखीं। भारत में गुणवत्तापूर्ण शिक्षा के मार्ग में उपस्थित बाधाओं की चर्चा करते हुए हमने कहा कि गुणवत्तापूर्ण शिक्षण गुणवत्तापूर्ण अध्यापक के बिना सम्भव नहीं है जबकि भारत में ऐसे शिक्षकों का लगातार ह्रास हो रहा है। देश में लगभग चार लाख अध्यापकों के पद रिक्त हैं। बिहार और बंगाल की स्थिति तो और बदतर है। रिक्त पदों पर पारा टीचर, कम योग्यताधारी अप्रशिक्षित और अल्पवेतनभोगी शिक्षकों की नियुक्ति की जा रही है। शिक्षक-छात्र अनुपात राष्ट्रीय अनुपात से अधिक 1:94 है। इस मार्ग की अन्य कठिनाइयों की चर्चा करते हुए मैंने कहा कि महिला शिक्षकों का प्रतिशत अत्यन्त कम यानी 36 प्रतिशत है। मात्र 53% आबादी को प्राथमिक विद्यालयों की सुविधा प्राप्त है और मात्र 22 प्रतिशत आबादी के लिए ही मध्य विद्यालयों की सुविधा उपलब्ध है वह भी लगभग तीन किलोमीटर की दूरी पर। इसी प्रकार 33 प्रतिशत विद्यालयों के पास ब्लैकबोर्ड, 65

प्रतिशत के पास बेसिक आवश्यकताएँ नहीं हैं। देहात के छह विद्यालयों में मात्र एक को शौचालय की सुविधा है। हमने उस नग्न सच्चाई को भी सामने रखा कि भारत के लगभग दस लाख सरकारी विद्यालयों में काम करनेवाले पैंतीस लाख शिक्षकों के सम्वर्ग को ही सरकार समाप्त करने पर आमादा है और इसलिए Quality Education forAll का सवाल भारत में काफी कठिन है। लेकिन निस्सन्देह यह लड़ाई बड़ी महत्त्वपूर्ण है।

हमारे ग्रूप की बैठक पाँच बजे समाप्त हुई तो स्वीमिंग पुल की ओर चले गए। अभी तक दो ग्रूपों की बैठक समाप्त नहीं हुई थी इसलिए कुछ देर तक अकेले होटल की प्राकृतिक सुषमा को निहारने का अवसर मिला। शाम का भोजन स्वीमिंग पुल के पास खुले आसमान में था, इसलिए उसकी तैयारियाँ चल रही थीं।

कर्मकार आए तो हम दोनों देर तक हीरा प्रसाद के नेपाली डेलीगेशन के साथ बातें करते रहे। इस रीजनल संगठन में नेपाल की स्थिति अच्छी है। नेपाल पहले से अपना प्रभाव जमाए हुए है।

शाम का धुँधलका घिरने लगा और कुर्सियों पर प्रतिनिधियों के झुंड जमने लगे। शुरू हो गया पीने-पिलाने का दौर। घर से अलग होने का सुख एक अलग सुख ही है। अचानक मिली यह आजादी दिल्ली के कुछ साथियों को 'जाहिद शराब पीने दे' के दौर तक खींच ले गई और हम उठकर नॉनवेज और जूस के टेबुल पर रामपाल सिंह और ईश्वरन के पास पहुँच गए।

सूसन ने ममता की चुनावी भूख जगा दी थी। वह आई और भोजन के बीच में ही अलग हटाकर चुनाव की चर्चा छेड़ बैठी। किसी प्रकार समझाया। फिर बाद में रणनीति तय करने का वादा कर विदा किया और भोजन समाप्त किया। बल्बों की तेज, जगमग रोशनी में स्वीमिंग पुल के बाहर रात का अँधेरा होटल में उतर आया था।

लेकिन यहाँ रात्रि की जगमगाहट और रौनक अपने शबाब पर थी।

ट्रेड यूनियन अधिकारों की रक्षा और शिक्षक संगठनों की मजबूती

10 सितम्बर, 2006

अच्छी नींद नहीं आने के बावजूद सुबह देर से ही उठा। उजाला कमरे में प्रवेश कर चुका था और सूरज की रोशनी होटल के बाहर सड़कों एवं भवनों पर पसर चुकी थी। देर तक मन अलसाया रहा और दिन की लम्बाई दिल पर भारी पड़ती रही। बार-बार आरामदेह बिस्तर की मोटाई चुभ रही थी और मन में भय व्याप्त हो रहा था कि ऐसी आरामदेह व्यवस्था में बीमार न पड़ जाऊँ।

अखबार का खयाल आते ही दरवाजा खोला। देखा अखबार प्रतीक्षा कर रहा है। यहाँ एक अच्छी परम्परा है कि होटल की ओर से ही 'जकार्ता पोस्ट' अखबार कमरे के द्वार पर डाल दिया जाता है। आप चाहे तो लेकर समाचार देख सकते हैं। समाचार पत्र उलट गया लेकिन एजूकेशन इंटरनेशनल का कोई समाचार अथवा चित्र समाचार पत्र में नहीं था। आश्चर्य नहीं हुआ। हिन्दुस्तान में भी शिक्षा एवं शिक्षक संगठन सम्बन्धी समाचार अखबारों में स्थान कम ही पाते हैं।

जल्दी-जल्दी तैयार होकर निकला तो अधिकांश दरवाजे बन्द मिले। अखबार बाहर छटपटाते मिले। नाश्ता के स्थान पर ईश्वरन मिल गए। बैग रखा और नाश्ते के काउंटर की ओर बढ़ गया ताकि अपना मनपसन्द नाश्ता ले सकूँ। वैसे इतने प्रकार के सामान यहाँ रखे मिलते हैं और वे इतने अजनबी हैं कि अपनों की पहचान करना काफी मुश्किल लगता है। पावरोटी, दूध के साथ कुछ और चुना लेकिन 'और' अनुकूल नहीं था। शुरू ही किया था कि ममता आ गई। रात से चुनावी भूत जो उस पर सवार था अभी तक उतरा नहीं था। मैंने संकेत किया कि वह ईश्वरन से बातें करे। ईश्वरन ने मुझे थोड़ी देर में ही समझा दिया कि सूसन सार्क देशों की तमाम महिला प्रतिनिधियों को इसलिए चुनाव लड़ने के लिए उकसा रही है कि कोई दूसरा उसके खिलाफ उम्मीदवारी की बात नहीं सोच सके। नाश्ता और चुनाव चर्चा चल ही रही थी कि रामपाल जी भी आ गए। उन्होंने ममता के जोश को यह कहकर ठंडा कर दिया कि संविधान के आलोक में चुनाव समिति के सदस्य चुनाव नहीं लड़ सकते। चुनाव समिति की घोषणा के साथ ही आपको अपना नाम वापस कर लेना चाहिए था। ममता शान्त हो गई। रात से उसके माथे पर चढ़ा चुनावी बुखार उतरने लगा था। मुझे इससे काफी राहत मिली। अखिल भारतीय माध्यमिक शिक्षक महासंघ को इस बार चुनावी युद्ध से अपने को अलग रखना था।

वहाँ से निकले तो धर्मविजय पंडित और रमेश जोशी मिल गए। पंडित कल से ही मुझे ई.आई. की रणनीति समझाने में लगे हैं और जोशी की उम्मीदवारी की वकालत कर रहे हैं। हमें और रामपाल को उनके साथ बैठना पड़ा। चर्चा चली तो मैंने अपना दृष्टिकोण रखा कि भारत के बाहर सभी संगठनों को चुनावी युद्ध में एक रणनीति और एकता के साथ उतरना चाहिए ताकि साउथ ईस्ट एशिया के इस संगठन और एजूकेशन इंटरनेशनल में हमारी पहचान बन सके। पंडित ने हमारे दृष्टिकोण से सहमति व्यक्त की। उन्होंने कहा कि भारत के सभी संगठनों को इसी प्रकार की सोच रखनी चाहिए। रामपाल जी ने भी लगभग ऐसा ही विचार रखा और तय हुआ कि कांफ्रेंस के बीच टी-ब्रेक में हम रणनीति पर पुनः विचार करेंगे।

हॉल में पहुँचे तो कांफ्रेंस शुरू हो चुकी थी। एजूकेशन इंटरनेशनल के महासचिव अपनी रिपोर्ट प्रस्तुत कर रहे थे। यह रीजनल कांफ्रेस जिस थीम पर आधारित थी, उसके महत्त्व की चर्चा करते हुए उन्होंने विभिन्न देशों से प्राप्त संक्षिप्त प्रतिवेदनों को सामने रखा और कई छोटे-छोटे देशों ने अलग से अपनी परिस्थितियों

की चर्चा की। ममता चुनाव समिति के सदस्य होने के नाते नामांकन पत्रों को प्राप्त करने की कार्रवाई में व्यस्त थी।

आज का लंच होटल के ही ग्राउंड फ्लोर के एक हॉल में था। हॉल काफी सजा सँवरा था और संगीत की मधुर ध्वनि उसे और आकर्षक बना रही थी। नव कुमार कर्मकार (पं. बंगाल) और मैं शाकाहारी टेबुल खोजकर पहुँचे तो पंडित और जोशी भी आ गए। सूप ले ही रहे थे कि ममता आ पहुँची। उसने सूप की इतनी तारीफ की कि लगा कि जोशी को ललचा रही है। जोशी आज निराहार था और गौरी व्रत कर रहा था। मैंने गौरी व्रत पर प्रश्न चिन्ह खड़ा किया तो पंडित बोला कि इनकी पत्नी शिवव्रत करती हैं इसलिए इन्हें गौरी व्रत करना ही चाहिए। फिर लगभग एक घंटे तक खाने-पीने का दौर चलता रहा। जो असल पीनेवाले नहीं थे उन्हें होटल की लड़कियाँ टेबुल पर ही पूछ-पूछ कर ड्रिंक परोस रही थीं। कुछ जूस हमने भी लिया।

पूरे हॉल के टेबुल रंग-बिरंगे औरत-मर्दों से भरे पड़े थे। अलग-अलग वेश-भूषा, अलग-अलग पसन्द और कई तरह की बोलियाँ। सचमुच हॉल में दुनिया सिमट आई थी। भोजन के साथ वीडियोग्राफी और कैमरे की क्लिक और चमक जारी थी।

लंच के समय ही कर्मकर ने बताया था कि बाहर थोड़ी दूर पर ISD बूथ है और दर होटल से सस्ती है। बाहर निकले तो धूप काफी तेज थी। विषुवतरेखीय प्रदेशों में दो बजे के आस-पास धूप तेज हुआ करती है फिर चौबीस घंटे वातानुकूलित कमरे में रहने के कारण भी धूप तेज लगने लगी थी। सड़क किनारे बने सायादार रास्ते से कुछ दूर चले लेकिन बूथ बन्द था। अगले बूथ के लिए बढ़े तो धूप सताने लगी थी। सड़क पर स्वचालित बस स्टैंड जहाँ टिकट कटातें ही बस का दरवाजा खुलता है, दिखाई पड़े। बेहद आश्चर्य हुआ। इतनी छोटी-सी जगह और इतनी सारी आधुनिक सुविधाएँ। सड़क पर दोनों ओर खड़ी भव्य और आकर्षक इमारते शालीन नर-नारी के समान दिखाई पड़ रही थीं। इमारतों में इंडोनेशियाई भाषा में उनके नाम साफ-सुथरे ढंग से अंकित थे और कही गाड़ियों अथवा आदमियों की भीड़-भाड़ या रेलमपेल नहीं था। अनुमान से एक-दो भवन मिलिट्री के मालूम हुए।

बूथ पर पहुँचे तो कोशिश के बावजूद बातें नहीं हो सकी। पटना में आवाज सुनाई नहीं पड़ी और शेष जगहों पर फोन लगाने ही नहीं आया। निराश लौट आए। लेकिन फोन की दरें सचमुच होटल की दरों से सस्ती थीं।

लेकिन गेट पर फिर चेकिंग। जब-जब बाहर से कोई आता है गेट का लड़का बैग चेक करता है। बिहार में इतने पर ही हंगामा होने लगता। लेकिन यहाँ ऐसा कुछ नहीं। अघोषित अनुशासन है और उसमें बँध के रहना अच्छा लगता है।

तीसरे सत्र में 9 सितम्बर को गठित दलों की रपटें पेश की गईं। एड्स और एच. आई. वी. पर उस समूह के अध्यक्ष श्री एस. ईश्वरन, शिक्षक संगठनों की मजबूती और ट्रेड यूनियन अधिकार पर सूसन हाथगुड, 'सबों के लिए गुणवत्तापूर्ण

शिक्षा और सामाजिक न्याय के लिए शिक्षकों के स्तरोन्नयन' पर मि. यासुवो मोरिकोशी और 'गैट तथा शिक्षा के निजीकरण पर शिक्षक संगठनों की प्रतिक्रिया' पर मि. ग्राहम मैकचुलोच ने अपने-अपने समूह की रपट पेश की। फिर दो दिन पूर्व महिलाओं का जो सेमिनार हुआ था उसकी रिपोर्ट पेश की गई। चुनाव हेतु नामांकन की प्रक्रिया पूरी हो चुकी थी और सूचना दी गई कि पाँच बजे तक ही नामांकन वापस लिए जा सकते हैं। जिन पदों पर कोई दूसरे नामांकन नहीं हुए उनके निर्विरोध जीत की घोषणा भी कल ही की जाएगी।

शाम सात बजे जकार्ता के महामहिम उपराज्यपाल की ओर से 'तामान इम्पीयन जया एंकल' नामक एक भव्य होटल में भोज का आयोजन था। सारे प्रतिनिधियों को बसों से इस होटल में लाया गया। शाम को 7 बजे यहाँ काफी अँधेरा घिर जाता है। बस से निकले तो लगा किसी शाही शादी में जा रहे हैं। पूरा शहर रंग-बिरंगे बिजली के बल्बों से सजा हुआ था। पेड़-पौधों, खम्भों सर्वत्र कई तरह से बिजली के बल्बों की सजावट की गई थी। बल्बों से ही गेट और बन्दनवार बनाए गए थे। तिरुपति में इसी प्रकार पूरे तिरूमाला शहर को सजे हुए देखा था। आज जकार्ता को दुल्हन की तरह सजा-धजा देख रहा था। बड़ा सुखद लगा।

होटल पहुँचे तो लगा किसी राजभवन में आ गए हैं। तीन-चार भव्य हॉलों से गुजरते हुए एक बड़े हाल में पहुँचे जहाँ बैठने की काफी अच्छी व्यवस्था थी। समारोहों के लिए मंच भी बना था। बूफे तो सजा था लेकिन वेज कहीं नहीं था जबकि शाकाहारियों की भी अच्छी संख्या थी।

महामहिम उपराज्यपाल आए किन्तु कोई ताम-झाम नहीं। जाँच-पड़ताल, सुरक्षा के नाम पर कोई हड़कम्प नहीं। हमने खड़े होकर उनका अभिवादन किया। परम्परागत तरीके से बच्चियों के दो-तीन संगीत के कार्यक्रम हुए। भाषा की दीवारों के बावजूद संगीत दिल को बाँध ही लेता है और सात समुन्दर की दूरी मिटा ही डालता है। फिर उपराज्यपाल ने संक्षिप्त सम्बोधन किया "मैं देख रहा हूँ आपकी भूखी आँखों को इसलिए हमें भोजन में विलम्ब नहीं करना चाहिए। जकार्ता में आप सबका स्वागत है।" भोज शुरू हो गया और साथ-साथ नृत्य भी।

दोनों के समवेत आनन्द में प्रतिनिधि डूब-उतरा रहे थे कि नृत्य करनेवाली लड़की मंच से उतरकर प्रतिनिधियों के बीच आ गई। फिर तो समा ही बदल गया। कई प्रतिनिधि महिला और पुरुष उसके साथ नृत्य करने लगे। नृत्य करते-करते कुछ मंच पर चढ़ गए। कई भारतीय भी नृत्य करनेवालों में शरीक हो गए। उनमें ममता भी थी। नृत्य, गीत और वाद्य का यह मनोरम वातावरण लगभग एक घंटे तक सब पर हावी रहा। लगा कि भाषा और देशों के विभाजन की सारी दीवारें अचानक ढह गई हैं और सचमुच 'वसुधैव कुटुम्बकम्' बन गया है।

हमने मन ही मन एजूकेशन इंटरनेशनल को धन्यवाद दिया और चुपचाप बस में आ बैठे।

चुनौतियों से लड़ने का संकल्प

11 सितम्बर, 2006

आज का दिन पिछले दिनों की अपेक्षा भारी लगने लगा था। कांफ्रेंस के दो-दिन अच्छे लगे लेकिन भारतीय भोजन और रहन-सहन के अभाव से काम में अनमनापन छाया रहा। एक कारण अपने स्वभाव और टीम के साथी का अभाव भी था। इसीलिए उठते ही एक हल्की खुशी आई कि आज कांफ्रेंस से मुक्ति मिल जाएगी।

ज्यादा काम भी नहीं था आज। कांफ्रेंस में आज प्रस्ताव पेश होने थे। निम्नांकित विषयों पर सात प्रस्ताव पेश किए गए जिनपर हल्की चर्चा के बाद स्वीकृति का प्रस्ताव पारित हो गया।

प्रस्तावों में मूलत: उन चुनौतियों की चर्चा थी जो इक्कीसवीं सदी में दुनिया की शिक्षा और शिक्षकों के सामने मौजूद हैं। मसलन दुनिया में बढ़ता एड्स, एच. आई. वी. का प्रभाव, शिक्षा पर गैट और निजीकरण के बढ़ते प्रभाव के विरोध में शिक्षक संगठनों की प्रतिक्रिया और उनकी गोलबन्दी तथा दुनिया में शिक्षकों के स्तरोन्नयन और उन्हें आर्थिक-सामाजिक रूप से मजबूत बनाते हुए सबों के लिए गुणवत्तापूर्ण शिक्षा और सामाजिक न्याय की लड़ाई को मजबूती प्रदान करना और शिक्षक संगठनों को ट्रेड यूनियन अधिकारों के लिए संघर्ष करने की स्थिति में लाने हेतु मजबूती प्रदान करने का सवाल आदि। कुछ प्रस्ताव एजूकेशन इंटरनेशनल के प्रभाववाले देशों में श्रमिक संगठनों के आन्दोलनों के बिरादराना समर्थन में थे। प्रस्तावों का मुख्य स्वर चुनौतियों से लड़ने का था।

दरअसल दुनिया में शिक्षा और शिक्षकों के सामने लगभग एक ही प्रकार की चुनौतियाँ हैं। शिक्षा पर निजीकरण और व्यावसायीकरण के खतरे हैं और शिक्षकों के सम्वर्ग को समाप्त कर अल्पवेतन, अल्पयोग्यताधारी पारा टीचर की नियुक्ति कर शिक्षा को पूर्णत: बाजार के हवाले कर देने की योजना है। बिहार माध्यमिक शिक्षक संघ ने 1999 के दिसम्बर में सहरसा में आयोजित अपने 44वें अधिवेशन और 2005 में लखीसराय में आयोजित 45वें अधिवेशन में इन चुनौतियों को रेखांकित किया था और इनसे लड़ने का संकल्प लिया था तब से हमारी वैचारिक लड़ाई जारी है। अभी देश में शिक्षा के अधिकार विधेयक को पारित कराने और कोठारी आयोग की अनुशंसा के आलोक में कॉमन स्कूल सिस्टम (समान विद्यालय प्रणाली) की लड़ाई हमारी मुख्य लड़ाई है। शिक्षक, उनके सम्वर्ग, उनकी सेवा दशाओं को तभी बचाया जा सकता है।

बाजार बगल में ही था लेकिन अपरिचित स्थान होने के कारण हम दोनों टैक्सी से पहुँचे जिसका किराया आठ हजार रुपए। यहाँ टैक्सियों का कोई स्वीकृत रंग नहीं है जैसा कि दिल्ली या भारत के अन्य शहरों में हुआ करता है। वह किसी रंग की हो सकती है सिर्फ उसके ऊपर TAKSI का बोर्ड लगा रहता है। टैक्सियों के रूप

में प्रायः अच्छी चमचमाती नई-नई मॉडल की गाड़ियाँ प्रयोग में आती हैं। वह भी जकार्ता के आधुनिकीकरण का ही द्योतक है।

दिन की रोशनी में जकार्ता चमचमाता और खूबसूरत दिखाई पड़ता है। न्यूयार्क और वाशिंगटन की तरह बीस-पचीस मंजिलों की इमारतें, एक-से-एक नई-नई डिजाइन में बनी हुई। सड़कें बिलकुल साफ-सुथरी और उनके डिवाइडर काफी चौड़े तथा उन डिवाइडरों पर गमलों में पेड़-पौधे। सड़कों के किनारे पैदल यात्रियों के लिए फुटपाथ। थोड़ी-थोड़ी दूर पर सड़क पार करने के लिए बने हुए फुंट ओवर ब्रिज, बसों के लिए ऑटोमेटिक बस स्टाप और पूरे शहर में ओवर ब्रिजों का बिछा जाल ताकि ट्राफिक जाम की समस्या नहीं हो। देखकर आश्चर्य होता है कि कैसे इतने कम समय में इंडोनेशिया ने इतना कुछ कर लिया है। आजादी के पचास-साठ वर्षों में भी भारत का पिछड़ापन विदेशों में जाने के बाद उजागर होने लगता है और एक अव्यक्त पीड़ा से मन भर जाता है। क्या इतनी मेधा और क्षमता के बावजूद हम उस रफ्तार से विकास की मंजिलें नहीं तय कर सकते?

बाजार में पहुँचे तो दिल्ली और पटना के बाजारों की तरह यहाँ भी सड़कों के किनारे सामान सजाए, सेल लगाए कतारें लगी मिलीं। अन्तर यही है कि यहाँ हो-हल्ला कम है। सेल की दरें लगी हैं और सामान सजे हैं। आप मनपसन्द सामान ले सकते हैं। सड़क के दोनों किनारे दूर तक दुकानें सजी हैं बिलकुल साफ-सुथरी। जकार्ता में लगभग प्रत्येक दुकान पर विक्रेता लड़कियाँ ही हैं। विशेषकर जूतों, घड़ियों और कपड़ों की दुकानें। कहीं-कहीं दुकानों के अन्दर सेल की तख्तियाँ लगी हैं और सेल की प्रत्येक बेरायटी पर एक-एक लड़की खड़ी ग्राहकों का स्वागत कर रही है। पैसे के काउंटर पर भी कम्प्यूटर के साथ लड़कियाँ ही हैं। लगता है कि जकार्ता के प्रत्येक व्यावसायिक क्षेत्र में लड़कियों की संख्या और उनका प्रतिशत ज्यादा है।

लगभग एक किलोमीटर लम्बे बाजार में सामानों को देखते, मोलभाव करते पैर थकने लगे तो कुछ सामान खरीदने की ठानी। किन्तु छोटी-छोटी चीजों के दाम हजारों-लाखों में। चाबी की रिंग छह हजार रुपए की थी तो मनीपर्स बारह हजार रुपए की। दोस्तों को उपहार देने के लिए कुछ चीजें खरीदी। लेकिन मनोज, छोटू, गोलू के लिए भी सस्ती शर्ट ही लगी जिसकी कीमत प्रति शर्ट छत्तीस हजार रुपए के आस-पास थी। लेकिन शर्ट मनपसन्द थी। सड़क के सेल में पचास हजार रुपए में तीन शर्ट आती थी। अनिल, मनोज और बिरजू के लिए लेना आवश्यक लगा। आखिर वे कैसे जानेंगे कि इंडोनेशिया से उनके लिए भी उपहार आए हैं। मेरी जिन्दगी तो उन्हीं के सहारे चलती हैं। गोल्डी और छोटी के लिए भी कपड़े ले लिए। कम से कम गाँव में पहनकर इंडोनेशिया का प्रचार तो वे ही करेंगी। खरीदते-खरीदते रुपए घट गए तो एक दुकान में डॉलर बदलने गए। लड़की दौड़कर आई और बदलने के स्थान पर ले गई। दस मिनट में पचास डॉलर के चार लाख बावन हजार रुपए लेकर बाहर आए। फिर कुछ बाजार किया। पैर थक गए तो आराम की दृष्टि से हम लोग

आम का जूस पीने बैठे। तेरह हजार रुपए में दो गिलास जूस पीए। कर्मकार ने भी कुछ सामान खरीदे।

अब कर्मकार की समस्या थी कि बारह सितम्बर को वे कहाँ रहेंगे? होटल बोरोबुदुर 11 सितम्बर तक ही बुक था। सोचा कर्मकार की व्यवस्था सस्ते होटल में एक दिन के लिए की जाए। लेकिन पड़ोस के जिन-जिन होटलों में गए, किराया बोरोबुदुर से थोड़ा ही कम था किन्तु उनकी व्यवस्था, सफाई काफी अच्छी थी। कमरे कहीं खाली नहीं मिले। सूरज ढलने लगा था और सड़कों पर गाड़ियों का रेला बढ़ता जा रहा था। होटल लौट आए लेकिन किराया चार हजार रुपए अधिक लगा। शाम होने के कारण लौटनेवाला रास्ता कुछ लम्बा था।

पता चला कि आज शाम खाना नहीं मिलेगा। बाहर जाने की सोच ही रहे थे कि मेरे कमरे के हिमाचल प्रदेशवाले पार्टनर आ पहुँचे। बोले, गुजराती खाना खिलाता हूँ। दौड़कर गुजराती रोटियों के पैकेट ले आए। हमने और कर्मकार ने उसे ही खाकर और चाय पीकर रात गुजार दी।

अलविदा जकार्ता

12 सितम्बर, 2006

पिछली रात देर तक नींद नहीं आई तो यात्रा-संस्मरण लिखता रहा। सुबह जल्दी ही उठ गया। सुख-सुविधाओं के बावजूद यहाँ असहज महसूस होता रहा। अखबार देखकर निवृत्त हुआ तो ममता ने फोन किया कि वह तैयार होकर आ रही है। उसी ने AISTF का प्रमाण पत्र सरस्वती से प्राप्त कर लिया था और उसे देना चाहती थी। जल्दी-जल्दी तैयार हुआ क्योंकि लगभग साढ़े नौ बजे हवाई अड्डे ले जाने के लिए बस आनेवाली थी। उसके पहले नाश्ता और चेकिंग से गुजरना था। आज का नाश्ता कांफ्रेंस की ओर से आखिरी नाश्ता था। रामपाल जी और ईश्वरन को फोन मिलाया तो तय हुआ कि नाश्ता साथ करेंगे।

नाश्ता लेकर बैठे ही थे कि रामपाल जी और कर्मकार आ पहुँचे। देर तक कांफ्रेंस के संस्मरणों पर बातें चलती रही। कर्मकार उदास थे क्योंकि उन्हें आज रुकना पड़ रहा था। बैंकाक तक तो इवाई जहाज मिल रहा था लेकिन बैंकाक से कोलकाता की उड़ान नहीं मिल रही थी। दूसरे होटलों में भी जगह नहीं थी।

काउंटर पर चेकिंग कराकर चाबी सौंपा और नीचे के प्रतीक्षा कक्ष में बस का इन्तजार करने लगा। भारत के AIPTF के साथी यहीं थे। नेपाल तथा कुछ अन्य देशों के साथी भी आ पहुँचे।

आज गौर से नए-पुराने जकार्ता को नजदीक से देखने का अवसर था। नए जकार्ता की तुलना में पुराना जकार्ता पटना सिटी की तरह कन्जस्टेड और पिछड़ा

दिखाई पड़ता है। कम ऊँचाईवाले घर, टीन और एस्वेस्टस की छतें और वह सब कुछ जो बिहार के शहरों में है। हाँ सड़कें अच्छी हैं और बिजली कटती नहीं है।

राष्ट्रीय हवाई अड्डे से होकर ही अन्तर्राष्ट्रीय हवाई अड्डे का रास्ता है। हवाई अड्डे का परिसर बेहद प्रशस्त, सजा हुआ और खूबसूरत है। सड़क किनारे रंग-बिरंग के फूल, साफ-सुथरी सड़कें और परिसर में खड़ी नए-नए मॉडल की चमचमाती हजारों गाड़ियाँ यूरोप के किसी शहर का भ्रम पैदा करती हैं। इतनी आधुनिक और तरतीबवार खड़ी गाड़ियाँ नई दिल्ली में नहीं दिखाई पड़ती। यहाँ तो चढ़ते-उतरते बेतरतीब गाड़ियों के रेले यात्री को परेशान कर देते हैं।

भीतर घुसे तो कुछ साथियों ने स्थानीय मुद्रा को डालर में बदलने के लिए कतार लगाई। मेरे पास एक-सवा लाख रुपए थे। पता चला कि एक लाख तो यहाँ टैक्स देना पड़ेगा। सो बदलने का इरादा छोड़ दिया।

बोर्डिंग के लिए काउंटर पर पहुँचे तो काउंटर लड़की ने टैक्स की माँग की। इंडोनेशिया में एक रात भी रहने पर एक लाख रुपए टैक्स देने पड़ते हैं। एक लाख रुपए जमा किए। बोर्डिंग टिकट लिया और सामान बुक कराकर निश्चिन्त हो गया। फिर इमीग्रेशन और हवाई अड्डे के भीतर।

यहाँ भी भीतर एक छोटा-मोटा अन्तर्राष्ट्रीय बाजार है। इत्र और सेंट की कई दुकानें हैं। ज्यादातर लोग उपहार आदि देने के लिए खरीदते हैं। मैंने भी कुछ मोल भाव किए लेकिन इत्र काफी महँगा था। इसलिए कुछ घड़ी तक आनन्द पाने के लिए इत्र में पैसे व्यय करना मुझे अपव्यय लगा।

गेट संख्या 7 पर पहुँचे तो वहाँ कोई नहीं था। जल्दी-जल्दी काम निबटाकर डेढ़ घंटा पहले ही पहुँच गया था। सामने इंडोनेशिया के सामाजिक-सांस्कृतिक परम्पराओं को अपने निर्माण में समेटे जकार्ता का हवाई अड्डा फैला था। किसी पब्लिक स्कूल के बच्चे हवाई अड्डे का परिदर्शन करने आए थे और निर्द्वन्द्व भाव से घूम-टहल रहे थे। कुछ देर तक पढ़ने-लिखने की कोशिश की लेकिन मन कहीं और था। गेट संख्या-7 के स्क्रीन पर टी.जी. 434 अंकित हो गया और यात्री भीतर जाने लगे तो हम भी उठकर चले। फिर जाँच और अन्तिम प्रतीक्षालय में। यह प्रतीक्षालय भी मंत्रियों के आवास में बने शेडवाले प्रतीक्षालयों के समान ही है किन्तु है खूबसूरत एवं वातानुकूलित।

फिर वही उड़ान, वही रास्ते, वही सबकुछ। ऊपर नीला आसमान और नीचे नीला समुद्र। बीच में उड़ता हवाई जहाज। अलविदा जकार्ता। नई दिल्ली उतरे तो रात्रि के 9 बजे थे। सामान लेते, डॉलर बदलते दस बज गए। बिहार निवास का भोजन आज काफी स्वादिष्ट लगा। एक सप्ताह के बाद बिहारी भोजन मिला था। सम्पूर्ण तृप्ति के साथ भोजन किया। सचमुच दुनिया कितनी छोटी हो गई है। ठीक ही कहा है कि कर लो दुनिया मुट्ठी में। याद आया कि अभी दस घंटे पहले जकार्ता को अलविदा कहा था।

●●●